你要记得，爱自己，爱人，爱世界。

大鱼

有爱的青春陪伴者

# 亲爱的林诉衍

王可可 著

浙江工商大学 出版社
ZHEJIANG GONGSHANG UNIVERSITY PRESS
·杭州·

**图书在版编目（CIP）数据**

亲爱的林许亦 / 王可可著. —杭州：浙江工商大
学出版社，2024.3
ISBN 978-7-5178-5544-6

Ⅰ.①亲… Ⅱ.①王… Ⅲ.①长篇小说－中国－当代
Ⅳ.①I247.5

中国国家版本馆CIP数据核字(2023)第120893号

# 亲爱的林许亦
QIN'AI DE LIN XUYI

王可可 著

策 划 编 辑　郑　建
责 任 编 辑　谭娟娟
责 任 校 对　韩新严
策　　　划　王睿婧
特 约 编 辑　伍　利
封 面 设 计　Insect
内 页 设 计　孙欣瑞
责 任 印 制　包建辉
出 版 发 行　浙江工商大学出版社
　　　　　　（杭州市教工路198号　邮政编码310012）
　　　　　　（E-mail：zjgsupress@163.com）
　　　　　　（网址：http://www.zjgsupress.com）
　　　　　　电话：0571-88904980，88831806（传真）
排　　　版　长沙大鱼文化传媒有限公司
印　　　刷　长沙鸿发印务实业有限公司（长沙黄花工业园三号 邮政编码410137）
开　　　本　880mm×1230mm　1/32
印　　　张　9
字　　　数　277千
版 印 次　2024年3月第1版　2024年3月第1次印刷
书　　　号　ISBN 978-7-5178-5544-6
定　　　价　39.80元

目

录

目

录

# 第一章

敦刻尔克

01

灯光璀璨，衣香鬓影。

由《蔚凉晚报》主办的战地记者欢迎会在晨鸿大厦六十六楼的宴会厅正式举行。

"子衿今天真漂亮，难得看你打扮得这么精致。"

"你的腿好了？这么快就又穿起高跟鞋了？"

"子衿你等着吧，今晚孟老师包的红包指定是你的最大。"

"……"

虞子衿站在一群女孩当中，交叠着长腿倚在窗边，红唇微扬，将手中的香槟一饮而尽。

"哎哎哎，孟老师的车到楼下了。"

香槟酒杯被重重地砸在桌上。

刚才笑得太夸张，口红进嘴里了。

真恶心。

"子衿啊，有什么事儿等欢迎会结束了再说不行吗？"

虞子衿看着桌子对面的男人，戴着一副昂贵的金丝边眼镜，穿着一身笔挺的西装，修长的手指正摆弄着袖扣。

孟曳，《蔚凉晚报》的主编，不过三十岁出头，却老成练达、八面玲珑，又爱时不时地教育别人两句，故被人称为"孟老师"。

"我看了小刘准备的幻灯片，为什么上面还是有苏航的照片？"虞子衿问。

"是吗？幻灯片也是这两天才叫小刘接手的，可能忘记删掉了。"孟曳松开自己的袖扣，改玩手表。

"你答应过我不会再在任何场合放苏航的照片。"

"可是这欢迎会马上就要开始了，要改也来不及了，你说是吧，悠悠？"孟曳忽然笑了，身体骤然倾向虞子衿。

虞子衿的嘴角抽了抽。

"青青子衿，悠悠我心。"虞子衿的小名公司里只有当年亲自面试过她的孟曳知道。

这只狐狸真是连脸都不要了。

"呵，我当初就不应该把那段采访给你。"虞子衿冷笑着提起了裙摆。

"你干什么去？"

悠扬舒缓的预热音乐已经接近尾声，拿着手卡的女主持人走上舞台。

"女士们，先生们，大家好！欢迎大家在这个美好的夜晚参加由《蔚凉晚报》主办的战地记者欢迎会，我是来自蔚凉电视台的主持人冷易臻。现在让我们欢迎《蔚凉晚报》主编——孟曳先生上台致——"

"啊！"

一片嘈杂的叫喊声中，虞子衿嘴角勾着浅浅的弧度，穿过人群走出了宴会厅。

"师傅，去紫荆公馆。"

"好嘞。"司机师傅从后视镜里看了看衣着单薄但一直带着笑容的女人，一脚踩下油门。

出租车穿梭在霓虹闪耀的车流中，缓缓地驶向城西近郊的高档住宅区。

"姑娘穿得真漂亮，是去参加什么晚会了吧？"

"嗯。"

"姑娘长得这么美，肯定在晚会上艳压群芳。"

"谢谢。"虞子衿轻轻道谢，缓缓地提上了刚换下的高跟鞋。

"嘀嘀嘀！"

手机短信提示音响起，虞子衿打开。

"虞子衿，苏航早死了，你心里没数吗？"

发送人——孟曳。

虞子衿看了看窗外，手指快速点了一通。

"滚！"

窗外的大厦边绽开一朵烟花。

一颗远在大陆另一端的炸弹在虞子衿的耳边炸开了。

"姑奶奶，我求你了，你不会把行李箱提到楼上装完了再搬下来吗？你不累，我看得都晕。"朗颂抛着手里的橙子，视线跟随着虞子衿不断地上上下下。

"行李那么重，装好了再搬下来多沉啊！我要是突发心梗，你救得回来吗你！"

"你再这么搬，我都要心梗了！"

"嘻嘻，那我就先陪你坐着缓一缓。"虞子衿笑着一下子倚在朗颂的身上。

"你给人家孟曳拉了闸，把人家的晚会搅和了，孟曳没报复你啊？"朗颂揉了揉橙子，用细长的手指把皮剥开，递了一瓣给虞子衿。

"报复了啊。"

"咋报复的？"朗颂停止了手上的动作。

"我们俩在短信上'嘴炮'了一通。"

"……"

"你们俩都'嘴炮'什么了？"朗颂又问。

"他跟我说苏航早死了。"虞子衿又抢了一瓣橙子塞进嘴里。

一时沉默，朗颂也不知道再说什么好了。

"其实我今天是奉干爹干妈的旨意来的。"

"我知道。"

"他们不想你去那个什么慈善组织，我也不想。"

"E国的冬天特别冷，你的身体状况不适合在那边长住。"

"我就去那边和负责人沟通一下，一两个月就回来。"

"蔚凉大学文学院的院长又给干爹干妈打了电话，还是希望你能去任教。"

"今天上午刚搅黄了。"

又是沉默。

虞子衿吃完了朗颂剥的整个橙子，然后起身上楼继续收拾行李。

朗颂在客厅里坐了会儿，跟着她也一起上了楼。

之前医院里的工作很忙，虞子衿回来后，朗颂就一直没得空过来看看。

卧室里的摆设还是老样子，朗颂看了看摊在床上准备装箱的东西，里面连一张苏航的照片都没有。

"唉，悠悠，其实你想要带着苏航的心愿走下去还有很多方式，你没有必要背井离乡。干爹干妈都很挂念你，如果苏航在的话，他也会的。"

"'背井离乡'只是我这次决定的万千形容词之一，这是我自己的选择，与任何人无关。不管苏航在不在，干爹干妈挂不挂念，我都会这么做。况且我还没有传道授业的觉悟，也不想当老师，至少现在不想。"虞子衿手上的动作很快，继续低头整理东西。

"你又来了。可是你不能否认，你现在的每个决定都受了苏航的影响！"朗颂的声调不自觉地高了些。

"是啊，可那又怎样呢？"虞子衿望了望窗外，霓虹闪烁，但就是孤独无比。

苏航已经——不在了啊。

"天黑了，做饭吧。"


02

E国首都M市，上午九点整。

卫生间淋浴的水声，厨房中水壶发出的沸腾着的水声，以及男人的拖鞋踏过原木地板的声音。

敲门声响了三下后，门被打开。

"早上好。"

"早上好。"

进来的人向男人打了个招呼，男人回了句，然后兀自趿着拖鞋走进了卧室。

"我已经约了司机十点来接您。"来人从口袋里拿出一个小小的本子。

"嗯。"男人正在拉开衣帽间的门，他慵懒地轻轻应了声，视线稍许偏转打量了一下来人。

一身笔挺的黑色西装，脚上穿着一双擦得锃亮的小众品牌皮鞋，手里正拿着一个巴掌大的黑色羊皮本，认真地看着。

还不错。男人扫了一眼，走进衣帽间，关上了门。

"十点半会议会准时召开。您昨晚看了准备的发言稿，有什么需要改动的吗？"青年抬起头，看着已经关上的实木门，朗声道。

仍旧没有回话。

那就是没有，青年又低下头。

"下午两点半，德拉力慈善组织会来与您洽谈物资援助的最后一部分款项，我们考虑了很久还是决定把地点定在您的办公室。"

没有回话。

"今晚克里斯夫妇想要邀请您去他们家中共进晚餐。"青年手中的笔滑到了今日行程的最后一行。

衣帽间的门应声打开。

男人已经穿上了衬衣，但没有扣扣子，精瘦而流畅的肌理在白衬衣下若隐若现。

"可以。"他慢条斯理地扣着衬衣扣子，答了一句。

"那好，我去外面等您吃完早饭就出发。"青年轻松地笑了笑，然后收起了自己的羊皮本子，打算离开。

"不用了。"

青年停住了脚步。

"我们现在就走。"


上午十点二十八。

E国联邦大厦第六十层。

男人穿着一身笔挺的布里奥尼西装，阔步走到会议厅的走廊。

他的身后跟着秘书、助理、文案、翻译、速记等浩浩荡荡的一行人。

"还有件事，林先生。"

"说。"门边的两个服务人员向他鞠了一躬。

"泰勒先生邀请您下周一晚参加沃尔德世界慈善组织举行的慈善晚宴。"

"知道了。"

服务人员打开了厚重的双开大门。

他抬腿迈了进去。


蔚凉市是 Z 国北方的一座沿海城市，一过了十月就彻底凉下来了。

凌晨一点，虞子衿坐在机场的大落地窗边，看着 E 国慈善组织负责人新发过来的一串地址。

E 国语言，啥都看不懂。

虞子衿合上电脑，拢了拢身上的薄风衣。

"没来晚吧。"朗颂身上的长外套摩擦着发出嘶啦嘶啦的声音。

"没，你再晚来一分钟，我就要出关了。"虞子衿戴着眼镜，抬眼看着匆匆走近的密友。

"不好意思，医院加班，这时候才到。"

"没关系，只要是你送机，多晚我都等。"

"也不能等一辈子啊。"

"不能等一辈子，可以送一辈子嘛。"

"那我可——"朗颂刚想调笑两句，虞子衿却突然上前拥住了她。

"医院加班再忙也要注意休息，好好保养皮肤，早点找个男朋友。我爸妈如果有什么事，你就给我打电话。"

"好。"

"走了。"虞子衿将眼镜取下夹在衣领上，拿着行李和电脑包，微微笑了笑，转身走了。

不啰唆了，再啰唆就只剩下不舍和想念了。

凌晨一点，灯火通明的蔚凉机场，朗颂又一次目送这个身材高挑瘦削的女人渐行渐远。


几个小时的航行后，虞子衿落地 M 市国际机场。

有一个身材高大的当地司机在入关口外举着她的名牌接机。

上了车，她将负责人发过来的地址给司机看了一眼，司机猛地踩下油门，车一下子冲出了停车场。

这是她第二次来 E 国，她也搞不懂负责人究竟是什么脑回路，为什么不直接把地址告诉司机，还要让她与司机用英文沟通地址。

等她到了下榻的公寓，正好赶上日出。

西边的水面漾起波纹，东方的天空飞过一群鸽子。


"Yaslynn, welcome to join us!（欢迎你加入我们！）"当一群高大的 E 国人说着英文满脸笑容地迎上来的时候，虞子衿这么多年来第一次显得有些不知所措。

她微笑着接过一个高挑的 E 国女孩儿手里的鲜花，冲大家回了一句"Thank you"。

"Ms Yu,welcome to WORLD World Charity Organization.（虞小姐，欢迎你加入沃尔德世界慈善组织。）"为首的中年男人，也是组织的负责人维克托先生说着一口流利的英文，走上前与她握手。

"这位是安菲娅，由她负责帮助你熟悉工作。"维克托指了指刚刚上前献花的女孩儿，女孩儿俏皮地冲虞子衿眨了眨眼。

"子衿姐你好，很高兴和你成为同事。"

"哦！你会说 Z 国话！"虞子衿有些惊奇地脱口而出。

"我的母亲是 Z 国人。"安菲娅再次飞给她一个眼神。

"那太好了。"

"是维克托先生特意安排的。"

"那真是太感谢他了。"虞子衿回头冲维克托笑了笑。

维克托扬了下眉，点了点头。

"很高兴今后能与大家共事，请大家多多关照。"虞子衿鞠了一躬。

不同瞳色的同事们看着她，一起鼓起了掌。

"大家先去工作吧。"维克托挥了挥手。

围在一起的同事们慢慢散开了。虞子衿向他们点头致意，然后和安菲娅一起离开了办公室大厅。

一个月很快过去，周六的下午，虞子衿拖着疲惫的身体回到了公寓。

好在组织里的所有员工都能用英语交流，还有十几个在职的Z国志愿者，虞子衿与新同事们的沟通还不算是个太大的问题。

虞子衿的本科、硕士研究生、博士研究生读的都是文学，所以她被直接分派到文案宣传组，负责日常的文案写作、宣传工作及协助其他部门了解救援情况。

只有二十五六岁的年轻女博士，因战事报道而小有名气的记者，这些头衔让她一上来就坐在了文案宣传组总监的位置上。

明天将会有各界慈善人士和各国外交部工作人员前来交流工作，虞子衿洗了个热水澡，坐在暖气片边上看了会儿组织发过来的一堆援助项目计划书，一半都是E国语言……非要逼她学E国语言吗？

其实学E国语言应该也不是很难吧？她在Y国留学的时候被学校"骗"去F国交换学习一年，逼得她用十一个月就学会了F国语言。

又看了一个小时，她把目光移向窗外。M市的冬天非常冷，她前两天穿少了衣服，现在感觉有些鼻塞，起身找了两粒感冒药，吞下后又继续看。

或许是密密麻麻的E国语言太过催眠，又或者是感冒药中的安眠成分作祟，虞子衿的眼皮越来越沉，最后她趴在桌子上睡着了。

记忆深处，一朵烟花在不为人知的地方绽放。


×年前的夏天，虞子衿在西部国家阿特拜遇到了苏航。

他穿着一身笔挺的军装，军帽摘下，端端正正地放在膝上，规规矩矩地回答她的问题。他告诉她，他是个军人，战局都是军事家和政治家的事情，他只想维护好自己守护的和平。

那天很热，他们从会议室里走出来，他挡住她东侧的太阳，递给她一块手帕，一本正经地跟她说："虞记者今天真漂亮。"

那时，有一辆军车卷起黄沙呼啸而过，沙粒一颗颗地打在她脸上，一切感知都如此清晰。


他会在士兵们打招呼叫她"虞记"时，坐在石头上笑着说她应该去混娱乐圈。

他会在每一个街道的路口，把手虚环在她的腰后，轻轻地拥着她穿过马路。

他会突然抢过她的眼镜戴上，说自己看不清，尽管他是个狙击手。

他也会严肃地告诉她，战争是利益冲突的激化，是政治的手段，是正义与邪恶的易帜，更是生灵涂炭和颠沛流离。

他说每个人都在用自己的方式维护着心里的和平。

这份和平有时是坚定不移的捍卫，有时是孤注一掷的疯狂。


故事结尾的那一天，是个大晴天，万里无云，风平浪静。

虞子衿在一条小巷的小窗边坐着，旁边的 A 国妇女正全神贯注地旋转着陶轮，一个精美的陶罐在她的手掌中缓缓成型。立在泥地上的摄影机记录着这一刻，百米外的烂尾楼上，狙击镜中的那抹视线也注视着她。

一声轰隆的巨响，一切都好像在那一刻战栗。

她被炸伤了左腿，被士兵背着火速撤离了那片废墟。

他却一直守着那片荒芜。

十字准确地瞄准了目标，子弹出膛，射中了敌人的心脏。

又是一声巨响。

面目全非。


某一个夜晚，他们一起坐在军车的车斗里，他对她说，那就是银河。

他还对她说："射人先射马，擒贼先擒王。"

她当时还笑他，说他一个军人还会吟一首《前出塞》。

他违背了组织的命令，一意孤行，转换了枪线，射杀了恐怖组织的首脑。

但他没能阻止第二颗炸弹的爆炸。

如果再多给他们一次相见的机会，她会告诉他，如果是她，她也会这么选。


其实，灾难只是一个笼统的词语，那一秒的惊恐和疼痛只是灾难中的小小一帧，但对于渺如尘埃的个体，那份痛苦是一辈子都无法逃脱的梦魇。

那是一个个活生生、有血有肉的生命啊。

他饱满的额头、深邃的眼眸、挺拔的鼻梁、紧抿的薄唇，一切都在那一声巨响中变得面目全非。

连同她的心。

苏航，我真的好想你啊，摄像机被炸成了碎片，发出去的那段视频也是无声的。我就想再听听你的声音，再听听你口中向往的和平。

苏航，我真的很想你。

汗水从她的额角渗出。

梦，戛然而止。

# 第二章

........ ◆ ........

龙珠

01

"放心吧，我一切都好。"

"我给你寄的洋酒收到了吗？"

"你不能喝没事儿啊，送给同事喝。"

"哦，送给同事喝罚得更惨啊！"

"那你还是给我发回来吧，挺贵的呢，哈哈！"

虞子衿将电话挂断撂在梳妆台上，抬头看着镜子里那张熟悉的脸，一时寂静。

很多见过她的人都说，那是一张很美的脸。

深棕色的眼瞳，眼窝深陷，下眼睑微微有些下垂，但笑起来时眼角会划出一个小小的弧度。

虞子衿的 Y 国同窗告诉她，她的眼睛很像著名超模卡门·凯丝的。

她们甚至还为她化过一个卡门·凯丝仿妆——眉骨略高，眼窝深陷，鼻梁高挺，薄薄的唇瓣，笑起来时眼神怜悯，笑意嘲讽。

睥睨众生。

身在 E 国，她觉得祖父赐给她的那四分之一 Y 国血统也已经不够用了。她一边想着，一边又在鼻梁两侧刷了一层阴影。

她最近瘦得有些厉害，下颌和颧骨边就不刷了。

她是在十六岁那年的夏天，跟着网络上的化妆视频学的化妆，后来人在米兰，技术又精进了一些。

她每天素面朝天地拼完高中三年，并按计划顺利地用一个暑假掌握了一套完整的化妆技巧。

现在想想，一次次跳级，拼命地规划未来，再以最快的速度完成学业，似乎也没有给她带来更多想要的，反而带来了无尽的遗憾。

虞子衿又抿了抿唇上的口红，看了眼镜子，然后将高高扎着的长发放了下来。

嗯，还算得体。

饭点已经过去将近两个小时，虞子衿长舒了一口气，粗暴地摘下挂在脖子上的工作牌，重重跌进老板椅里。

一阵透骨的凉风从外面吹进来，晃动了窗台上的一盆绿萝，许是楼层太高，虞子衿觉得楼下的松树还是纹丝不动。

一个上午加半个下午，他们接待了三个慈善组织的代表、一位东欧国家的大使，晚上还有一场慈善晚宴。

"子衿姐，先吃点东西吧。"安菲娅手里端着三份盒饭，走了进来。

"好，谢谢，你吃过了吗？"她接过盒饭打开看了看，一盒汤、一盒松饼和面包、一盒牛肉。

"还没有。"安菲娅清了清沙哑的嗓子，低着头回答她。

"那就坐下一起吃吧。"这小姑娘平时一向活泼爱笑，今天却一反常态地低着头和她讲话，虞子衿察觉到些不对劲儿，抬头望向她。

小姑娘似乎有什么话要说，坐到了桌子对面的椅子上。虞子衿递了刀和叉子给她，两人对坐着默默吃饭。

小姑娘很善良，对她也很好，她觉得作为同事，理应关心一下。

"晚上的宴会你都安排得差不多了？"快吃完了，虞子衿试探着开口。

"嗯。"安菲娅依旧低着头。

"有什么问题吗？"意有所指。

安菲娅沉默了。

"那就是今天的风太大了，把你的好心情给吹没了？"虞子衿忽然转了话题，把手伸到嘴边，吹了口气又攥住，最后模仿风的声音撒开了手。

安菲娅勉强地笑了笑，还是没开口。

既然她不打算说，虞子衿也不打算强求。

两人对坐着沉默了几分钟，安菲娅却突然开口了："子衿姐，你有想过自己到底想要什么样的生活吗？"

虞子衿看着抬起头一本正经地对着她的眼睛发问的姑娘，缓缓道："其实也有过吧，只是长大之后就只顾着追求，没再回头仔细看看了。"

安菲娅又低下了头。

"不过人要明白自己的追求还是挺重要的，如果没想通，一条道走到黑也只能是黑的吧。"

虞子衿坐直，把身子稍稍地探向安菲娅。

"我很好奇，你想象的生活和现实的生活一样吗？"她望向安菲娅，眼里带着些许温和些许鼓励。

"我觉得大部分都是不一样的。"小姑娘踌躇了半晌，还是认真地回答。

"我不顾爸妈的阻拦，放弃托木斯克国立大学的研究生机会来到这里，当时面试官问我有什么跟慈善有关的经历吗，我说没有。

"但我说，虽然我没有别人那么丰富的慈善经历，但我有一颗向往和平的心。

"我通过了面试，顺利地进到组织里来，每天认真做事，看着一笔笔钱打进来又打出去，看到自己写的很多宣传文案被发出去，又有很多像从前的我一样向往和平的人把信件寄进来，我忽然间有些恍惚，也很着急，我找不到那些数字和信件里面有什么是与我所追求的和平有关联的。

"维克托先生在我入职的时候就告诉我这是一份工作，虽然我并不完全认同，但我的的确确在努力地工作着。直到今天，我看到我们邀请的那么多慈善和政界人士，看到他们坐在我收拾的会议厅里对政治和战争高谈阔论，我觉得这根本就不是我想要追求的那份和平。"

她低着头，看着手指，声音一点点地低下去。

虞子衿看着她的神情和动作，已经很清楚地感受到了她心中的低落。她一点点垂下去的头，好像是蹦极时已经降落到了最低点的绳子，她却没办法把它扯上来。

其实她可以告诉安菲娅，现实就是现实，灵魂可以永存，但利益绝不会匿迹，她们都应该看清现实。

可她没办法那么说，因为——她也看不清。

或者说，她明明看清了却选择蒙住了自己的眼睛。

她和安菲娅一样，或者说她是个更甚于安菲娅的彻头彻尾的理想主义者。

她看得清一切，也想过要改变，但最终还是屈于现实，任由绳子坠落到地上。

"可能你很少待在Z国吧。"虞子衿缓缓开口。

"Z国的慈善及国际援助相较于发达国家还是有很大差距的，所以一开始能得到这样的机会能来这里工作，我是很开心的。

"维克托说的是对的，这就是一份工作，而且是一份必须要认真做好的工作。可能他说得并不完整，慈善组织也分为营利和非营利的，正因为这块蛋糕有利可图，才会有那么多的慈善组织存在。

"可能这样说有些直接，我们也不能否认这个世界上有很多像你这样的真正想要守护和平的人加入慈善组织。但工作就是工作，企业就是企业。

"Z国有个词叫'螺丝钉精神'，我们是这个组织机器里的一颗颗螺丝钉，我们可能一辈子都被钉在同一个地方。但一旦少了这颗钉子，整个机器就没办法运作了。

"钉子没有思想，一辈子只能被固定在一个地方。但人不一样，在把自己分内的工作做好之后，我们可以再做些什么，帮助这台机器更好地运转。"

虞子衿说话时一直注视着安菲娅的表情，看到她从一开始皱着眉头，到慢慢地舒展。

这大概是她现在能给出的最好的答案了。

"所以，我要继续。"明明是个陈述句，虞子衿却还是听出了些许的疑问和不自信。

虞子衿注视着安菲娅的眼睛，却没说什么。

"咚咚咚！"

敲门声响起。

"子衿姐，我先走了。今天谢谢你。"安菲娅火速地收起桌上的餐盒，走了出去。

虞子衿看着安菲娅变得轻快的脚步，好像再次看到了生命的鲜活。

真好，她望向天花板。

"吃过饭了吗？"维克托手里拿着西装外套，笑吟吟地走了进来。

"您没闻到屋里一股浓浓的罗宋汤味道吗？"虞子衿勉强地笑了笑。

"这两天忙得鼻子都坏了。"维克托揉了揉鼻子。

"您吃过了吗？"

"刚吃了。"

"又有什么事儿吗？"

"今天晚上的晚宴，Z 国驻 E 国的外交官林先生也要来。"

"他不是说不来了吗？"

"临时又要来了。"维克托也无奈。

"需要我做什么？"

"也没什么，林先生这次是泰勒先生请来的。但是泰勒先生的太太突发疾病，现场没人迎接。你和林先生都是 Z 国人，他来了你要和他聊上几句。"

"随便聊吗？"

"随便聊。"

"好的。"

虞子衿刚答应完，维克托裤袋里的手机就响了起来，他接起来匆匆地应了两声，就赶忙走了。

虞子衿望了望天花板上的白炽灯，重重地叹了口气。

似乎什么工作都是这样，忙，而且没完没了。

宴会厅里的灯从上午就开着，一直亮到晚上。

宴会厅的大门前站着的两排接待人员，也一直站到晚上。

一位位慈善组织的负责人踏过柔软的红地毯，与同行的人谈笑风生。

"来了来了，林先生来了。"跟虞子衿一同站在舞台边的同事指着远处的大门，激动道。

"听说林先生是外交部里最年轻的副司长，也是今天分量最足的。"

安菲娅也道。

"分量最足？你挑西瓜呢？"虞子衿忍不住吐槽。

"我们要怎么做啊？"同事们都激动地问道。

"该做什么做什么，去看看后台的设备都调试好了没有。"虞子衿注视着大门的方向，冲手底下的同事们吩咐。

同事们四散分开。

"我天，是真的很年轻。"安菲娅小声呼道。

虞子衿有些近视，离得又远，只能看到一个挺拔的人影，模糊得连五官都看不清。

"有多年轻？"反正一切都准备得差不多了，虞子衿难得地搭了话茬。

"比想象的年轻啊。"安菲娅有些不适应地回过头看了她一眼。

"你这 Z 国话还是不行啊。"虞子衿摇头。

"一切就绪，还有三分钟。"后台的工作人员在虞子衿耳边小声地说了两句，然后又快步离开。

音乐切换，主持人上台，服务生站位。

到目前为止一切都很好。

一会儿就是用餐和舞会了，这方面酒店熟练，她也没什么好担心的，在台边站了会儿，就离开了。


晚餐结束，舞会开始前，虞子衿站在大堂落地窗前看着天空绽开的几朵烟花。

一切从聚集开始，又以四散结束。

而她也始终比烟花寂寞。

"子衿，该你上了。"维克托满面红光，从宴会厅里出来，有些激动地对她说。

"林先生这次还特地了解了我们最近正在筹备的那个药品支援计划，一会儿你也可以有意无意地跟他提一提。"

"好。"虞子衿对着窗户，似乎还在看烟花，但手还是举起来理了理头发。

"我们进去吧。"

宴会厅里正放着优雅的古典乐，人们聚在一起，灿金色的灯光打在高脚杯上，泛起淡淡的光。

虞子衿踩着五厘米高的高跟鞋，踏在软软的地毯上，左手挽着维克托，右手端着杯红酒，慢慢地向那个清隽挺拔的身影靠近。

大概还剩一米的距离，两人停下了步子。男人结束了与他人的对话，缓缓地转过头，对上虞子衿的视线。

眼睛长得很漂亮，这是虞子衿的第一反应。

眼窝有些深，目光深邃，像蒙了一层薄薄的雾，却依旧很明亮。明明是一双好看的桃花眼，但看人时总有些难以言说的严肃和深沉。

他的确很年轻，看起来好像只有二十几岁，一头黑发整齐地梳成背头，露出圆润饱满的额头。眉骨有些高，鼻梁和鼻翼的弧度美到无以复加。

宛如希腊的神祇。

"虞小姐，你好。"他启唇。

"啪"的一声。

虞子衿手里的高脚杯摔在了地毯上，一点点地滚远了。


几双眼睛齐齐地注视着虞子衿。

"扑通！扑通！扑通！"

她依旧注视着他的眼睛，好像什么都没发生过一样。

但只有虞子衿知道，她此刻的身体里好像装着一整个蠢蠢欲动的夏天，无数只蝉在她的胸腔中此起彼伏地鸣叫，聒噪得连心脏几乎要跳出来。

那短短的一句话像一颗石子，轻轻地掷向她心中的深潭，泛起一圈圈涟漪，也激起了她尘封已久的回忆。她想起了阿特拜还未完全黑下的夜里绽放的三朵烟花，想起他把她拥在怀里侧耳低语的那个夜晚。

她甚至想起了那时放的到底是哪首歌曲。

"虞小姐，你没事儿吧？"男人有些关切地开口。

"扑通！扑通！扑通！"

那磁性的男低音，略带一点沙哑的颗粒感，却很清晰。

真的是苏航的声音。

是与他在阿特拜的每一次耳鬓厮磨，是那段视频里没有声音却不断变换的口型，是她每次梦里百转千回却再也忆不起的声音。

她以前从没想过，这个世界上可以有两个一模一样的声音。

服务生走过来不动声色地捡起掉在地上的杯子，维克托有些担心地握了握虞子衿挽他的手。

"没什么，就是恍神了。"她重新平静下来。

"听闻虞小姐之前是位战地记者，我叫林许亦，久仰。"男人缓缓地向她伸出手。

他的手修长又有力，虞子衿象征性地握了握。

"刚才听维克托先生谈起贵组织最新的援助项目，听说你是宣传部门的负责人，这么好的项目，你可要好好进行招募和宣传。"虞子衿还没来得及担心该怎么跟林许亦不着痕迹地谈起项目，他就已经单刀直入了。

"是这样的，我们已经派了第一批志愿者到当地……"她重新露出得体的微笑，调整着呼吸，希望自己说的话能有条理一些。

可天知道，她的大脑已经一片空白了。


晚上九点整，经典的舞曲响起，衣着华丽的男男女女纷纷牵着手优雅地步入舞池。

"舞会开始了。"

虞子衿刚和林许亦聊着慈善项目，在闲聊中得知林许亦也是蔚凉人。听到舞曲，她突然插了一句。

林许亦挑了下眉，并不表态。

"你会跳吗？"虞子衿看着远处拥在一起的男男女女，笑着问。

"你会吗？"林许亦反问。

"会啊！"她转回了视线，仰头直视林许亦的眼睛。她似乎被酒精的力量驱使着，暗示林许亦。

林许亦又挑了下眉，沉默了一会儿，轻轻地放下酒杯道："能邀请你跳支舞吗？"说着，他伸出手。

"谢谢邀请。"她微微一笑，丝绒质感的红唇上沾着些许红酒，在镁光灯下闪耀。

他们像一对初恋的情侣，走进舞池，上身微微接触，脚下的动作缓慢而轻柔。

或许是红酒喝得有些多了，虞子衿的脚步有些虚浮，好几次踩在了林许亦的皮鞋上。好在林许亦一直保持着绅士风度，只轻轻地收回脚，继续迁就她的舞步。

她想起从前，她光脚踩在苏航的脚背上，缓缓地在漆黑的空间中摇曳。

她承认，她暗示林许亦跳舞并不全是因为酒精。那个久违的声音，以及他身上有些说不清道不明的东西都在深深地吸引着她。

舞曲悠扬，她越来越恍惚，身体几乎已经全靠在他的身上。一直到舞曲终了，她都没想到那种难以言说的东西到底是什么。

"你真的会跳？"舞曲终了，林许亦的头贴在她的耳侧，有温热的气息打在她的脖子上，那熟悉的声音近在咫尺。

她没答，只是笑。

忽然，舒缓的舞曲骤然转换。

是一首探戈。

"*Por una Cabeza.*"虞子衿的声音带着一丝柔媚。

林许亦怔了一下，反应过来，也轻轻应了句："《一步之遥》。"

"敢不敢？"虞子衿的话还没说完，就再次攀上了林许亦的肩膀。

林许亦微愣了一秒，还是很快地跟上了她的脚步。

虞子衿成功地取得主动权。

他们跟着轻快的探戈舞点轻盈地移动脚步，虞子衿穿着高跟鞋，刚好可以将下巴搁在他宽阔的肩上。

舞曲进入了一个小高潮，林许亦抬起手臂，虞子衿轻轻地扭动腰肢，在他手臂下转了个圈，然后又被他重新揽进怀里。

整个舞池似乎都静止了，虞子衿的额头微微抵着林许亦的下巴，她看着灯光下两道追逐的影子，交错、重叠、分离，拉长又缩短。灯光照射过的地方似乎还残留着余温，动人的音符在迷人的夜色中似有形的烟雾，弥漫着、氤氲着。

她如同一个已经酩酊大醉的酒鬼，开始寻找最后一缕酒香。

"你真的会跳吗？"虞子衿突然仰头，将脸贴上林许亦的侧脸，气息轻轻吐在他的耳边。

脚下的舞步还在继续，她的声音微微带着些许喘息。

林许亦不言，嘴角是一抹微不可察的轻笑。

暧昧的气息一点点发酵。

进入高潮，舞步变得更快，林许亦似乎有些分神，错了一次。

"真的会？"她再次调侃他。

林许亦还是不言。

短短几分钟，音乐已经进入尾声，最后一个动作，虞子衿将腿勾在林许亦的腿上，林许亦微微屈膝，单腿将她撑起。

一曲舞毕，人群再次沸腾。

林许亦吻了下虞子衿的手，深沉的眼睛里带着一丝柔和的笑意。她牵着他的手缓缓地走出舞池。

"有些像阿尔·帕西诺了。"虞子衿的手有些潮湿，攥了下他的手。

"谢谢。"林许亦目视前方，小声道。

虞子衿适时送出一道眼波。

他终于说话了。


午夜十二点半，宴会结束。

音乐已经停止，但舞台前红绿交错的灯光依旧亮着，虞子衿抬起头直视灯光，将杯中的红酒一饮而尽。

今晚的一切都如此不真实，以至于她仿佛一直沉浸在一场无与伦比的梦幻之中。

她喝了很多酒，也想了很多，她觉得大概是林许亦身上的神秘吸引了她。

林许亦看起来明明什么都有了，却还是显得那么——孤独。

"同事们都走得差不多了，这么晚，我叫人送你回去？"维克托一边往身上披着西装外套，一边往虞子衿身边走去。

"不用了，我打个车就好。你快回去吧，小特丽莎和你太太应该已经等着急了。"

"回去又怎样，还不是要继续熬夜工作。"维克托叹了口气。

"要喝吗？"虞子衿将酒杯往维克托面前伸了伸，"哦，忘记了，你不喝酒的。"她又将酒杯缩了回去。

很多人都知道，E国的男人往往嗜酒如命，但维克托确实滴酒不沾。

刚来那天的洗尘宴上，维克托说他的父亲在他十七岁时的冬天，喝醉酒在街边坐了一晚，早上发现他的父亲时，已经冻死了。

"太冷了，我不想被冻死。"维克托耸了耸肩，当时的他是这么说的。

"为什么非要今晚加班？"

"我们之前做的那个萨罗援助项目第一期已经结束了，第二期主要是人道主义救援，除了物资，我们还要给他们传递新的思想和知识。因为听说萨罗的邻国最近又发生了战争，趁着还没打到萨罗，我们得快点把承诺给他们的援助送到。"维克托又紧了紧领带。

萨罗，F洲东北部一个较大的共和国，西部与多国接壤，东隔红海，与Y洲A国等国相望，扼住由亚丁湾进入红海的海上咽喉——M海峡，战略地位十分重要。很长时间都是异国殖民地的萨罗，在二十世纪七十年代才宣布独立，但建国以来也因为各种条件限制和政府内部的问题多次与邻国发生冲突，本国政局动荡。

虞子衿想起了昨日下午郑重向她描述和平的安菲娅。

"得，机会这么快就来了。"


02

中型大巴行驶在广袤无垠的沙漠之中，炽热的阳光灼烧着整片土地。虞子衿头靠着窗户，随着大巴的起伏，没有规律地撞着玻璃窗。

"你要吃点东西吗？"财务部的副总监，年轻的E国人彼得轻轻地晃了晃她的胳膊。

她回头睡眼惺忪地看他，彼得的手里正拿着一个用保鲜膜封好的餐盒。

"谢谢，但我现在不饿。"她摆了摆手。

盒饭是昨天落地AJ国后住了一晚的宾馆准备的，里面有一块夹肉面包、一份酥皮甜点、一根黄瓜和几个奇形怪状的梨子。

虞子衿昨天尝了，黄瓜麻嘴，梨子又酸又涩，实在不好吃。

好在一整天都在坐车，她索性省了一顿饭。

"大家先去服务区上个厕所吧，一会儿进了萨罗，就没什么停靠点了。"有人在前面大声喊了两句。

是后勤部的 F 国老姑娘西莉亚，她作为第一期的随派人员已经来过一次萨罗了。因为萨罗的官方语言是 F 语，她又比较了解当地的情况，所以便做了第二期志愿者的领队和负责人。

虞子衿拿起手边的水瓶灌了两口，撑着座位勉强地站了起来，缓缓地拖着麻木的腿下了车。

上了个厕所，所有人又很快集合，重新上车。

他们要赶在天黑之前进入萨罗境内。

大概又行驶了一个钟头，迷迷糊糊间，虞子衿似乎感觉到天已经黑下来了，好像有士兵上来清点人数，应该是已经入境了吧。

夜幕降临，沙漠里的温度也降低了。大巴内的空调调低了一些，连带着年久失修的风机嗡嗡声也变小了。

虞子衿睡得更熟了。

直到一声女人尖厉的惊叫声响起打破了车厢里昏昏沉沉的气氛。

虞子衿猛地睁开眼。

大巴车的车门不知怎的已经被打开了，一连串沉重的脚步声不断地涌进车厢里。

"Don't move!（别动！）"一个沙哑混沌的声音霎时灌进了虞子衿的耳朵。

电光石火之间，虞子衿还没来得及抬头去看来人的样子，就被什么东西套住了脑袋，眼前一黑。

她睡得已经迟钝了的脑袋也终于在这一刻重新飞速运转起来，她清楚地意识到——他们遇到劫匪了。

"Hand,hand,up!（手，手，举起来！）"车厢里嘈杂的脚步声慢慢消去，虞子衿听到车厢其他位置的强盗在用生疏的英语要求同事们把手举起来。

她下意识地去摸自己身侧座位夹缝里的手机，却马上感受到有什么东西生硬地抵住了她的后脑。

"Hands up!（举起手来！）"身后的人歇斯底里地吼道。

她慢慢地将手举起来。

强盗粗鲁地一把抓住她的衣领，将她使劲往车厢的过道里拖。

虞子衿的身体被人拎着，手高高地举过脑袋，黑洞洞的枪口还抵在她的后脑上，她不敢反抗，被拽得站起身来。

她和其他同事挤在一起被重重地推下了大巴。

侧脸与沙砾摩擦，掀起一地尘土，呛进嘴巴和鼻子里，引得虞子衿重重地咳了几声。她还没来得及从地上爬起来，就感受到有人走近，一根粗糙的麻绳利落地捆在了她的手腕上。

她被人狠狠地拽着在地上拖行。

她听见同队的女生有的已经开始挣扎着呜咽，好像也有反抗的声音，但很快被大吼着制止了。

冬天沙漠里的夜是寒冷的，狂风席卷着大地，似乎要把骨头都吹散了。

她的身上只穿着一件单薄的短袖 T 恤，手臂暴露在空气中，与地面的沙砾不断地摩擦，似乎都可以感觉到皮肤被尖锐地刺破、划开。

也不知道被拖着走了多久，拽着她身体的力道骤然消失，她惯性地往前滑了一点，一双有力的手立刻将她一把拽起，又狠狠地掷在原地。她重心不稳地向一侧歪去，却碰到了一具温暖的躯体。

应该是同样被丢在地上的同伴。

一双手忽然从她的身上粗鲁地滑过，拿走了她的钥匙、录音笔和其他一些小东西。

其他人也同样被搜了身，有的女生已经忍不住抽噎起来。

"Quiet（安静）!"伴随着一声粗犷的吼叫，子弹出膛的声音划破了夜空。

虞子衿的脑袋"嗡"的一声炸开了。

这是她曾经在那片土地上听到无数次的声音。

最后一次，是苏航的子弹射中了敌人的心脏，倒下的却是他自己。

随着一声枪响，周围瞬间安静下来，只剩下风声呼啸。

虞子衿忐忑地等待着，可能下一秒子弹就会贯穿她的身体，她会像一朵凋零的玫瑰，将红色的花瓣最后一次绽放在荒漠里。

她还没来得及把那批物资安全送到等待着它们的难民手里，还没来得及继续守护苏航想要守护的那份和平。

她又一次被人拖拽着，身体与其他人紧紧地并在一起，他们被一起捆住了。

其间，强盗们井然有序，并没有什么多余的交流声，而她手臂和身体上的触感，也始终是绒面的手套质感。

这是一伙很有组织和经验的强盗。

身边一直有沉沉蹀步的声音，这种声音在宁静的夜空下持续了一个多小时。

突然，一句听不懂是哪国的语言打破了寂静。

虞子衿听到了低低的交流声，直到蹀步的声音又一次缓慢靠近，一阵衣料窸窣摩擦的声音后，一个同行女生尖锐的惊叫声几乎刺穿耳膜。

子弹上膛，随后是震耳的一声枪响。


她该怎么办？刚才那一枪到底有没有打在那个女生身上？

开枪后的余震还在耳膜中鼓动，虞子衿的身体虽然被绑得结实，但还是不受控地不停颤抖着。

周围是死一般的寂静。

忽然，车轮碾碎沙尘的声音进入了所有人的耳中。

虞子衿的大脑飞速地运转着。

可还没等她想出什么，那个奇响无比的"Quiet!"再次响起。

这是歹徒的车。

真是令人绝望的答案。

等待的死亡并没有降临。

大概又过了十分钟，车子引擎发出奇怪的声音，一阵沙尘再次拍在虞子衿的身上。

周围还是一片寂静，只是没有了那一下一下的蹀步声。

又沉寂了几分钟。

"走了吗？"有个同事小心翼翼地问道。

没有回话声，更没有粗鲁的拉扯。

他们真的走了！

一秒钟内，叫喊声、抽泣声、挣扎声在耳畔响起，劫后余生的第一秒，一切感知都如此清晰。

"快去看看苏来妮！"彼得焦急的声音响起。

一切挣扎都停止了，好像一瞬间又从人间重回地狱。

"他们没搜到我腰带上的刀片！"

"我来拿！"

很快，一个人的绳结先被割开了，后面一个个的都被割开。

虞子衿顾不得被绑得麻木的手腕，慌忙撑着地站起来，往躺在远处的苏来妮的方向飞奔过去。

"她还有呼吸！"彼得激动地大喊。

"她应该是昏厥了。"队医莱纳德道。

"车上有医疗箱，我现在只能给她做简单的急救。"

"我现在就回车上找！"彼得飞快地站起身。

虞子衿却是沉默。

今天晚上发生的一切都在清楚地提醒她——他们遭遇了抢劫，他们要怎么回车上，或者换句话说，他们的车在哪儿？

茫茫大漠，冷风呼啸，一片漆黑，他们什么都没有。如果在这样的环境里失去方向，后果可想而知。

"找脚印！"愣了半分钟后，虞子衿终于意识到。

虞子衿与彼得迅速借着月光，弓着腰一寸一寸地寻找强盗们走过的印记。

走出去两三公里，他们终于看到一辆棕黄色的大巴车隐在月光下。

二人飞奔着登上车，彼得慌忙地去摸索前排莱纳德的座位，虞子衿紧跟着也走近座位，却傻眼了。

什么都没了。

03

"四个轮胎被打爆了三个，窗户碎了六扇。"虞子衿重新走进车厢里，缓缓道。

"他们什么都没留下，什么都没留下……"彼得茫然地坐在驾驶座上，似乎是在对虞子衿说话，又似乎是在自言自语。

气氛陷入沉寂。

有很多可怕的想法在虞子衿的大脑里闪过，可能彼得也一样，甚至想到了他们在沙漠中的死法。

"嗡嗡嗡……嗡嗡嗡……"

手机振动的声音打破了沉寂。

虞子衿和彼得同时抬头，他们都看到有什么正隐隐地在后排的座位上放着光。

虞子衿迅速冲到了那束光亮面前。

她不顾还流着血的手，把手臂伸到座位上一下下地摸着，没有找到，她又把手伸到夹缝里去摸。

被恐惧侵袭的记忆重新涌进大脑，在强盗把她的头蒙起来的前一秒，她用大腿把座位边的手机碰到了夹缝里，她当时甚至还听到了手机落地的声音。

那些人竟然没有发现。

手机上是几条到 AJ 国时未读的入境信息，刚刚新发来的一条短信写着：

尊敬的 Z 国游客：

您好！

Z 国驻萨罗大使馆提醒您——文明出行，入乡随俗，遵纪守法，加强防范，规避风险。请遵守萨罗法律，保管好财物，少带现金，防盗防抢。勿非法购买和携带象牙等野生动植物及制品。

另，萨罗东南部存在安全问题，请勿前往。

Z 国驻萨罗大使馆电话：0024××××××

虞子衿盯着那串数字，沉默了许久。

"嘟嘟嘟——"一声，两声，三声……

拨打电话的声音吸引了坐在前座发怔的彼得，他注视着虞子衿，慢慢走到她身边。

"喂，您好。这里是 Z 国驻萨罗大使馆，请问有什么能够帮您？"电话那头是个清晰明了的中年女人的声音。

虞子衿握着手机深吸了一口气，组织语言："你好，我们是沃尔德世界慈善组织的志愿者，来这里进行援助活动。我们从 AJ 国入境萨罗后，在公路上行驶了大概一个小时，遭到了歹徒持枪抢劫，对方将我们蒙住头带到了沙漠里捆住，我们大巴里的东西被洗劫一空，现在有同伴受了伤，并且有一个已经昏厥。我们现在什么物资都没有，希望能得到你们的帮助。"

虞子衿组织好语言把他们的遭遇说了出来，电话那头顿了好几秒，才重新应答："您能告诉我您的名字和联系方式吗？"

"虞子衿，电话就是打过来的这个。"

"您是怎么有手机与我们联系的？"对方好像有些顾虑。

"我藏在夹缝里的手机没有被发现。"

"您能告诉我们具体位置或者发送定位吗？"

"恐怕不行，沙漠里没办法上网。我们就是从 AJ 国入境后沿着唯一的那条公路行驶了大概一个小时。"

"好的，请您先安抚其他成员情绪，我们会马上派人前去援助，请保持电话畅通。"对面的人快速地说完，然后挂了电话。

虞子衿拿着手机依旧是保持着接听电话的姿势，愣了几秒。

"怎么样，你说了什么？"彼得慌张地想要抓住虞子衿的手臂，但当他借着月光看到她手臂上的血痕时，他收回了手。

"我给 Z 国驻萨罗的大使馆打了电话，他们会马上派人来找。"

寂静的车厢里，清辉洒下，彼得注视着站在他面前的女人，她的头发乱糟糟的，手臂上还流着血，但那双深邃的眼眸中却闪现着无法隐藏的坚定。

"May god bless us.（愿上帝保佑我们。）"彼得转头看着窗外。


"我当时被套着头什么都不知道，我只听到子弹上膛的声音，我害怕极了，以为要死了，然后就晕了过去。"虞子衿和彼得回到原地时，苏来妮已经醒了，她正躺在莱纳德的怀里，还在瑟瑟颤抖。

"我们把大巴上的座椅套扒了下来，你分给大家吧。"虞子衿一边说着，一边将臂弯里抱着的两个座椅套递给莱纳德。

莱纳德沉默地接过，盯着虞子衿裸露的手臂看了一会儿，缓缓道："我还是给你包扎一下吧。"

虞子衿低头看了眼自己满是血痕和划痕的手臂，还是摆了摆手：

"不用了，没什么影响。"

莱纳德也没有再作声，低头把座椅套包在苏来妮的身上。

沙漠冬天的夜晚是刺骨的寒冷，一阵风刮过，是真的冷到骨髓里去。

一个小时过去了。

月亮已经升到了正上方，团队的同事们环坐着抱成一团。有一个打着瞌睡歪了歪头，马上被旁边的人叫醒，在这样的环境里睡一觉，是会被冻死的。

两个小时过去了。

有的女同事已经扛不住了，男士们把自己身上的座椅套裹在旁边女士的身上。大家都沉默着，不知道说什么，生怕开口说句话，那根紧绷的希望之绳就会断掉。

三个小时过去了，还是没有人来。

虞子衿摇摇晃晃，头向一侧歪下。

即将睡着的前一秒，手机突然振动起来。

一阵汽车发动机的声音远远地响起。

他们同时侧过头。

"天堂。"虞子衿闭着眼喃喃道。


他们到大使馆的时候天已经亮了。

虞子衿倚着车窗玻璃沉沉地睡着，直到被坐在前面的 Z 国救援人员摇醒。

一座白色的建筑笼罩在晨光中，有微风吹过，院子中央的红旗与萨罗的蓝色国旗高高飘扬着。

建筑前面的铁艺大门前已经站着一男一女，都穿着整齐的西装西裤，看到他们下来，连忙跑上前去。

男人认出了虞子衿是一行人中唯一的 Z 国人，快步走到她的身边，与她握了握手。只不过在看到她已经凝固结痂的手臂时，他放缓了动作。

"虞小姐，您好，我是秘书处的周然。很抱歉晚上行车慢了点，刚刚救护中心说那位受伤的女士已经没什么问题了。我们安排了早餐和休息室，先让大家过去。"

虞子衿已经没什么力气讲话了，只是点了点头。

一行人被搀扶着走进了铁门内。

　　他们大多是轻微的擦伤，经过简单的包扎，已经能够行动自如。大使馆为他们准备了当地的早餐，他们十几个人三下五除二地干掉了一桌的食物。随后，工作人员把他们领进一间大屋子，里面摆着几张沙发，他们被安排在这里休息。

　　这次抢劫非同寻常，抢劫对象是国际性的慈善组织，很多重要文件和先行运输的物资都被洗劫一空，并且被劫人员和物资涉及多个国家，所以大使馆极其重视。

　　周然说他已经第一时间联系了当地警局和其他志愿者国家驻萨罗的大使馆，但因为刚刚天亮，包括 Z 国大使馆在内的几个大使馆都没有开始正式办公，所以只能先等。周然还安抚了大家，说公使已经知道了此事，马上就会赶来。

　　虞子衿看着东倒西歪沉沉睡着的同事们，本想撑到公使来，但这一夜的波折实在耗尽了她所有的精力，她坐在沙发上，注视着房门，慢慢地合上了眼。


　　"那也要在十二小时内查明行踪，一个白天够他们跑出国界了。"一个男性声音传进了虞子衿的耳朵。

　　音调偏低，磁性十足。

　　虞子衿缓缓睁开了眼。

　　男人穿着一身笔挺的黑色西装，宽肩窄腰，双腿修长，背对着她站着，身体被笼罩在清晨柔和的阳光里。

　　"其他使馆都已经联系好了吗？我们没办法安顿这么多其他国家的志愿者。"他的声音萦绕在她耳边。

　　"暂时还不行，我们现在还在等警局的调查结果，很多手续也还没有办——"

　　虞子衿缓缓坐起了身。

　　与男人谈话的周然察觉到了她起身，停下了交流，将视线挪到了她的身上。男人也察觉到了，慢慢转身，虞子衿与他那双深潭般的眼眸对视，她起身，他走近。

"虞小姐，给您介绍一下，这位是我们Z国驻萨罗公使林许亦先生，因为姚大使前段时间回国述职，所以现在林先生是临时代办。

"林公使已经了解了贵组织的遭遇，我们也在动用各方力量，尽全力追捕歹徒。

"林公使，这位是虞子衿。虞小姐是本次慈善活动的负责人之一。"

"虞小姐，好久不见。"林许亦问候了一句。

"好久不见。"虞子衿回道。

林许亦上前一步向虞子衿伸出手。

她也将身子往前略微倾了倾，握住林许亦的手。

两人短暂地握了一下，又马上分开。

他背对着阳光，头发整齐地用发胶固定，棱角分明的脸上没有什么多余的表情。

他的西装内是一件蓝色的衬衫，没有系领带，但衬衣上的扣子一丝不苟地扣到了最上面。

虞子衿在靠近他时闻到了一股淡淡的龙涎香。

他身材颀长，稍稍低头看着她，眼睛微微眯起，眼尾留有几道淡淡的皱纹纹路，深棕色的眼瞳里映着她那张睡眼惺忪的脸。

两人沉默地对视着，周围一片都是静的，只有些许微不可闻的呼吸声。

"大家都还在休息，虞小姐，我们到外面谈吧。"周然不知何时冒出一句。

"哦，好。"虞子衿如梦初醒，迅速地移开一直注视着林许亦的视线。

"虞小姐，我们已经联系了各国使馆，十一点之前他们就会来接人。各使馆也已经安排了航班，今晚就可以送你们回国。"林许亦笔直地坐在椅子上，双手交叉放在桌上，一眨不眨地望着虞子衿。

"可是我们丢失了所有物资，还有很多存储在电脑里的重要信息也被一起抢走了。"她身体前倾，虽然语调平稳，但还是能感受到些许着急。

"劫匪我们已经在全力寻找了。但最近萨罗治安不太稳定，我们没办法确认这帮劫匪是出于什么原因盯上了你们，所以安全起见，只能先安排你们回去，有什么消息我们会第一时间通知你们。"林许亦的声音沉沉的，没什么起伏，视线不知道聚焦在桌子的什么位置，明明有些漫不经心，却给人一种无形的压迫感。

"物资的事情我们也跟总部商量过，可以等待第三批志愿者来时进行运输。但是被偷走的电脑上有很多涉及组织机密的文件，我们必须等到有消息才能离开。"

"虞小姐，我已经说过了，由于不能确定劫匪这次抢劫的目的，你们继续待在萨罗是很危险的，各大使馆都会实行领事保护，保证你们的人身安全。另外，我们也没有权利和义务收留其他国家的志愿者，名义上你们已经不具备入境资格了。"

"那我们丢失的机密文件又该怎么寻找？"

"我只能说我们大使馆会尽最大努力找回。"林许亦不再像刚刚那般漫不经心，注视着她的眼睛，一字一句道。

虞子衿一时不知道该再说什么好，转头看了看墙上的时钟，已经十点多了。

"那请问我可以以个人的身份留在这里等消息吗？"眼看使馆来接人的时间就要到了，虞子衿还是不肯放弃。

她看到林许亦将头侧向一边，似乎在想从没见过她这样冥顽不灵的人。沉默了几秒，林许亦还是回过头："可以，但需要先在使馆里办理临时证件。"

一阵敲门声响起。

周然轻轻推门走了进来，朝林许亦微微欠了欠身："林公使，F国大使馆的人已经到了。"

林许亦点了点头，从座位上起身。

"虞小姐，我带您先回休息室吧，我们会帮您订好机票，让您尽快回国。"周然走到她身边。

"别订了，先去帮她办理临时证件。"林许亦拿起桌上的手机，边说边迈步朝门外走。

周然愣了两秒，终于反应过来："那我们需不需要为虞小姐安顿一下？"

"做好自己的事。"林许亦沉稳而充满磁性的声音已经响在门外了，不置可否。

　　周然叹了口气，用手擦了擦额角的汗。

　　"林公使公务繁忙。我现在先带您去办理一下临时证件吧。"

　　虞子衿直直地盯着左侧的木门，没有作声。

　　之前似乎是醉意美化了这个男人，她想。

# 第三章

········ ✦ ········

铁人

01

早上七点三十。

"丁零丁零，丁零丁零……"闹钟急促地响了一遍又一遍。

"啪！"虞子衿一掌重重地拍在闹钟按钮上。她掀开被子，瞬间从床上坐起。

柔和的光透过轻薄的窗纱透进来，一半打在墙上，一半打在虞子衿的侧脸上。

她眯着眼看了看墙上的时钟，已经七点四十了。

起床，换衣服，洗漱，收拾东西。

八点十五，她准时离开公寓，在公寓对面街角的广式早茶店点了一壶乌龙茶、一屉烧卖，就着墙上挂着的电视机里播的早间新闻进食。

八点五十，她准时走到大使馆大铁门前。

八点五十五，外籍工作人员乔治到达，看见虞子衿已经等在铁门前，露出一口与黑色皮肤对比强烈的洁白牙齿，字正腔圆地用 Z 国语向她道了句："早上好。"

她仰起头看着乔治，也道了句早。

"今天你打算教我哪首古诗？"乔治说着一口流利的 F 语打开了大门，两人一前一后地走进了大使馆。

九点半，使馆大厅里的工作人员渐渐忙了起来。

虞子衿今天教的古诗有些难，教了一段时间还没教会，乔治就只能悻悻地回到工作岗位去了。

半个月的时间，每天都是这样，她一早到达使馆，跟着使馆的工作人员一起看太阳升起，再看太阳落下。

使馆里的工作人员都对虞子衿无比熟悉了，她的同事们已经回到了E国的工作岗位上，她却还在这里苦苦守着。

一点消息都没有。

在使馆"常驻"的前几天，林许亦还派周然过来委婉地劝她回去等消息，后面几天除了周然的日常问候，其他时间就干脆把她当成空气。

其间，她只见过林许亦几面，每次他都是穿着一身私人定制西装，迈着长腿匆匆来，匆匆走，对虞子衿来说他就像是每天走T台的模特。

尽管这位公使先生每天都奇帅无比，但虞子衿实在不喜欢他那种毫无感情，像机器人一样冷冰冰的感觉，所以两人也一直没有交流。

再加上"模特"在T台上又不需要讲话，于是林许亦对她的唯一一点吸引力也没有了。

使馆的工作人员在忙碌，虞子衿坐在墙边的长椅上，看着一个个人走过，形形色色。有的是丢失了钱包或者证件，手足无措的Z国游客，有的是西装革履前来处理公务的机构工作人员。

她百无聊赖地又一次看起了书，这也并非她愿，只是手头只有书罢了。

口袋里的手机振动起来，她掏出来看了看——梁雨烟。

她叹了口气，按了接听。

"喂，妈，什么事儿啊？"

"半个月就快到了，我问问你什么时候回国？"大洋彼岸的声音温柔却富有一种莫名的力量感。

"还没有电脑的消息，半个月到了我自然会回去的。"虞子衿拿着手机，视线注视着形形色色走过的人们，平静地说。

"新闻上说萨罗最近不太安宁，你尽量早点回来。"

"我知道，没几天了。"

"是不是直接订的回E国的机票？"

虞子衿没作声。

电话那端传来一声微不可闻的叹息。

"行了，妈。您赶紧吃晚饭吧，就别担心我了——"她不愿回答，想要挂掉电话。

一抹身影从她面前闪过，她顿住了。

"有什么事以后再说，我先挂了。"

"求您救救我们。"那抹身影快速地闪到咨询台前，"扑通"一声，跪了下来。

虞子衿站起了身。

跪在地上的是一个Z国籍的中年妇女，穿着半截袖上衣和七分裤，衣衫不整，领子都被撕烂了。手臂上和脚踝上露出恐怖的血红色伤痕，鬓角的头发少了一块，渗着血的头皮暴露在空气中。

她的手里还牵着一个五六岁模样的小女孩。

小女孩睁着茫然的大眼睛看着周围，顿了几秒，她也像那女人那样跪了下来。

一时间，大厅里的人瞬间围了上来。

虞子衿站在远处被挡住了视线，她快步走上前。

工作人员扶着女人的手臂想要把她搀起来，她却是悲恸欲绝，大哭着一遍遍喊"求您救救我们"。

人声嘈杂，有人举起了手机。

虞子衿想都没想，迅速冲到人群中间，扑过去抱住小女孩，用身体挡住了她的脸。

大厅的其他工作人员也立即开始阻止围观者进行拍摄，虞子衿将小女孩抱起，在工作人员的帮助下走出了人群。跪在地上的妇女也被扶起，一行人匆匆往大厅后的办公区域走去。

十五分钟后，休息室内。

虞子衿坐在窗边的皮沙发上，小女孩躺在旁边使馆文件管理员阿姨的怀里，胸口一起一伏，沉沉地睡着了。

门"吱呀"一声被推开，周然轻轻地走了进来。

虞子衿与他短暂对视，她对一旁的管理员阿姨点了点头，然后缓缓起身，走到门外。

两人立在走廊上。

"这到底是什么事？"她一脸严肃。

周然欲言又止，一副难为情的模样。

"这也是外交机密，不能告诉我？"她看着周然的表情，莫名有些恼火，指着休息室的木门，声调不自觉地提高了几分。

周然踌躇了一会儿，最后还是开了口："那位女士和她的丈夫在萨罗经营一家零售杂货店，最近一段时间她丈夫沉迷赌博又酗酒，输光了家里所有的钱。女士每次阻止他，他就会打她。两个月前她就来过了，我们调解了几次都无效。她丈夫现在变本加厉，断绝了她的经济来源，把她囚禁在家，她今天好不容易找到机会跑了出来……"

周然的声音一点点地沉下去，虞子衿指着木门的手也一点点落下，攥成了拳头。

两人立在走廊上，面对面沉默着。

他们都知道，这样的事情每分每秒都可能发生，在你看不见的地方。

你无比痛恨这些畜生不如的东西，却只能用力地握紧拳头，然后松开。

是无力感，是只能旁观，却无能为力。

"现在怎么处理这件事儿？"虞子衿压抑的声音在空旷的走廊里回荡。

"林先生马上就到了。"周然低着头。

"每次都是马上就到。"虞子衿低头笑了笑。

一阵脚步声传来。

"人在哪里？"

是那个低沉又磁性的声音。


门被推开。

耀眼的白炽灯让虞子衿难以适应地眨了几下眼。

透过明亮的落地窗可以看到外面的街景，一阵风吹过，椰枣树的树叶晃了晃，虞子衿看着它，却想不起椰枣的味道了。

坐在椅子上的女人看到有人走近，立即从位置上站起来，几乎是直接扑到了林许亦的身边，紧紧地抱住了他的腿。

在场的所有人都愣住了。

"求您救救我们，救救我们，求您……"她又一次哭了起来。

所有人一瞬间都不知道该如何是好。

"我们一定会帮您的。"一个字又一个字，伴随着空气的颤动，从他的喉头中溢出来。

虞子衿看着被人抓着裤腿的林许亦，他的脸上还是没有什么表情，眼睛本是看腿边的女人，却突然与她的目光对视，她低头错开。

时间在一瞬间似乎静止，她只能听见旁边人的一声叹气和他一个人清浅规律的呼吸声。灯光由上至下打在他的身上，他缓缓地蹲下，一双骨节分明的手慢慢掰开了女人抓在他裤腿上的手指，然后把女人的手交叠着握在手里，放在自己的膝盖上。

"我们已经为您和孩子订好了机票，今天晚上六点就送你们回家。"他眼睛一眨不眨地注视着女人，深邃的眼瞳里闪烁着什么。

他的眼神温柔又坚毅，像那个人一样……

"回家。"

女人停止了啜泣，在场的所有人都静静地注视着一切。

"孩子在隔壁房间，被我们的阿姨哄睡着了。您先跟着我们的工作人员去办理相关手续，可以吗？"他认真地注视着她。

"可以可以可以。"女人擦擦眼泪，慌忙点头。

"周然。"林许亦转头小声叫了一句。

周然很快上前把人扶起来，两个工作人员也和周然一起搀扶着女人走出了房间。

只有林许亦还蹲在那里。

他单膝贴地，手还放在膝上，视线聚焦在自己的脚边，不知道在想些什么。

虞子衿本想上前扶他起来，可刚要走到他身边，他就站起来了。

"孩子呢？"低沉磁性的嗓音传进了她的耳朵。

虞子衿走在前面，轻轻地推开了门。

管理员阿姨还是保持着那个抱着小女孩的姿势，她向林许亦欠了欠身，想要起来，被林许亦阻止后又坐了回去。

他们都没有作声，空气里只有小女孩柔软绵密的呼吸声。

白炽灯下，虞子衿看着林许亦的侧脸——饱满的额头，如雕塑般的鼻子，薄唇紧抿，长睫低垂，怔怔地看着熟睡的女孩儿。

"麻烦照顾好她。"他用微不可闻的气声说了一句，然后轻轻地走出了房间。

虞子衿看着林许亦离开，又转回了视线。她走近管理员阿姨，缓缓地伸出手："我帮您抱会儿吧。"

"不用了，我怕吵醒她。"阿姨摇了摇头。

虞子衿轻轻说道："我去外面给您找个靠枕垫在胳膊底下。"她说着踮着脚走出了房间。


走廊上的灯管只亮着一支。

虞子衿走出来，站在走廊上深吸一口气，左右转了转头，但这里的办公室大门都紧闭着，只有一点点光从地板的门缝里透出来。

压抑。

一位文学大师曾这样评价他笔下的悲剧人物——哀其不幸，怒其不争。

她也曾思考过这样的问题，也曾以为只要提高国民教育水平和综合素质，就可以从根本上解决如家庭暴力、校园暴力这类问题。

可后来她也渐渐意识到，那些悲剧人物真的没有"争"过吗？或者换句话说，他们该拿什么去争呢？

她在昏黄的白炽灯下，也不知站了多久，直到闻到一股淡淡的烟味。

是谁在使馆的办公走廊上抽烟？

她四下寻找，看到一个人影立在走廊尽头的窗台边。


02

窗户不大，阳光透过百叶窗打在林许亦的脸上。

他棱角分明的脸被光隔成一块又一块，苍白修长的手指间夹着一支烟。

他看着百叶窗的缝隙，缓缓地吸了最后一口，然后把烟掐灭。

烟雾缭绕，烟灰被掸到地上和窗台上。

他依旧看着窗外，手却从裤袋里摸出一块方巾，蹲下身，把地上的烟灰一点一点地包进方巾里，丝毫没有察觉到虞子衿的走近。

她就站在几步远的地方，既没有上前，也没有离开。

又过了半分钟，林许亦把烟灰包好，缓缓地站起身，看到了立在一旁的虞子衿。他只瞥了一眼，又继续兀自包着手里的方巾。

"为什么不起诉那个人？"她听到自己的声音打破了走廊中的宁静，带着些许难以遏制的愤怒。

"使馆不能作为当事人出庭，不能请律师。"他的声音因为刚抽完烟变得有些沙哑。

"可是那男人那样对待她们母女俩，就算回到了Z国，这事儿也还是没办法解决。"

"我们已经破例动用了领事基金，能做的也不过如此。别的只能她回国后自己处理。"他又望向窗外。

"那就把事情曝光，总不能让母女俩再受委屈！"她觉得自己的情绪在她的提议被林许亦拒绝之后变得有些不可控起来。

这个声音，现在一直都在与她对话的这个声音，明明就是苏航的。可除了他蹲在女人面前那一秒的温柔和坚毅让她看到了一点点苏航的剪影，其他的所有时间都是冰冷的。

可话一出口，她就意识到自己说错了。

他不是苏航。

气氛变得更压抑了。

林许亦愣了几秒，终于缓缓地转过了身子。他一步一步地走到虞子衿身前，高大的身影遮住了百叶窗缝隙透过的唯一光源。

她还闻到了他身上被烟草味遮盖的淡淡的龙涎香味道。

"你这样做和那些举起手机的人有什么区别？"他俯下身来，视线与她齐平，压迫感随之而来。

她想要解释什么，可一张嘴就被打断了。

"周然告诉我，你在他们举起手机的时候第一个冲上前去护住了小女孩。"他似乎还想说什么，但最后声音还是逐渐减弱，身体站直，视线不知道转到了哪里。

她不知道要说什么了。

"我还有事，先走了。"他拿起放在窗台上的方巾，又走到百叶窗前。

"唰！"

窗帘被一拉到底，光线重新映进长廊。

虞子衿站在原地，听着他的皮鞋与瓷砖相触的声音一点点走远。

等虞子衿找到靠枕回到房间里的时候，小女孩已经醒了。

她手里抱着休息室窗台上的一面小红旗，一点一点地卷进手指里，再慢慢松开。

小女孩看到有人进来，马上警惕地睁大了眼睛盯着虞子衿。她笑了笑，走到小女孩身前，把藏在身后的小熊靠枕拿出来，伸到对方面前。

小女孩依旧小心翼翼地打量着她，但脏兮兮的小手还是拿过了她手里的靠枕。

"你叫什么名字？"她尽量让声音听起来温柔些。

"十二。"小女孩还是有些胆怯，声音糯糯的、小小的。

"十二，你好，我叫悠悠。"她扬起唇，把手递过去。

十二看了看她的眼睛，又看了看手里的小熊靠枕，最后还是把小手递过去，用拇指和食指捏住她的手背，轻轻晃了晃。

"我把我的小熊送给你了，你没有什么要送给我的吗？"她蹲下身，用小孩子的方式跟十二沟通。

十二大大的眼睛转了两圈，然后把视线聚焦在沙发上的小红旗上，她把小红旗递给了虞子衿。

虞子衿接过，甜甜地笑了笑，轻轻说："那我们现在就是朋友了。"

十二点了点头。

虞子衿陪十二玩了两个多小时，直到工作人员给她们送来了两份工作餐。虞子衿喂十二吃完，两人又玩了一会儿丢手绢，十二玩累了就抱着她的小熊抱枕，躺在沙发上呼呼地睡着了。

下午的阳光透过玻璃，照在小女孩的脸上，小女孩不安分地翻了翻身。因为沙发太窄，她一滚就要掉到地上。虞子衿连忙跪在地板上，把对方的小身体重新推回到沙发上。

然后她轻轻起身，蹑手蹑脚地去把西边那扇窗户的窗帘拉上，房间里一下子暗了许多。她又走回沙发前，把自己的外衣脱下来盖在十二的身上，又打量了几遍，才安心。

一切做完的时候，她侧身看到了笔直站在门前的林许亦。

他双手插在西装裤袋里，双眼注视着她，依旧是那副冷毅的表情。


虞子衿不知道林许亦在那里站了多久。

他迈步走了进去。

两人对坐在两张单人沙发上。

"她睡多久了？"他的声音极轻。

"刚一会儿。"

"手续还需要办很久，要不要找个人替你一下？"

"不用了，其他人都在工作，反正我也没事儿，守在这儿就好。"

"嗯。"林许亦点了点头。

"我——"沉默了良久，虞子衿尝试着说些什么，但一开口就又卡壳了。她觉得每次遇到这个人，每次听到这个声音，她的大脑就好像偏离了正常运转的轨道。

"等她们回到国内，相关部门会联系和帮助她们的。"他盯着茶几上的烟灰缸，里面装着满满的水，上面漂着一只小纸船。

这一刻，好像有什么东西轻轻地触及他的心。

"好像也只有这样了。"她垂着头。

然后，她又抬起头，一双深色的眼瞳注视着他，郑重地说了句"谢谢"。

"之前是我不理智，我只是想要帮帮她们，没考虑那么多。"

"现实就是这样的，不是被你看见也会被别人看见。"

她抬头看他。

"我们可以帮她们做点什么，但无论做什么，都是不够的。任何人都只能靠自己。"他的手指点了几下茶几。

下午五六点钟的阳光，透过纱帘，打在他乌黑的发上，一双美丽又深邃的桃花眼里，仿佛有一泓深潭，风平浪静。

这一刻，虞子衿注视着林许亦。那个许久都没有来过的身影又出现了，无比清晰地和眼前的人一点点重合。

"扑通！扑通！扑通！扑通！"

她的心脏又不可抑制地加快了跳动。

她哽咽了一下，紧紧抿着嘴，否则心脏很快就会从喉咙里跳出来。

突然响起一声嘤咛。

十二张开小小的手臂伸了个懒腰，坐了起来，一双圆溜溜的眼睛在他们两人之间打转。

林许亦的注意力成功转到了十二身上，虞子衿舒了口气。

十二的目光在两人之间转了几圈后，停在林许亦的身上不动了。她似乎有些好奇，也有些恐惧，眼睛盯着林许亦，小手抓着沙发跳下来，飞快地扑进虞子衿怀里。

"小十二，叫叔叔。"虞子衿轻轻地把十二抱正放在腿上，指了指林许亦。

"叔叔好。"十二很小声地说了一句。

"你好。"林许亦坐在对面，点了点头。

虞子衿明显感受到林许亦放轻了自己的语调，一张冷毅的扑克脸也略微缓和了些。

"我先走了。"林许亦撑着腿站起来，迈步往外走。

虞子衿怀里抱着十二，点了点头。

正当林许亦快要走到门口时，十二用软软糯糯的声音突然喊了句"叔叔等等"。

林许亦转过头，似乎也有些茫然。他看着小女孩从虞子衿的腿上跳下来，把茶几上放着的小红旗拿在手里，然后噔噔噔地跑向他。

"送你这个，我们交朋友吧。"十二脏兮兮的小脸上挂着笑，嘴角还有睡觉时留下的口水印记。她把头仰到最高，认真地看着他，手里的小红旗微微摇动。

他看了眼坐在那里的虞子衿。

她在笑。

"谢谢。"他把小红旗接过来，然后打算走。

"叔叔。"十二又叫住了他。

"我们都是朋友了，你有什么礼物送给我吗？"她一双圆溜溜的大眼睛看着他，充满了好奇和渴望。

虞子衿依旧在笑。

他愣了两秒，最后还是缓缓地蹲下，一只膝盖触在地上，从裤子口袋里掏出了一块糖。

那一刻，虞子衿看着他们，好像那艘巨大的游轮终于又稳稳地停泊在她的心上。


苏航也会在裤子口袋里揣好多糖果。

第一次被战友们发现的时候，他们都哄笑那是他留给女朋友的。

那时的他只是笑而不语，然后在下一次遇到那些坐在街角晒太阳的小朋友时，把糖果送给他们。

他穿着一身绿色迷彩服，头戴蓝色的贝雷帽，在湛蓝的天空下，慢慢蹲下，一只膝盖触到地面，然后笑着把糖果递过去。

那时，他的目光是无法言喻的温柔。

直到他分完了所有糖果，直到孩子们都忘了那甜甜的味道。

直到没有人再记得他。

"叔叔会唱歌吗？"

等虞子衿回过神来时，十二已经抱住了林许亦的裤腿。

林许亦有些无奈也有些不知所措地望着虞子衿。

虞子衿像以前的许多次那样，站在一旁露出鼓励的微笑。林许亦蹲下身，把孩子抱进自己怀里。

"你会唱什么？"十二坐在他的手臂上，他僵硬地用一只手搂住她的后背，一起坐到沙发上。

见林许亦没有回话，十二用手指在他的下巴上戳了几下。

虞子衿和林许亦就那样静静地看着十二，有暖风顺着窗缝吹进来，发丝遮挡了她的视线。

"有了。新年到，穿新衣，戴新帽。"十二开始唱起来，甜腻腻的声音让冰冷的空间瞬间被温暖围绕。

春节临近，十二唱了一首民间流传的过年童谣。

"舞龙灯，踩高跷，迎财神。"

虞子衿坐在林许亦身旁，看着十二的眼睛，好像有烟花在她的眼中绽放。

"叔叔，一起唱啊。"

林许亦温柔地注视着十二。

须臾，他磁性而又温柔的声音轻轻地与小女孩应和起来。


新年到，穿新衣，戴新帽。

舞龙灯，踩高跷，迎财神。

大家乐淘淘，大家一起迎接新年。


"扑通！扑通！扑通！扑通——"

那个丢失了很久的身影，终于一点一点与眼前人重合。

管什么理智和背叛，她只知道这一刻她无比想要靠近眼前人。

她再也抑制不住，身体突然倾向林许亦。

只一瞬，她看着林许亦柔和的侧脸，鬼使神差地伸出手，触碰他的下巴。

天黑前的最后一缕光，穿过蓝天，穿过云层，穿过她曾经在那片土地上呼吸的每一口空气，落进他带着一丝错愕的眼底。

她闭眼。

双唇相碰。

落下一吻。


03

"据悉，昨日晚九点，×国与萨罗西部接壤地区再次爆发武装冲突。请当地的 Z 国居民注意个人安全，及时撤离，有任何问题请立即联系 Z 国驻 × 国大使馆，电话 966××××××。"

早晨八点，虞子衿坐在公寓对面的广式早茶店里，嘴里塞着半个烧卖，仰头看着正对面墙上的电视。

又是战争。

"嘀嘀嘀！"电话响起。

是周然。

"虞小姐，我们现在得到了一些关于劫匪的最新消息，您现在方便到警局来一趟吗？"周然那边的声音有些嘈杂。

"好，我马上到。"她边说边快速地把嘴里的半个烧卖咽下去，吃得太急狠狠地呛了一口。

"您别着急，我在这儿等您。"周然又说了一句。

"好，一会儿见。"虞子衿猛地灌了口豆浆。


正午十二点，虞子衿和周然一人拿着一沓文件，走出了警局大门。

又是白跑一趟。

"真是不好意思，我也多次跟他们说要核实好再出消息，但他们也是急着找线索，所以难免叫我们多跑了几趟。"周然似乎察觉到了虞子衿的失望，解释了一句，又抬手擦了擦脸上的汗，迈步往警局外停车的空地上走。

"您是要回公寓吗？我可以顺路送您。"周然站在车门边拿着车钥匙问虞子衿。

"那就谢谢了。"她上了后排。

白色的捷达车在路上缓缓地行驶着。

"你们公使最近怎么样了？"两人随便聊了一会儿最近的战事，虞子衿突然小心地试探了一句。

"林先生前几天一直在东部办事，前天刚回来。您找他有什么事吗？"周然微微偏了偏头。

"没什么，就是一直没看到他，随口问问。"

车里又陷入沉静。

空调的风缓缓地吹着，虞子衿看着车窗外柏油马路上热气蒸腾，懊恼地抓了抓头发。

"新年到，哈哈笑，新年长一岁，祝我个子快长高。"

当三个声音同时停止时，整个屋子顿时静了下来，静到能听见自己的心跳声。

虞子衿看着林许亦的侧脸，他温柔地看着十二，坚毅清冷的面庞上带着一丝笑。这一刻，她脑海中的身影终于完全重合在面前人的身上。炮弹炸毁了唯一记录着苏航声音的那台摄影机，此后的无数个夜晚，她都只能坐在家里的投影幕布前，一遍遍看着当初采访苏航时留下的那段无声影像。

直到她第一次听到林许亦的声音，她的杯子掉到了地上。

此后的无数次，无数次虞子衿有了想要靠近林许亦的冲动时，她都在提醒自己，他不是苏航。

即便他们有相同的声音，他们也是截然不同的两个人。他比苏航冷淡，比苏航沉稳，且他没有苏航身上的人情味。

可是，当那个声音温柔地哼出那一段段小调时，她的心还是不可控地为他而跳了。

所以，所以她就莫名其妙地吻了他。

她如同被塞壬吸引的旅人，陷在他眼底的那片深潭里，直到他起身时，才如梦初醒。

"叔叔，你去哪儿？"十二站了起来。

"叔叔有事先走了。"

当天晚上，虞子衿躺在床上辗转反侧，她想自己当时真的是脑子抽筋了，居然强吻了林许亦。

而他在被她莫名其妙地强吻之后，落荒而逃。

她睡不着，林许亦那张英俊的脸，总是在她的脑海里挥之不去，还有他唇上清凉的触感。

失眠了一晚上之后，她给林许亦发了条道歉短信。

虞子衿看着手里的手机，四天前的短信，林许亦还是没有回复。

"虞小姐，我就送您到这儿吧，馆里还有事。"

"好的，听说最近东边有点乱，有好多援助问题，你们也辛苦了。"虞子衿拿起座位上的一沓文件和包，打了个招呼，然后开门下车。

外面正是最热的时候，虞子衿用文件遮在头顶，缓缓地走着。

可她还没听到捷达车启动的动静，突然响起"轰"的一声，一股热浪扑了过来。

周然扶着虞子衿进使馆时，医务室的刘医生已经站在门口等着了。

站在刘医生身边的，还有林许亦。

"怎么样了，没流血了吧？"刘医生走上前，一把撸起虞子衿的袖子。胳膊上赫然露出那些还渗着血的伤口，还有之前因抢劫留下的还未痊愈的旧伤。

"没事儿，就是不小心摔了一跤。"她看了眼冷着脸站在一旁的林许亦，他正目不斜视地看着前方。

"我先带你去消毒包扎一下吧。"刘医生扶过她。

虞子衿看了眼还站在原地的林许亦，慢慢地跟着刘医生往后面的医务室方向走。

玻璃门被推开的声音。

中午休息闭馆的时间，谁来了？

虞子衿好奇地回头，看到有人走了进来。是个五十岁左右的中年男人，一张很亲和的脸，但身上带着一股难以言喻的稳重和大气。林许亦冲他小幅度地鞠了一躬，男人微微笑着点了点头。

看来是什么大人物，虞子衿回过头，没再想，跟着刘医生进了医务室。

"现在萨罗确实不太安宁了，你等这半个月结束就快点回去吧。"刘医生在她手臂的绷带上扎了个漂亮的结，抬头对她道。

"嗯，如果再没消息，我就要回去了。"

"回去也要注意一下，你这满胳膊的伤，处理不好会留疤的。"

"你是怎么做到平地都能摔一跤的？"刘医生一边将桌子上的剪刀、棉签什么的摆回托盘里，一边好奇地问。

"我听到有爆炸的声音，以为很近，就下意识地趴倒了。因为穿着半截袖，所以——"虞子衿看向刘医生。

刘医生了然地点点头。

"反应是对的，倒是常人听见恐怕就吓得不知道该怎么办了。我第一次听到西边的炸弹声时吓得魂都飞了，是同事把我硬塞到桌子底下的。最近西边一直不太稳定，听多了也就习惯了。不过，虽说西边不太平，但怎么也打不到我们大使——"

"轰！"一声巨响，随后周围便开始猛烈地颤动。

虞子衿和刘医生面面相觑。

"快走！"


使馆大厅内。

不到一分钟的时间，所有的工作人员都集合在一起。玻璃门外大概一公里处的商业大楼，黑烟四起，似乎已经变成了一片废墟。

"我还真是乌鸦嘴。"刘医生有些不知所措地抱着虞子衿的另一只胳膊，小声嘟囔了一句。

一阵脚步声后，林许亦和那个中年男人，身后跟着周然，一起从大厅后的走廊里走了出来。

"大使好。"

所有人纷纷开口并向中年男人鞠躬。

原来他就是之前回国述职的姚大使，也是使馆馆长。

"没人受伤吧？"林许亦皱着眉走进人群中，目光在虞子衿的身上停驻了半秒，然后看向其他人。

"没有。"众人纷纷摇头。

黑烟浓重的味道慢慢地飘进了大厅里，使馆里几个年轻的工作人员抱着一堆文件和维修设备从办公区域走了出来。

"姚大使，我们的电线断了。"穿着蓝色维修制服的年轻人气喘吁吁道。

"人够不够？"

"暂时够了，还在搬。"

"嗯。"姚大使点了点头。

使馆里又恢复了寂静，所有人都看着姚大使和林许亦。

"同志们，大家听我说。"男人浑厚的声音稳稳地响起。

"战争已经打到这里了，我们刚刚和国内取得了联系，外交部方面已经启动应急机制，我们现在需要做好撤侨准备。"

所有人都没有说话。

"战争暂时还打不到使馆里，后勤部门马上进行紧急抢修，并且整理我们使馆的所有文献档案。一旦恢复供电，希望大家能够马上回到工作岗位，各部门实行紧急撤侨方案。"

"确保所有的 Z 国公民能够安全回到祖国。"

04

黑色加长商务车行驶在前往机场的高速公路上。

虞子衿看了眼坐在一旁的林许亦，他正在打电话，表情凝重。

现在是晚上八点，天早已暗下，沙漠里是一片漆黑的颜色。

五个小时前，使馆向国内的民航公司紧急包了五架大型客机，现在应该已经停在了萨罗首都机场的停机坪上。

远处又是一声巨响，虽然看不清什么，但虞子衿知道又有一颗炸弹在这片土地上炸开了。

她握紧了拳头。

三个小时前，战火打到了使馆。

反政府军真的到了丧心病狂的地步，一颗炸弹扔在了使馆的铁门外，一声轰隆的巨响，使馆朝南的玻璃全部被震碎，黑烟一瞬间灌满了整个大楼。

"快，快！赶紧从后门撤离！"姚大使的吼声回荡在大厅里。

所有人集合在后院空地上。

包括林许亦在内的年轻男性工作人员将一箱一箱紧急抢救出来的文件和储存有重要数据的电脑抬进后院里，女性员工则进进出出地安抚着前来求助和办理业务的人。

"带着所有的物资赶紧撤离！"姚大使心焦地看着一箱箱抬出来的文件，被黑烟呛得连连咳嗽。

"小林！"姚大使看到抱着一箱文件跑出来的林许亦，叫住了他。

"我们现在需要你紧急撤走所有的文件。"姚大使一双深沉的黑瞳紧紧注视着林许亦。

林许亦手里抱着箱子，愣了两秒。

"大家都在这里，我怎么能走。"林许亦放下手中的箱子，看着围在一起的同事们，上气不接下气的声音里鲜有地带着几分错愕。

"来不及了！"姚大使又重重咳了几声。

"我走了，撤侨该怎么安排？"林许亦的声音也不自觉高了几分。

"这是你的任务。"

"我不能走，我要陪你们撑到所有人安全撤离。"声音几乎是从林许亦的牙缝中一个个挤出来的。

"作为一名外交官，无论在什么情况下，都应该坚守自己的岗位，服从组织命令，履行自己的使命和职责！"姚大使浑厚的声音一字一字地掷下。

"我们已经联系到了政府部门，我会留下来和其他同事进行善后。外交部的人应该已经到萨罗了，你现在就带几个人赶紧赶到机场。这是命令！"姚大使将"命令"两字又加重了几分。

沉默。

"收到了。"半分钟后，林许亦仰起头，"人在，东西在。"他的声音，一点一点地响在每个人的心上。

"好。"姚大使点了点头。

"使馆的钱、物、印章都要带走，所有的东西都交给你了。国旗，也交给你了。"姚大使明亮的眼睛环视着四周的一切，从旗杆上降下的红旗被叠得整整齐齐地放在一个纸箱子上。

"一定要平安送回去。"

"一定注意安全。"

"一定记得先把文件传输到位。"

同事们一人一语，一句句压在了林许亦的肩膀上。

"知道了。"林许亦点了点头。

"明白。"林许亦重重地撂下两个字，然后挂了电话。

他的视线看着窗外一望无际的沙漠，不知在想些什么。

"一会儿会到市区内，记得无论看到什么都不要管，更不要把车门打开。"林许亦忽然开口。

这是林许亦自上次那个莫名其妙的吻之后第一次开口和虞子衿说话。

预期的回答并没有响起，车厢里只有空调风循环的呼呼声。

林许亦没有得到回应，皱着眉回头去看虞子衿。

她的手正扒在那侧的窗玻璃上，视线一眨不眨地盯着窗外。

林许亦也顺着她的视线往那个方向看去。

残缺的低矮楼房中间，不断地有黑烟冒出来，街上停着几辆中型大巴。旁边的黄土地上，人群像失去意识的僵尸一般，拥挤着、挣扎着想要挤进大巴里。

就像一簇簇的蚂蚁，黑压压的一片拥向那个小小的糖点，哪怕有可能被吞噬，却依旧前赴后继。

大巴车边守着许多萨罗的官兵，他们的手里都拿着枪，站成一堵人墙，隔绝了蜂拥而至的人群。

而他们身后的那一小片空隙，是留给Z国人的。

车开近了，最后的那辆车上已经坐满了Z国人。当最后一个Z国人也上车后，官兵火速想要关上车门。但就那么一秒钟的空隙，车门被一个抱着小女孩的黑人男孩用腿挡住了。他咆哮着想要挤上车，甚至一只手臂已经伸了进去。

几秒后，他被旁边的官兵用枪柄抵着推了出去。

车从他的面前驶过，虞子衿看着黑人男孩那双圆瞪的眼睛。

呐喊声、求救声、官兵喝斥的声音，一切声音交织在一起，凄凉又绝望。

忽然有什么热热的东西，几乎要冲出她的眼眶。

她下意识地捂住脸。

车陷入人群中不动了。

虞子衿看着丧尸一般拥过来的人，眼泪终于还是夺眶而出。她捂着嘴，一遍遍地小声道："怎么办？怎么办？"

他们根本不知道那辆大巴会载他们去哪里。

他们也不需要知道。

他们只要一点希望，只要一点就够了。

最后他们的车在官兵的护送下，才驶离人群。

商务车继续行驶在前往机场的高速上，刚刚经历的场景一帧帧在虞子衿脑中浮现，最后变成黑白色。

当年的 L 国撤侨轰动全球，向全世界展示了 Z 国效率、Z 国力量。但今天这相似的一幕，让她看到了这背后更多没办法表达的东西。

这所有的一切归根结底都是为了活着。

但如果不强大，可能连活着的权利都没有。

弱肉强食，世界的法则其实从没有发生改变。

突然，虞子衿很庆幸生在那样一片安全和平的土地上，争夺、生存、温饱，这些词都在那片富饶的土地上被一一弱化。

她一直合着眼，直到车速一点点减慢。

她被周然领着下了车，机械性地进了机场，出示证件、过安检，然后进到了候机室。

周然帮她办完最后一道手续，然后跟她告别，火速地回到林许亦身边，继续工作。

虞子衿拎着一个小小的皮箱，打量着四周的人群。这是她第一次在异国他乡的机场看到这么多 Z 国人的面孔，他们有的满脸焦急来回走动地打着电话，有的低着头用胳膊肘撑在膝盖上，脸埋在手掌中，似乎在祈祷什么。

"登机了！"

一瞬间，四面八方坐着的人群拥向登机口。登机口前已经有服务人员和官兵在维持秩序，他们一遍遍地大声喊着不要拥挤。

虞子衿夹在人群中，被挤着向登机口靠近。

忽然，她听到一声婴儿的啼哭。

"别挤孩子！"人群里响起婴儿母亲绝望的求助声。

虞子衿刚想侧一侧，就被一条有力的胳膊推向了旁边。

"给小孩儿让个位置！"一道苍老但有力的声音响起。

人群中，一个白发苍苍的老人，大喊着并用身体护住那对母子，把他们往登机口的方向推。

尽管他的背已经十分佝偻。

"给小孩儿腾个位置！"苍老的声音一遍一遍地响着。

拥挤着的人群好像纷纷被唤醒，有人反应过来连忙往后退了一步，有几个年轻人甚至也加入了护送的队伍，穿梭在人群中，为女人和她怀里的孩子腾出一丝空间。老人用自己的身体护着他们，直到把他们送到检票人员的面前。

女人在其他乘客的帮助下办好了登机，襁褓中的婴孩依旧在不停地啼哭。一位空姐走上前提过妇女的行李箱，将女人揽在怀里护送他们继续往前走。

女人却转过头，看着警戒线外的老人，站定，深深地鞠了一躬。

"谢谢您。"


当萨罗的暮色降临，虞子衿登上了返回 Z 国的包机。

圆形的舷窗外是一片橙红，视线的尽头似乎有黑烟慢慢升起。人们基本都已经在机舱里坐定，她的旁边坐着那个抱着婴儿的女人。四周不是在打电话的，就是在低着头玩手机的，大概是在跟家人和朋友报平安。

机舱里的灯已经暗下，开始播放起飞前的安全须知。

舱内顿时静了下来，虞子衿闭眼坐在黑暗中，自来萨罗以来，第一次感到些许孤独。

她也想像那些人一样发个短信或者打个电话，跟自己的家人和朋友报个平安，但当她拿起手机时，又放下了。

这么多年，这么多路，她一个人就那么走过来了。虽然每次感到孤独时，她都会在心里一遍遍暗示自己已经习惯了，但她也清楚，习惯并不意味着喜欢。

她从小接受的教育让她清楚地明白，什么是对，什么是错，但从没有人告诉过她，那么多对的选项里面，她到底应该选哪一个。

最后她就像是婴儿做抓周游戏一样，随意选了一条路，就稀里糊涂地走了下去。明明是他们将她推向了这样的道路，到头来却要怪她任性，说她冷血。

虞子衿烦躁地把头偏向过道一侧。

这次来萨罗她似乎还是没能找到想要的答案。

一阵脚步声传来。

机舱里的灯带齐刷刷地全部亮起，虞子衿下意识地眯了眯眼，然后缓缓睁开。

一个清隽挺拔的人影立在她的面前。

"欢迎大家登上我们祖国派来的接侨包机。"偏低偏冷的磁性声音被扩音喇叭放大数倍，传进虞子衿的耳朵里。

"我们在国内也已经成立了专门的小组，等我们抵达首都机场后，会有工作人员接你们每个人回家。"林许亦的声音清楚地在机舱中响起，"回家"二字，让很多人自发地鼓起了掌。

"这孩子多大了？"林许亦拿远了手中的扩音喇叭，温柔地看向虞子衿旁边女人怀里抱着的婴儿。

"三个月了。"女人带着些许笑意也低头看着怀里的孩子。

"那他是我们这次撤侨中最小的侨民了。"林许亦用轻松的语气开了句玩笑，然后微微探过身用手指勾了一下婴儿粉圆又胖嘟嘟的下巴。

四目相对，婴儿开心地笑着，蹬了蹬莲藕般圆滚滚的小腿。

林许亦也笑了。

虞子衿转头，看着隔着她的位子探身过去一心逗娃娃的林许亦。

他穿着一身正式的黑色西装，头发还是一丝不苟地梳着，眼下有瘀青，但丝毫不显倦态，手里握着个好像菜市场卖菜用的扩音喇叭，却毫无违和感。

他总是这样，反反复复给她留下不同的印象，她想要抓住其中一个，却总是错过。

"现在大家可以休息了，等飞机降落，我们会做好安排。"林许亦直起身，又换了副严肃的神情道。

人们纷纷道好，林许亦微笑着点了点头，然后转身离开。

经过虞子衿身边时，他瘦削修长的手指夹着一张名片，不经意地放在了她的坐椅扶手上。

　　"我们会一直找，直到找到嫌疑人为止。"他没有回头，清冷细微的声音越过他宽厚的肩膀，飘进虞子衿的耳里。

# 第四章

超越边界

01

虞子衿觉得回国后的日子过得飞快，快到让她有些恍惚。

她回国补办身份证件，跟爸妈分别吃了次饭，去医院看了看顽疾，成功地追回了电脑，再回 E 国继续工作。一切都有条不紊地继续着，三月很快过去，四月也很快过去。算起来，她重新回到 E 国的工作岗位也差不多一个月了。

"我国与萨罗多年来一直保持良好的合作关系，据悉，近日我国已派遣第三批维和部队奔赴萨罗，并表示将努力帮助萨罗人民消除战争带来的苦难，鼓励我国企业参与萨罗战后重建。"

晚上十一点，虞子衿躺在 E 国公寓中的床上，困得眼睛快合上了。

"Z 国驻萨罗大使馆工作人员，也对饱受战火摧残的灾区人民进行了亲切的慰问。"

"这男人长得真帅。"朗颂手里抱着一杯蜂蜜水，指着电视里的男人，眼睛里有光一闪而过。

虞子衿抬头看了一眼。

看屏幕上的天色应当是清晨，男人穿着一身笔挺的黑色西装，身形颀长，表情坚毅，迈着长腿从大使馆的铁门前走出去。

林许亦回萨罗了。

虞子衿合上眼，脑子里一幕又一幕的场景闪过。

窗外落日的余晖映红了天际，林许亦把孩子抱在怀里，和她一起唱着新年童谣。

他站在百叶窗前，烟雾缭绕，光线把他的脸分割成一块一块的。

他蹲下身，把女人的手握在手里，眼里是无法言喻的坚定和温柔。

红旗被整齐地叠放在纸箱上时，他坚定地说："人在，东西在。"

虽然她到现在都不喜欢他那冷冰冰的外交辞令似的工作和生活态度，但不得不承认，她已经被这个男人吸引了。

他明明对自己的职责和国家无比赤诚，却又一次次收束这种情感。

某些不可言状的直觉告诉她，这种收束可能不仅仅只是因为 Z 国人骨子里的含蓄，更多的是一种克制的冷峻。

"我天，这男人真的太帅了。他看起来好年轻啊。这颜值放在偶像剧里也是妥妥的男主角啊。"朗颂从床上坐直了身子，手里的蜂蜜水不知啥时候已经搁在了床头柜上，正全神贯注地盯着林许亦感叹。

虞子衿正看着电视中被战火笼罩的城市出神。

她又一次对这个战火纷飞中的国家心生向往了。

"啥时候我也能拥有这样帅气的哥哥啊。"国际新闻结束，朗颂重新瘫回到床上。

虞子衿没有答话，摸索着拿起床头柜上的手机，编辑了一条短信。

"我要回萨罗了。"

"出什么神呢，没听见我说话吗？"朗颂拿胳膊推了推她。

"听见了。"她看着手机屏幕，怔忪道。

"我大老远从 Z 国跑过来，陪你度个年假，你就是这么接待和敷衍我的！"朗颂的声音尖厉起来。

虞子衿眨眼："哪有啊，我看你刚刚看帅哥看得那么来劲，就没打扰你。"

"哼。"朗颂噘嘴，没再说话。

虞子衿成功地转移了朗颂的注意力，两人躺在被窝里开卧谈会，一直到凌晨。

一点的时候，手机振动，来了条短信。

林许亦："萨罗现在很乱，别来。"

虞子衿在黑暗中，盯着那几个光亮的小字看了一会儿，然后关掉手机，重新钻回被子里。

风是从东边吹过来的，吉普车驶过一片绿洲，黄色的土里种着橄榄树和沙棘。

司机是萨罗当地人，车厢里放着狂野的西部歌谣，吉普车呼啸而过，卷起一阵黄土。

五月一日，虞子衿又回到了这片土地，继续去寻找她一直求而未得的东西。

司机转头冲虞子衿说了一连串她听不懂的话，她挠着头问了个："Arrive（到达）？"司机点点头，她便拿起后座的琴盒和一个小皮箱，跟着司机一起下了车。司机把车后备箱里的行李搬出来，放在尘土飞扬的地上，与她握了握手，就上车离开了。

烈日当空，她背着琴盒，提着小箱子，把衣领上的墨镜戴上，望向远处。

空气中还残留着火药的味道，不久前还满是高楼大厦的都市，现在已经只剩下断壁残垣。

废墟的边上，被清理出了一块平整的土地，几个或大或小的塑料工棚零零散散地立着。虞子衿站在原地等了一会儿，看到一群与她穿着同样的白色短袖的年轻人从工棚中走出来。

为首的是个个子高挑的年轻女人。

虞子衿近视，还没来得及认清是谁，女人就飞奔着跑向她，一把搂住了她的身体。

"你终于来了。"是安菲娅。

"是啊，回来了。"她拍了拍安菲娅的背，注视着也快步走过来的人群。

"子衿姐好。"年轻同事们纷纷向她问好。

虞子衿点了点头，看到周遭的人几乎都来齐了，松开安菲娅，望着她道："孩子们呢？"

"在屋子里呢。"安菲娅向后指了指。

"那我们进去吧。"虞子衿说着迈开了步子。

彼得连忙提起她的行李，一行人跟在她身后一起进了棚子。

棚子里，一个稚嫩的嗓音在唱着一首 F 国童谣，歌声在空中缓缓地流淌着。

有点跑调，有点五音不全，却很好听，那是忘却了战争痛苦的声音。

唱歌的是一个五六岁的黑人小男孩，他站在几十个孩子围成的圈中，唱得忘我。圈外的小朋友们也乖乖地坐在地上，听得认真。

他们站在棚子的门边，没有上前。有几个小朋友发现了他们，一双双大眼睛有些好奇地盯着一群人中最陌生的虞子衿。但也仅仅只是看着，始终没有人作声。

直到小男孩唱完了歌，四面都响起掌声。

安菲娅牵着虞子衿的手，把她领到了圈中央。

"我给大家介绍一下这位姐姐，她将是你们的新老师。她会的东西很多哦，你们可以叫她 Yaslynn。"安菲娅一边用 F 语说着，一边摸了摸刚刚唱歌的小男孩的小卷毛。

"大家好，我是 Yaslynn，很高兴能认识大家。从今天开始我就是你们的老师了，我会唱歌、跳舞，还会演奏乐器，我也可以教你们认字。

"不过，我更喜欢你们叫我的 Z 国名字，虞子衿。"她微笑着慢慢蹲下身。

"虞子衿……"一群大大小小的孩子用一种奇怪的音调，一遍遍地轻声念着她的名字。

"知道今天要来和大家成为朋友，我还给大家带了小礼物。"她半跪在地上，缓缓地打开了那个小皮箱。

孩子们听到有礼物，纷纷拥上前，好奇又期待地踮着脚瞅着虞子衿缓缓打开的皮箱。

里面是一个个包装简单却精致的小盒子。

每个盒子上都印着一个奇奇怪怪的黑色符号。

"不要抢，每个人都有。"虞子衿被孩子们的热情挤倒，一屁股坐在了地上。

孩子们一人伸出一只小手，很快一人拿走了一个小盒子，然后又老老实实地站回原地。

安菲娅拉了虞子衿一把，她站起身，看着孩子们正好奇地盯着那个小盒子看。

"你们可以打开看看，每个人都是不一样的哦。"

每个盒子里都装着一枚用不同树叶做成的书签，每一枚书签的右下角，都有一只用金属片拼成的小蝴蝶，做成落在树叶上的样子。

"你们知道那个金色的小东西是什么吗？"虞子衿拿起一枚书签问孩子们。

"是金子！"

"是铜片！"

"是染成金色的白纸！"

孩子们七嘴八舌地说着。

虞子衿耐心地听完孩子们的每一个回答，环视四周，温柔却清晰的声音掷下："是子弹。"

话音刚落，孩子们的表情也一点点地发生变化。虞子衿看着他们收起了充满好奇的眼神，有的已经悄悄地把叶子放回了小盒子里。

战争已经给他们幼小的心灵留下了创伤。

四下沉寂，虞子衿也沉默了几秒，最终还是缓缓说道：

"战争是可怕的，它会给人留下难以磨灭的伤痕，也会给人一种提起便毛骨悚然的恐惧。但请相信，只要我们努力，即便是最恐怖的子弹也终会变成蝴蝶的。"

狭小的工棚里，孩子们用懵懂的眼睛看着她。她知道，虽然他们现在没办法理解，但总有一天，他们会亲自证实这一切。


02

早上六点，虞子衿像往常一样，在床上穿好衣服，轻轻地爬下上铺，再穿上鞋。

下铺的安菲娅还睡得很香，窗外的天光还没有大亮，她打开一条窗缝换气，然后走出了小工棚宿舍。

十几米外的另一个工棚里已经飘来了汤和米饭的香气，虞子衿用水抹了把脸，然后往那个方向走去。

她走进去，四下瞧瞧，又趴在大锅前闻了闻："好香。"

"今天中午使馆那边的人就要到了，这是给那些工作人员和孩子们准备的，你们就顺便沾光了。"已经四十多岁的后勤人员乔司搅着锅里的稀饭笑道：

"那我们就占个便宜啦。"虞子衿从锅边偷了块切好的西红柿，趁乔司没注意的空当儿溜出了伙房。

之前在 E 国的时候就看到有使馆的慰问活动，既然使馆的人要来，那个人大概也会来吧。

虞子衿嚼着西红柿，垂下了眼。

"丁零丁零……"早晨的闹铃响了。

旁边的另一个大工棚里伸懒腰、打呵欠的声音此起彼伏。

虞子衿收回心绪，快步往大工棚走去。


"哈哈哈，弦断了，弦断了。"一群孩子围坐在虞子衿的身边，指着她笑得前仰后合。

她的琵琶弦刚刚因她太过用力弹断了。

自从有一次她教孩子们学琴的时候断了一根琴弦，露出十分惊恐的表情之后，他们便每次以她把弦弹断为乐。

"别笑了！有什么好笑的！"她又笑又气地吼了声。

可孩子们还是笑得东倒西歪没有正行。

"你们再笑，我就不教你们新曲子了！"她又吼。

"我们不需要你教！"小卷毛克里斯回击。

虞子衿愣住。

"反正你教着教着也会弹断！"克里斯回答后，孩子们又笑作一团。

虞子衿哭笑不得地叹了口气，不作声地把断弦拆掉，又从琴盒里拿出一根新的换上。

她把琵琶横放在腿上调好音，然后缓缓地拿正，双手就位，一手抚弦，孩子们的声音霎时全停住了。

她聚精会神，紧接着又是一手抚弦，一个接一个越来越快，然后骤停，换成轻柔的轮指。

没几秒，又是一阵震天地的扫拂，声音时隐时现，似草木皆兵。

是《十面埋伏》。

虞子衿一边弹，一边分神看了眼被镇住的孩子们，心里不由得感叹音乐的魅力。

曲子已经弹到了鸡鸣山小战，她凝神，一阵如兵刃相接的推弦声，让整个空间都陷入她的琴声中。

以至于所有人都没有感受到一群人的到来。

她用力抚弦，骤然压弦。

一曲终了。

虞子衿松了口气。

门边响起掌声，虞子衿讶异地转头。


林许亦高大的身影站在门边，他放下了鼓掌的手，脸上带着一丝笑。

虞子衿看着他，眼睛失了焦。

她就那样看着他一步步走近，不知道自己的表情是不是还如往常一般自然。

"虞小姐，很感谢你为灾区孩子们做的这一切。"他穿着一件纯黑色的西装，里面是一件马甲，声音还是一如从前的磁性和从容。

"这是我应该做的。"虞子衿露出得体的笑容，又伸出手与林许亦握了握。

两手相握，又很快松开。

林许亦身后的摄影机的镁光灯不断闪烁。

随后站在门边的一众工作人员也走进了室内，林许亦蹲下身，开始跟孩子们聊天。

"叔叔你从哪里来？"

"Z国。"

"Z国有熊猫吗？"

"有。"

"它们是不是蓝色的？"

"它们身体的毛发是黑白两色的，眼睛周围是黑色的。"

"……"

孩子们围在林许亦的周围，天马行空地问着各种问题，林许亦用一口流利的F语，微笑着耐心地一个个回答。虞子衿站在旁边有些不知所措。

"你会弹琵琶吗？"问题绕来绕去，最后还是绕到了虞子衿的身上。

"不会，你会吗？"林许亦挑了下眉，许是蹲得有些久了，他缓缓地站起了身。

"虞子衿姐姐答应要教我的。"男孩儿仰头骄傲地冲着林许亦嚷。

"她还答应要教我！"小卷毛也跟着嚷。

然后，所有人都嚷了起来。

虞子衿尴尬地看着他们叫喊，挠了挠头发。林许亦侧过身来，撞向她的视线，似乎微微笑了笑，又很快转回头。

"你们觉得虞子衿姐姐弹得好吗？"林许亦突然间提到了她的名字。

"当然好了！"孩子们异口同声。

"子衿姐姐，你再弹一次好不好？"小卷毛望向虞子衿的时候，她已经预感到了事情的走向。

她看着齐齐望向她的孩子，又想起背后架着的一排摄影机，沉默了片刻道："那你们能给我伴唱吗？"

"好！"

于是，虞子衿就在所有人的注视下，走到了孩子们的中央。她坐回到之前的那张小板凳上，重新抱起了琵琶。

悠悠的琵琶声响起，伴随着她轻柔的声音。

"好一朵美丽的茉莉花，好一朵美丽的茉莉花……"她先伴着琵琶唱起来，孩子们开始慢慢地跟上。

"芬芳美丽满枝丫，又香又白人人夸……"

孩子们生涩的Z文伴随着悠扬的Z国古典乐曲，似乎一点也不违和。那稚嫩的声音，好像伴着花香一点点飘进每个人的心里，虞子衿也沉浸其中。

十几年前，虞子衿背着一把琵琶跟妈妈一起到军队里做慰问，参加国际交流演出。

现在却换了个形式重新给了她机会。

她微笑一下，继续低头抚弦。

结束后，又是一阵掌声。


中午，林许亦在基地里陪孩子们吃了饭，下午又去附近其他的几个安置营里看了看，晚上决定留宿在这里。

安顿好林许亦一行人和孩子们之后，虞子衿和安菲娅回到志愿者工棚，两人洗漱之后躺在床上闲聊，话题就不可避免地聊到了林许亦身上。

"我今天悄悄地去问了他身边的工作人员，他们说他是使馆的公使。之前在组织的酒会上光知道他是驻 E 国的外交官，原来是公使，难怪他明明那么年轻却那么沉稳。"安菲娅的声音在床板下喃喃地响着。

虞子衿枕着手臂躺在床上，看着小塑料窗外的天空，没有说什么。

"他长得那么高，五官又那么立体，看起来不像个 Z 国人。"安菲娅又道。

"你是想说他长得帅？"虞子衿开了口。

床下没有声音，只听见安菲娅痴痴地笑了下。

"果然全世界对帅哥的审美都是大同小异的。"虞子衿笑了笑，看着窗外，今夜星河漫天，她捕捉到了一颗，特别亮。

"酒会之后，你们又见过吗？总感觉你们好像很熟的样子。"安菲娅问。

"你怎么感觉出来的？"虞子衿挑了挑眼皮。

"就感觉他看你的眼神跟看其他同事不一样。"

窗外繁星点点，虞子衿听到安菲娅的话笑了笑："之前在使馆追回电脑的时候见过。"

"这样啊。"安菲娅没再说什么，小小的空间里又陷入沉寂。

虞子衿看着窗外，眼睛一睁一闭，困意一点点袭来。她今天真的累极了，无论是生理上还是心理上，就好像有什么包袱沉沉地压在她的胸口，让她喘不过气。

突然，一声巨响，大地也跟着颤动起来。

一道火光从窗口闪过，进入虞子衿的眼睛。

"快！"虞子衿大叫着，几乎是同时和安菲娅从床上爬起来。

虞子衿在床上随便抓了件衣服穿上，然后火速踩着梯子下床，两人冲出门外。

室外已经被火光笼罩，志愿者们都匆匆从宿舍里跑出来，有的甚至连鞋都没来得及穿。

"快去工棚看孩子！"虞子衿大声吩咐。

"叫醒所有孩子，第一时间把他们安置到食堂那边的空地上！"话音未落，志愿者们已经开始往孩子们所在的工棚方向跑去。

虞子衿想起自己的手机落在了床上，又连忙回去拿了手机。

等她拿了手机出来，其他人都已经四散跑走了，又是一声巨响。

虞子衿的耳膜也被震得嗡嗡响，她愣了两秒，连忙朝宿舍的方向跑过去。她跑过林许亦住的那间宿舍时，发现里面漆黑一片，门是打开着的。

她没有时间多想，继续往前跑着。

可没跑几十米，她就看到了那个立在远处的高大清瘦的身影。

她走到林许亦的身后，想要叫他，可她顺着他的视线看向前面，不由得愣住了。

已经全然漆黑的夜里，火光明灭闪烁着，一个衣衫褴褛的中年男人，抱着一个四五岁的男孩儿，坐在废墟上。

又是一道火光闪过。

"爸爸，那是什么？"孩子指着远处闪过的红色，声音里带着一丝好奇，也带着些许恐惧。

男人将怀里的孩子搂得更紧了些。

"别怕，那只是一颗流星。"

声音苦涩、隐忍，又无奈。

虞子衿听完父子俩的对话，垂下了眼。

她脚下的沙砾摩擦着发出细微的声音，林许亦似乎还是没有注意到，依旧直愣愣地注视着远处。

虞子衿没有开口，只是选择默默离开。

可还没走几步，便听到了身后响起同样细微的沙粒摩擦的声音，于是转身。

四目相对。

"战场在东面，孩子们不会有事的。"他那双如黑夜般深邃的眼眸里似乎含着星星，一眨不眨地看着她，给她一种难以言喻的安全感。

而此时此刻，他的身后是一片火光。

"那就好。"愣了两秒后，虞子衿勉强笑着道了句，脚步继续朝向宿舍的方向走。

"你来这儿多久了？"

"二十七天。"她没有转身，只是背对着他道。

“这里不是很安全，战事早晚会从城里蔓延到这里。”林许亦又道。

她站在原地，没有动，也没开口。

“孩子们过段时间应该就会被安置到 R 城的孤儿院。”

“嗯。”

“这里不安全，你结束活动后早点回城里。”

“嗯。”

一切都很官方，但林许亦的声音里难得地带着一点温柔。

虞子衿缓缓移动步子准备走开。

“你要是有什么事情可以联系我。”迟疑了很久，他的声音才落进她的耳朵里。

她没有停住脚步，只是道了句“谢谢”，不知道他有没有听见。


离别的日子来得很快，林许亦回到萨罗首都德内亚的第二个星期日，虞子衿和团队的其他成员就办好了孩子们去 R 城孤儿院的入院交接手续。

孩子们在孤儿院的门前为虞子衿重新唱了一次《茉莉花》和一首 F 国童谣，每个人都在纸上用 Z 国字写了一串歪歪扭扭的祝福。

虞子衿笑着和孩子们最后一次辨认那些鬼画符般的文字，只是笑着笑着就忍不住哭了。

临走时，她没有向孩子们再多做告别，而是悄悄地出了孤儿院的大门，坐上了组织的吉普车。

这天的天气很好，万里无云，清风和煦，虞子衿将车窗落下，最后看了一眼这个满载童真的地方。

他们都还是孩子，即便身处战争，也没有任何事物能夺去童真与质朴。况且，孩子都是健忘的，十年过去，他们早就不会记得她的名字了。与其让她一个人承受离别的难过，不如现在就开始忘记。


“虞子衿！”

虞子衿听到一个熟悉的声音在喊她的名字。

稚嫩却熟练。

是小卷毛。

"虞子衿，这个给你。"小卷毛踮着脚把一张纸片塞进了车窗缝里。

她有些措手不及，拾起飘落到地上的纸片，刚想抬起头就听到了小卷毛的道别。

"虞子衿，一路顺风！"他说着一口还有些生涩的 Z 国话，在阳光下最后冲她招了招手，然后跑开了。

她将纸片放在阳光下看，里面是两句 F 语：

Même dans la boue, il faut regarder les étoiles.（即使身处泥泞，也要仰望星空。）

Un jour, même une balle deviendra un papillon.（总有一天，即便是子弹也会变成蝴蝶。）

她将纸片放下，悄悄抹了把眼角的泪，向窗外一步三回头的小卷毛，轻轻地摆了摆手，然后关上了车窗。

03

他们从战事不那么严重的西边小镇一路驱车，进入了最靠近战火中心的塔克利特城。六个小时过去，等虞子衿从车上下来的时候，腿都已经麻了。

天已经黑了下来，城中传来零星的枪响声。听提前到达的同事说，双方争夺的中心塔克利特城已经基本失守，可能不久之后反政府军就会把战火转移到塔克利特了。

他们这次的主要任务是协助红十字会，在塔克利特的边缘地区搭建临时避难所，救助受伤和无家可归的难民。

因为天色过晚，他们与红十字会的相关人员会面之后，就被安排进了附近的避难营先休息一个晚上。

"你们听说了吗？塔克利特爆发了恐怖袭击！"正在低着头边扒泡面边看手机的彼得忽然抬起头高叫。

"啊？发生什么了？"安菲娅也抬起头，音调不自觉地提高了。

"两名 Z 国籍工程师被恐怖分子劫持，已经过去十个小时……"彼得盯着手机一句句地念着，最后声音越来越小。

所有人都抬头看向虞子衿。

她正怔怔地盯着彼得端泡面的那只手，没有做出任何反应。

"这是战争爆发以来第一次发生恐怖袭击呢……"其他人开始小声讨论起来。

虞子衿坐在原地，依旧盯着彼得的手，没有任何动作。

十个小时……

消息肯定已经传回了Z国，要是能救下来，应该早就救下来了……

她望着天上的星星。


事实上，确实如虞子衿所想，事情发生后的第一时间，Z国驻萨罗大使馆立即启动了应急机制，并且第一时间与萨罗总统办公室取得联系，要求萨方采取一切措施，确保人质安全获释。

"李部长已经跟萨罗的外交部部长打过三通电话了。"周然将文件搁在桌上，小声说了句。

"字条递出来了吗？"

"递出来了。"

"写的什么？"

"要棉衣。"

重重的一声叹息。

林许亦从椅子中站起身，随手翻了翻桌子上的资料，开口："我们现在就赶过去！"

"现在？"周然的声音满是惊异。

"外交部现在也没有办法，只能去现场看看。"林许亦边说边从门口的衣架上取下外套，又打开了办公室的门。


等林许亦到达塔克利特山区时，已经是凌晨三点钟了。山顶的山洞里，恐怖分子正扛着枪连夜巡逻。

"林公使好。"已经守了十几个小时的使馆工作人员上前向他问好。

"山区这么冷，棉衣和食物送上去了吗？"林许亦望着山顶忽闪忽闪的一点光亮道。

"一开始不同意，但交涉了两次之后他们同意把饭从山崖那边用绳子吊上去。"

"他们提条件了吗？"

"什么也没提。"工作人员的声音一点点降低。

振动声响起，林许亦从西装左胸前的口袋里拿出了手机。

是外交部打来的电话，刚刚打了一通，现在又是一通。

"怎么样了？"接完后，周然上前接过林许亦的手机。

"他们在提供的条件上产生了分歧，我们现在只能尽量稳住绑匪，保证人质的安全。"林许亦看着身前站成一堵围墙的萨方战士，心多少安了几分。

"天一亮就进行和平谈判。"林许亦望着已经升至中天的月亮，沙哑的声音依旧坚定而有力。


因为舟车劳顿，虞子衿第二天醒来时，已经是上午九点。

她一从避难营中走出来，就听到了谈判失败的消息。

已经过去二十四个小时了……

随着时间的推移，希望只会越来越渺茫。

她也给林许亦打了几次电话，但每次都是正在通话中。

避难营中已经迎来了第一批难民，虞子衿要负责登记，她没有时间多想，只能企盼能够成功地救出两位 Z 国同胞。


公使办公室里人员进进出出，所有的电话几乎都被打爆了。

已经是第三天了，林许亦坐在办公椅上，听到前方传来的第五次谈判破裂的消息。

周然进来给他送了盒饭，又拿了件外套给他披上。

从塔克利特回来之后，林许亦这两天的睡眠时间少得屈指可数。

前方不断传来的消息，外交部领事司和紧急成立的救援小队提出的方案，一次次地送进林许亦的办公室。所有工作人员都在岗位上严阵以待，作为临时代办，所有的事务和挑战都落到了他一个人的肩上。

救人、谈判、讲和，所有的方法都已用过，如果拖下去，两名工程师就真的没有生还的希望了。

林许亦合着眼仰躺在办公椅上，沉默了半晌。

刚刚开完了一次小组会议，各个部门的负责人都站在他的桌前，等待他的下一步指示。

"行动吧。"

最终，林许亦还是做出了决定。

他同意了萨罗安全部队的提议，采取军事行动。

漫长的等待，迎来的是下一个天黑。

办公室的电话再次响起，办公室的门也被敲响。

终于还是等来了最终结果——

一名工程师获救，另一人不幸遇难。

林许亦看着苍白的天花板，缓缓地闭上了眼。

萨罗陆军总院，深夜十二点半，灯火通明。

林许亦与一行人一起，见到了遇难工程师林鹏的遗体。

在来之前的车上，林许亦异常沉默，视线直勾勾地盯着某个方向，面如死灰。所有人都在安慰他，说他已经尽力了，他却只是沉默地看着某处，冷峻到了极点。

进行了遗体告别之后，医生缓缓地伸出手要将白布盖在死者的脸上。

一直静立在床边的林许亦，却突然有了动作。

他伸出一只手，将死者的眼皮缓缓地合上，却没有成功。

那双黑色的眼睛，瞳孔已经扩散到最大，直直地望着天花板。

林许亦伸出手，又合了一次。

医生终于盖上了白布。

一行人走出了手术室。

简单的交流之后，所有人都各自离开，林许亦也要赶回使馆进行善后和安置工作。

工程师林鹏遇难后的第二个小时，虞子衿的团队在前往首都德内亚的路上得到了消息。彼得低下头，在胸前默默地画了个十字。

塔克利特爆发了战争，并且已经出现恐怖袭击事件，团队收到组织及各个使馆的要求，立即返回首都大使馆。

吉普车颠簸地行驶在荒漠之中，虞子衿靠着椅背向窗外看。沉寂的世界一片漆黑，连月亮都被夜色一点点侵蚀殆尽。

林许亦没有接电话，更没有回电话。

去了使馆总会见到的，虞子衿想着，按熄手机屏幕，继续看向窗外。

月亮在乌云中挣扎，又露出一点点希望的迹象，她突然感觉到自己已经完全乱掉了。

为什么要给他打电话？为什么想要见到他？是为了安慰他，还是别的什么？

乱了，全乱了。

虞子衿合上眼，脑海中是几夜前林许亦背对着她站在一片废墟前的景象。

她不愿，也不敢再想什么了。


当虞子衿抵达使馆的时候，刚好凌晨三点半，正是夜最深的时候。她望着眼前灯火通明的使馆，暗暗叹了口气，踏了进去。

她站在大厅门前环视，工作人员来来往往，一切都仿佛是几个月前的样子，只是颠倒了昼夜。

她看到了站在大厅右侧大理石柱后面接电话的周然。周然似乎也用余光瞥到了她，眼眸里快速地闪过一丝惊讶，又随即恢复原样，冲她微微点头，然后继续通电话。

她想等周然接完电话过去跟他聊点什么。

可她还没等到，就看到了从右侧一间屋子里走出来的林许亦。

林许亦还是往常的样子，似乎也没注意到她，径直走到周然身前。


"怎么样了？"虞子衿听到林许亦已经有些沙哑的声音。

"已经落地了，应该马上就到了。"周然已经挂了电话。

"另一边呢？"

"已经安排住进大使馆了，估计没多久也快到了。"周然简短地答了句。

两人相对沉默了一会儿，只听见一阵轻轻挪动脚步的声音。

"到了使馆先安排他去洗个热水澡，刮刮胡子，再换身干净衣裳。"林许亦的音量突然抬高了些，虞子衿在石柱后听得更加清晰了。

"我还听说那位工程师是山东人，到时麻烦李阿姨给他做顿家乡菜。"

"好。"周然应下。

"嗯。"林许亦似乎微微轻松了些，冲周然点了点头，然后又转头往房间走。

等他彻底将门关上的时候，周然默默地绕过石柱走了过来。

"虞小姐，没想到又见到您了。"周然打量了她一会儿，勉强露出一丝笑意。他眼下带着严重的黑眼圈，下巴上还冒出了短短的胡楂。

"接到组织的消息，说是塔克利特那边不太安全，要求我们先来大使馆避一避。"她直视着周然的眼睛。

"当然当然，我们也已经通知当地的Z国公民了。"周然点头。

"现在还能给我办手续吗？"她指了指大厅后方的服务台。

"可以。"

"我之前租的房子好像还没有住客，现在还可以居住吧？"

"您可以和房东商量一下，当然我建议您这两天还是先暂时住在使馆。"周然也看着她，神色有些奇怪。

"那好，我现在先去办手续。谢谢了。"她冲周然点了下头，然后转身打算离开。

"虞小姐。"周然在虞子衿迈步前叫住了她。

她背对着他叹了口气，然后缓缓地转回头。

"您听说塔克利特恐怖分子绑架Z国人质的事件了吧。"他的声音里带着一丝试探。

"我已经听说了。"

"三天两夜，我们都尽力了，但还是没能救下那位工程师。"他的声音低沉，头也慢慢低下了。

虞子衿没有开口，只是看着他。

"林先生的选择是正确的，但凡事都没有十成的把握。事情发生后他把自己关在那间小屋里，一直在反省有没有别的更好的方法。"

虞子衿还是沉默。

"他大概有两天都没有正经合过眼了，一会儿还要去见遇难者家属，我们都希望他能休息一会儿。"

长久的沉默。

周然望着眼前的女人，她白净的脸上没有任何表情，只是垂着眼，看着地面。

他自认为自己这么多年的生活阅历不会看走眼，可现在看着虞子衿一副满不在意的神情，他对自己之前的判断也起疑了。

"那我就不——"周然看了她许久，最后还是开了口。

"是那间吧？"她指着那扇深棕色的木门。

周然愣了一秒。

"对，是那间。"他连忙道。

虞子衿没有再说什么，径直走了过去。

"谢谢您！"周然在她身后喊道。


"吱呀。"

门被轻轻地推开。

屋里一片漆黑。

虞子衿手伸到墙边摸了摸，没有摸到开关，便在黑暗中摸索着，找到了墙边的一张沙发，轻轻地坐了上去。

她听到了不远处有规律的呼吸声。

四下没有任何动静，只有呼吸声此起彼伏。

就这样，过了许久。

直到"啪"的一声，一盏昏黄的落地灯应声打开。

"是你啊。"林许亦沙哑却磁性的声音在空荡荡的房间中响起，没有惊讶，也没有意外。

林许亦等了几秒，没有听到回复，缓缓地转过头。

他那双深潭般漆黑的眼睛一眨不眨地注视着虞子衿。

她也看向他。她看见他头发上的发胶似乎已经失去了效力，有几绺头发掉下来，遮住他些许额头。那双深邃又美丽的桃花眼似乎失去了神采，眼下的乌青也显示着他的憔悴。

他刚刚还在大厅里吩咐要给获救的工程师安排好衣物，刮刮胡子。他自己却穿着一身已经有些起皱的西装，下巴上也冒出了青绿色的胡楂。

林许亦见虞子衿迟迟没有答话，似乎有些失落地又转回头，视线放空，不知又去想些什么了。

"为什么要强行采取军事行动？"良久，虞子衿忽然开口。

林许亦闻声再次转过了头，眼睛似乎也重新找到了焦点。

他注视着坐在他面前的女人，扎着马尾，面容白净，穿着一件单薄的白衬衫，左胸前还印有沃尔德世界慈善组织的标志。

他觉得她的面容是平静的，可声音里带着的力量却在提醒着他犯下的错误。

他看着虞子衿，沉默不语。

从事情结束后，所有人都劝慰他，已经尽力了，不要再过多自责。而这个女人开口的第一句话却是问他为什么要采取军事行动。

"因为五次谈判都失败了。"他思考了一会儿，给出了这样一个回答。

"不能再有第六次吗？"

"再拖下去，他们的生理和心理都很有可能撑不下去了。"他转移了视线。

"那强制采取军事行动，就能保证他们的生理和心理不再受伤害了吗？"

这次，林许亦没有再说话。

虞子衿的问题直直地击中了他的要害，因为是他做出最后决定的。也是因为这个决定，直接导致了林鹏的死亡。

"为什么一定要采用强制的行动，不能再多试一次吗？如果做出一点点妥协，也许会有不同的结果吧？"虞子衿的声音也逐渐低下去，好像是在发问，又好像是在自言自语。

林许亦转过头，他看着虞子衿，眼睛中是无法描述的强硬和执拗。

"对恐怖主义永远不能妥协。"

他的声音虽然依旧沙哑，却很有力量，薄唇紧抿，眼睛紧紧盯着她。

这也是她第一次看到林许亦这样的表情。

"永远不能向恐怖主义妥协。"

战火纷飞的另一个时空里，有另一个人也对她说过同样的话。

是啊。

她仰起头，望着天花板。

像一只即将搁浅的鱼，在做最后一次挣扎。

"你说得对。"片刻的沉默之后，传来了虞子衿的声音。

林许亦有些意外地回头看她，在看到她失神的神情时，嘴角微微上扬。

"你也打算对我妥协了吗？我还以为你至少会再跟我争一会儿。"他低头看着自己的手指，声音中带着一丝落寞。

虞子衿还在愣神，直到敲门声响起。

"林先生，再过十分钟受害人的妻子就到使馆了。"是周然的声音。

"知道了。"林许亦在门内应了句。

直到门外的脚步声走远，他微不可闻地叹了口气，将脸埋进手中，深深地低下了头。

虞子衿知道那是人在愧疚时才会做的动作。

以前苏航每次将伤者送进医院后，都会坐在医院长廊的椅子上，做出这样的动作。

原来，即便强大如林许亦，也会有无法释然的痛苦。

"我先走了，一会儿会有人帮你安排好。"

他缓缓地撑着膝盖站起身，走到窗边的一面镜子前，整了整领带和衬衣。

虞子衿只是安静地看着他，心却几乎要跳出来。

她得承认，她曾经很多次望着他在光亮处的背影动过心。只是每一次她都在告诫自己，这只是因为苏航而爱屋及乌的喜欢，她不能将这份喜欢变成一种隐瞒和不负责任。

她承认，她的那份喜欢大概是没办法再隐藏下去了。

因为她此时的心跳，在她进入这间屋子后，经过无数次反反复复的验证，已经给了她最后的答案。

她喜欢的是眼前这个实实在在的人，不是苏航。

他不是苏航，更不是苏航的影子。

但是，她喜欢他。


喜欢他此刻的脆弱，喜欢他的沉默和高标准，喜欢他身上一直以来的那种神秘和孤独感，哪怕这一切都与苏航截然不同。

虞子衿望着林许亦，他已经整理好了衣褶，转过身，向她轻轻地点了点头，然后迈步走向门外。

"你知道吗？"她听到自己的声音带着几分急切，颤抖着在房间中响起。

"我们坚持做一件事情，并不是因为这样做会有效果，而是坚信这样做，是对的。"

她一边说，一边缓缓地起身，看着愣在原地的林许亦，一步步走上前。

她看到林许亦的眼睛，从惊异到一点点释然，最后似乎被触动了。

她终于走到了他的面前，然后鼓起勇气——抱住了他。

"只要是朝着坚信的方向走，都不算错。"她把脸颊贴在他的耳边道。

"而且，我懂你。"她的声音，在那一刻，穿过他的耳朵，然后注入心里。

他感受到她瘦弱的身体中蕴含着的力量和坚定，也感受到她在他生命中无比抵触的部分留下了新的注脚。

"谢谢！"


04

黎明前的最后一个小时，一辆黑色加长商务车无声无息地停在了大使馆的院子里。

林许亦和大使馆的一众工作人员已经整齐地站在大厅里，等候受害人妻子的到来。

女人穿着一身朴素的黑色套装，头发凌乱，眼睛红肿，穿过一众摄影机走了过来。

她与林许亦握手，然后又跟着人群走进了会议室。

"我是这里的负责人，您有什么要求，可以告诉我。"林许亦坐在她的对面，面对着闪光灯，目光诚恳真挚。

她踌躇着拿起茶几上摆着的杯子，刚要喝时又突然放下。

"我没有什么要求，我只想尽早见到他。"她的声音颤抖着，说出了她最迫切的愿望。

会议室里一片沉默。

"好，我们会尽快安排。"林许亦向她承诺。

"我们已经准备好了早餐和休息室，您先去休息吧。等一切安排好了，我会让您去见他的。"他说完后缓缓起身，身后的一众人也纷纷起身。

闪光灯不断闪烁。

"请节哀。"他高大的身躯弯成九十度，向她久久地鞠了一躬。

她说了声谢谢，就被人搀扶着走了。

"给死者换好衣服，化个妆，整饬得妥当一点。"林许亦高大清瘦的身影倚着走廊的墙面，淡淡地吩咐。

"好。"周然在一旁应下。

"还有，给那位太太的饮食要清淡一点，不要做那些刺激性大的食物。"他的视线似乎是看着窗外的，但又似乎没有焦点。

"好。"

"一定要安抚好受害家属的情绪，不要发生意外。"一向少言，只让周然自己准备的林许亦突然间细心了起来。

"那我叫个医生？"

"嗯。"林许亦盯着窗外，看了好久。最后，他将视线转回走廊里，低下头，似乎是自言自语："她怀孕了。"

周然愣了几秒。

对方进门时一直抚摸着肚子，以及端起杯子却没有喝一口茶水。

他居然没有注意到。

"是我观察不仔细。"

"去吧。"林许亦挥了挥手，周然应声离开。

听着脚步声一点点远去，林许亦的身体慢慢滑下去，最后他蹲在地上，仰起头，吸着空气。

他已经压抑得喘不过气。

从事情发生到现在已经六七个小时了，所有的善后工作他都亲力亲为，希望尽可能地做到最好。

算是对自己决定的一点点补偿。

作为一名守护国与国之间和平的外交官，他没有履行好自己的职责。

他曾经以最优异的成绩从外交学院毕业，又以最快的速度成为副司长，始终在有条不紊地走着。

直到他从驻 E 国使馆离任，在驻萨罗使馆就任。

直面战争、苦难、水深火热中的人民。这一切都与他曾经的外交官生涯截然不同。

开始，他驾轻就熟地按着流程和从前的态度对待新的工作。他痛恨战争，但他还是只能循规蹈矩地继续着从前的工作。第一次在大使馆遇见虞子衿时，他甚至有些讨厌她不计后果，只管一个劲儿往前冲的莽撞行为。

可是慢慢地，他发现，正是那份他不能理解的莽撞，给他带来与众不同、前所未有的力量。

是她在镜头前挡住孩子的奋不顾身，是她在战火连绵中弹起琵琶的淡雅从容，还是她附在他耳边告诉他"只要是朝着坚信的方向走，都不算错"。

呵。

这是他曾经最讨厌的东西，可现在偏偏成为他在内心动摇时最强有力的支柱。

人与人之间的关系果然是一个永恒的研究课题，他们之间明明并没有过多的交集，这个女人却总是在潜移默化地改变着很多他曾经以为已经根深蒂固的东西。

是喜欢吗？

他在心里第一时间否定掉这个答案。

他们的的确确，一点都不合适。


林许亦仰着头，盯着天花板上吊着的那盏低瓦数的白炽灯。

"我们坚持做一件事情，并不是因为这样做会有效果，而是坚信这样做，是对的。

"而且，我懂你。"

她清浅却有力的声音，一遍遍地在空荡荡的长廊里回荡。

他撑着墙站起身，嘴角轻轻滑过一丝笑，似乎重新有了力气，迈着步子，走出了昏暗的长廊。

太阳在渐渐散尽的薄雾中闪耀，晨光隐在雾里，时隐时现。

使馆大厅的电视里正播放着林许亦与受害人妻子见面的场景，虞子衿听到林许亦说："等一切安排好了，我会让您去见他。"她闻声抬头，画面却已经切换，死寂的医院病房里，林许亦与身后的工作人员一起，深深地鞠躬。

"麻烦签一下名字。"柜台后的工作人员向虞子衿递过一张纸。

虞子衿回神，在上面签了字。

"麻烦您到大厅后侧的打印室去复印一下文件。"工作人员将她的一系列证明一并递出来。她拿着证明，走到打印室门前，门外正排着长长的队伍。

"哎，人都已经死了，除了补偿家人，还能挽回什么呢。"旁边穿着工作装等着打印的一个年轻女工作人员叹了口气轻声道。

"听小刘说那太太刚刚怀孕，公使问她后面怎么办的时候，她很坚定地说要把孩子生下来。"另一个中年女人也道。

"看得出她很爱她的丈夫，可是说实话，没有父亲的遗腹子，还是不要生下来的好。"

"就这一点念想和爱了，怎么忍心不要呢？"

"唉！"两人齐齐叹气。

虞子衿拿着文件站在旁边，静静地听着她们的对话，好不容平静下来的内心再次起了波澜。

死去的工程师和矢志不渝的妻子，以及妻子肚中唯一的骨肉血脉，大概任何一位母亲都不忍心把这唯一的希望抛弃吧。

如果是她，她也肯定不会打掉那个孩子。没有那个孩子，就意味着可以放弃一切过去，重新开始另一种生活了吗？

苏航的死，曾经让她决定此后不会再爱上任何一个人。但好像今天的种种都在警醒她，她要违背自己曾经的决定，背叛苏航，也背叛自己了。

更何况，她对林许亦的喜欢，既是一种变质的喜欢，也是一种变相的隐瞒。

她听到打印室里的工作人员喊她，她走进去，道了个歉，又走了出来。

她找了大厅里一株巨大盆栽植物后的角落，倚着墙。

足足十几分钟，她才怅然若失地直起身子，理了理乱掉的头发。

她重新整理好从手中掉落的文件，往打印室走去。

她对林许亦的喜欢只是一种短暂的动心，只是因为他那实在让她无法抗拒的声音和让人心生探索的神秘。

终于，她又一次成功说服了自己。

只是，这次用的时间长了一些。


当人在一个完全黑暗的空间中独处的时候，往往会有种被黑暗整个吞噬掉的错觉。

林许亦在漆黑的空间里睁眼躺了许久，最后从沙发上坐起身，用手拉了拉沙发边百叶窗的窗帘，发现外面正有一轮明月高高地挂在东方。

他又重新躺下，感受被黑暗一点点吞噬掉的过程。

当他正在幻想的黑暗中挣扎的时候，门被推开了一道小缝，一缕明亮的灯光透了进来。他听到一个熟悉的脚步声，一步步轻轻走进来。他终于停止了最后几秒的挣扎，从沙发上坐了起来。

他感受到来人的脚步顿了一下，大概是知道他已经醒了，打开了房间里的灯。

顿时屋内灯光大亮，他眯着眼适应了几秒，才完全睁开眼。

周然已经换好了一套熨烫妥帖的新西装，手中又拿起了他那本小羊皮本，站在沙发前，静静地等着林许亦睡醒。

"我睡了多久了？"他听到自己已经沙哑得不成样的声音在偌大的空间中响起。

"十五点到十九点五十，还不到五个小时。"

"虞子衿呢？"他听到自己破碎的声音在不受大脑控制的情况下说出了这个名字。

周然似乎愣了半秒，才道："虞小姐已经办好手续离开使馆了，说是要去找暂住的地方。"

"你没有跟她说让她暂时住在使馆吗？"

"说过了，但她后来坚持要自己找地方住。"

周然话还没有说完，便看到林许亦缓缓地坐直，然后将腿放到地上，皱着眉揉了揉自己凌乱的头发。

"有什么事吗？"沉默了一分钟后，林许亦指了指周然手中的记事本。

"德内亚现在已经爆发了恐怖袭击，一小时前接到外交部的信息，要求进行第二次撤侨，其中包括所有 Z 国籍慈善组织人员和志愿者。"

林许亦在听到"恐怖袭击"四个字时就站了起来，但周然还是之前那副样子，平静地叙述着。

"你为什么不叫我起来？"他焦急地穿上皮鞋。

"前期工作已经安排好了，您已经很久没有正经休息过了，大使说让您再休息一个小时。"

"姚大使这么快就到了？"林许亦提着鞋，有些惊异地抬头问道。

"他安顿好了受害人妻子，刚刚回来。"

"那怎么现在又把我叫起来了？"林许亦已经穿好了鞋子，起身走到了周然的面前。

"我们已经联系到了所有 Z 国籍慈善组织的志愿者，但我们还没有联系到虞小姐。"

# 第五章

········◆········
爱在黎明破晓前

01

第一天，Z国驻萨罗大使馆成功撤侨一千二百五十人。

第二天，大使馆成功撤侨九百八十六人。

第三天，大使馆成功撤侨四百六十人，其中包括四个Z国慈善组织的一百二十名志愿者。

第四天，政府军与反政府军的交战地点已经逼近大使馆。使馆接到Z国外交部通知，Z国驻萨罗大使馆工作人员及专家组将携带绝大部分文件、信息及档案，紧急撤离。

而林许亦和另外两人构成的工作小组，因为微妙的局势，留了下来。

"林先生，虞小姐找到了！"第四天的晚上，在所有工作人员安全撤离几个小时之后，周然激动地闯进了林许亦的办公室。

"在哪儿？"林许亦从桌前站了起来。

"虞小姐加入了前线的反恐怖组织机构，这是我刚刚在前线听到的。"周然上气不接下气地答道。

"那还不让她回大使馆？"林许亦语气中的焦急，再也无法掩盖。

"我一开始找到虞子衿时，她是不愿意回来的，后来还是我们前线的同志找了个理由强制她回来，她才勉强答应。已经出发一段时间了，现在应该也快到了。"

周然的尾音还没有完全落下，办公室的门就被推开了。

虞子衿穿着之前那件单薄的白衬衣，扎着高马尾，出现在林许亦面前。

两人对视了许久，但没有人作声。

周然说了句"那我先走了"，便悄然退出了办公室。

"我现在就安排你回国。先入境 AJ 国，再转机 Z 国。"最后，林许亦收回了眼神，拿起了桌上的手机。

"我不回。"虞子衿的声音几乎在同一时间落下。

林许亦拿着手机的手僵住了。

"为什么不回？"他强压下心中的怒火，问道。

虞子衿沉默。

林许亦深深地吸了口气，最后还是没能忍住，猛地站起了身。

"你知不知道这两天，整个大使馆都在找你。你以为这是在过家家吗？还是觉得这个世界离了你就不能转了？

"你想清楚了，现在是恐怖袭击！不只是战争了！你觉得你待在这里能拯救多少人？你觉得你光凭一腔热血能活多久？等到连自己的小命都保不住的时候，你就知道你现在是蠢，是不自量——"

"轰！"一声巨响传来。

大地开始震颤，砖瓦倒塌的声音伴随着漆黑的空间一瞬间席卷而来。

"趴下！"伴随着震耳欲聋的炮弹声和枪响，虞子衿听到林许亦歇斯底里的喊声在自己耳边响起。

林许亦几乎是一瞬间将她揽在怀里，又一起扑倒在地。

地板开始晃动，墙体也开始晃动，漆黑一片的空间像是迎来了世界末日。

"趴到桌子底下！"林许亦又一次大喊。

虞子衿几乎是下意识地被林许亦推着，爬到了桌子底下。

地面还在不断地震。

震耳欲聋的炮弹声让虞子衿的脑中只剩下一阵嗡嗡的乱响，两人紧紧地抱在一起，却还是无法抑制身体的颤抖，生怕下一发炮弹就会落到他们的身上。

一排排炮弹和火箭弹呼啸着掠过楼顶。

"你干什么去？"虞子衿一把拉住了已经探出半个身子的林许亦。

"我拿一下手机。"林许亦一只手拉着虞子衿，身子一半探出去用另一只手摸到了座位上的手机，又迅速缩回身子。

"怎么样？"虞子衿的声音焦急地响在耳边。

亮起的手机屏幕上，左上角的信号标识已经全部消失。

"通信都断了。"外面轰炸的声音已经停止，机枪的声音也渐渐减弱，林许亦的声音中带着无可奈何的压抑。

一片黑暗中，只有手机屏幕静静地亮着，虞子衿看着林许亦棱角分明的面庞。

"我们现在该怎么办？"

"只能等了。"

"等枪声停。"

此时此刻，在炮火轰鸣和夜色的笼罩下，林许亦坚定的眼神和依旧铿锵有力的声音似乎成了虞子衿世界里唯一一丝希望。

虽然枪声已经减弱，但还是会时不时地有一连串的枪响和炮弹轰炸。两人依旧躲在小小的办公桌角里，她抱膝倚在林许亦怀里，林许亦用一只手搂着她的后背。

世界真的很奇妙，明明炮弹的轰鸣几欲将她的耳膜炸裂，可她依旧能听见他规律、有力的心跳和呼吸。

当生死只是下一秒钟将发生的事情时，虞子衿忽然觉得这一刻似乎也没那么可怕了。

两人在炮火声中安静了很久。

忽然，短暂的平静后，一颗炮弹落在了大使馆的楼顶。

虽然已经适应了枪炮声，但这颗炮弹落在和他们如此之近的地方，还是将虞子衿吓倒。她不可控地颤抖了一下，然后更用力地钻进林许亦的怀里。

"别怕。"几十秒后，林许亦用僵硬的手拍了拍她的后背。

躲藏在他怀中的虞子衿已经流出了眼泪，她咬住唇瓣抑制住眼泪不要沾湿他的衣裳。

虞子衿就在这狭小的空间里，在林许亦的怀里睡了个天昏地暗。

她苏醒后睁开眼，看着外面的空间里，林许亦正静静地蹲在一隅，用打火机点燃手里的一沓文件。他的脚边已有一堆烧成了灰烬，熊熊燃烧的火光映在林许亦棱角分明的侧脸上，他正看着脚边的灰烬，眼里满是落寞。

虞子衿撑着身体从办公桌底钻出来时发出了窸窸窣窣的声音，林许亦也好像没有听见。

她缓缓地走到林许亦的身后，在离他几步远的位置停下，没有再上前。

火光映在林许亦的眼里，林许亦映在虞子衿的视线里。

虞子衿知道，他在焚烧使馆留下的一部分机密文件。她也明白，不到万不得已，他是断不会就这样把几代人的心血和守护付之一炬的。

大概是真的山穷水尽了吧。

虞子衿又在一旁看着林许亦烧了几分钟，突然又是一阵枪响，她猛地一惊，迅速地冲上前拉住林许亦的胳膊，将他拉向办公桌底。

直到两人重新躲进桌底，失神的林许亦才终于如梦初醒。

"我头一次见一个人烧文件还能烧得连命都不要了。"她气喘吁吁地道。

林许亦没说什么，只是笑了笑，依旧将虞子衿搂进怀里。直到枪声再次消失，他才伸出一只手臂，打开了办公桌最底层的那个柜门。

他从里面摸索着掏出了一瓶黄桃罐头。

"饿了的话，就先吃点东西吧，不知道还要在这里藏多久。"他边说着边借着桌角撬开了瓶盖。

虞子衿将罐头接过捧在怀里，看了一眼也没吃，踌躇了一会儿道："周然怎么样了？"

她的话似乎戳中了让林许亦一直失神的心事，他又一次低下头，然后缓慢地摇了摇。

"还不知道，我想他们大概是在使馆的地下，只是我也没办法确定位置，没办法找。"

"可周然知道我们的位置啊。"

他却一直没来找他们，话出口虞子衿才意识到。

虞子衿看着林许亦的眉头紧皱着，沉默了半晌。

"吃吧。"

虞子衿在林许亦的注视下，静静地扒了几口罐头，然后就将瓶子放在了地上。

"怎么了？"林许亦关切道。

虞子衿看着林许亦的眼睛，踌躇了很久，最后难为情道："我想上厕所。"

空气也沉默了半晌。

"门后就是厕所。"良久，林许亦指了指背靠着桌椅的那面墙。

两人从桌子底下爬出来，林许亦帮她打开了那扇木门，看她进去，又关上。

厕所是封闭的，既没有窗户，也没有电开灯，她只能在黑暗中摸索着找到马桶的位置。

外面的天已经大亮了，虞子衿看着门缝处，一双脚正稳稳地伫立在那里。

她上完厕所，又不敢冲水，只摸索到水池边，把水调到最小，将就着洗了下手。

她还没来得及洗完，就听到了门外急促而低沉的呼喊声："虞子衿！"

她慌忙地打开门。

一瞬间，林许亦迅速挤进门里，然后又轻又快地关上门。

"怎么了？"虞子衿用气声颤抖着问。

她的声音还没完全发出，就被林许亦死死地捂住了嘴。

"外面有脚步声。"林许亦一边小声说着，一边将她迅速地压进自己的怀里，倒退着几乎把她拖到了水池边。

"进去！"林许亦打开水池下的柜门，几乎是横着将她塞了进去。

"用力往里拉住柜门，听到什么声音都别出来。"林许亦已经完全将她塞进去，一边说着一边合上柜门。

虞子衿终于清楚地听到了脚步声，以及翻箱倒柜的碰撞声，似乎就在隔壁的房间。

"你怎么办？"柜门合上的最后一秒，她抑制着哽咽，声音几乎颤抖。

“我会找地方藏的。”

“别担心。”那双美丽的桃花眼，最后还是扬起了一个弧度，在给了她一个安心的眼神后，他合上了门。

黑暗瞬间涌进了狭小的空间，她的眼泪一滴滴掉在衣服上。

吧嗒吧嗒……

死神的脚步一点点临近，每一秒都是针刺般的煎熬。

虞子衿不知道林许亦躲到了哪里，只能提着一颗心，紧紧地捂住自己的嘴，蜷缩在柜子里。

她清楚地听见了有人闯进了两天来他们一直躲藏的办公室。

门被推开的声音，杂乱的脚步声，柜子被掀倒的声音，以及似乎是枪的冰冷金属碰撞的声音。

她蜷缩在柜子中，手捂着脸，眼泪顺着手指缝一点点流到下巴，流进领口中。

她向上天祈祷，祈祷林许亦能够不被发现，能好好地活着。

毕竟，这是她无数次穿越茫茫沙漠才终于找到的人啊。

终于，有个人拉开了保护她生命的最后一道门。

一个人借着开门的光亮踏进来，停了一会儿，最后缓缓地踱着步，来到了她的身边。

她从缝隙里看到一条发黑的牛仔裤和一双奇大的皮鞋，仅仅只跟她隔着一层木板的距离。

他停在门板前不动了，虞子衿用尽全力捂着嘴，不敢发出一丝一毫的呼吸声，以至于青筋都已经暴起。

煎熬的时间仿佛静止了一个世纪那么长，脚步终于重新动起来，虞子衿觉得自己紧绷的神经几近断了。

脚步似乎绕了一个圈，最后停在某个位置。

然后传来裤链拉开的声音，水声。

虞子衿合上眼。

“有东西吗？”沉寂的空间中突然又有声音响起，虞子衿好不容易微微放下的心又悬了起来。

"没有。"两人说的是 F 语。

突然一阵吼声从办公室的位置传来。

"怎么了？"虞子衿听见那个男人一边说话，一边拉裤链的声音。

"有发现！"另一个男人叫了声，声调中明显带着些许兴奋。

"扑通！扑通！扑通！扑通！"

虞子衿的心跳快到了极点，她的神经也紧张到了极点。


虞子衿不知道后面的几个钟头到底是怎么过来的。

直到她几乎快要昏厥的时候，一阵轻柔的脚步声落进她的耳里，柜门被轻轻地打开了。

她充盈血色、肿胀的眼睛与来者相对。

世界沉寂了半晌。

她悬着的心终于放了下来，但她大脑中紧绷的那根弦也终于不堪重负地断了。

她扑向他，狠狠地咬住了他的唇。

林许亦愣了半秒，几寸的距离里，两人眼神再一次碰触，他看到她闭上了眼。

骤然，一滴浓墨掉进了平静的清水里，他曾经所有的克制和否定都变成了此时此刻的疯狂和难以自抑。

他将她的后脑按向自己，挣脱开她的撕咬，然后同样狠戾地吮吸着她的。

几秒后，他撬开了她的牙齿，唇舌相碰。

如同狂风裹挟着疾雨，攻城略地，片甲不留。

战争、炮火、死亡似乎都变得不足为惧，这一刻，他们的生命里只有彼此。

他们忘我地拥吻在这个被时间和空间同时遗忘的碎片中，很久很久。直到她的理智提醒着她要分离，可她的心还是不可控地一点点向他靠近。

原来，这就是人类心中最深处最原始的爱和最鲜活的生命跳动。


不知过了多久，虞子衿缓慢地移开身体，和林许亦隔出一点距离。

"周然怎么样了？"她故作镇定地理了理乱掉的头发。

"他和小刘一开始就跑出去了，现在应该在外面收集情报。"他嘴上带着一丝笑意，却始终认真地看着她的眼睛答话。

"你怎么知道的？"他直勾勾的眼神让她越发觉得窘迫。

"之前来了一小段时间的信号。"他还在盯着她。

"那我们现在能离开了吗？"

虞子衿的话音伴随着远处的一阵炮弹声响起。

她叹了口气。

"恐怕不行。我们已经失去了最佳的逃跑时间，这里也有我需要守护的一些重要文件，我们只能等到战火平息之后的救援来。"林许亦认真地回答完最后一个问题，见虞子衿不再有什么想问的了，便移到她的身边，想要抱起还有一半身体坐在柜子里的她。

她看出了他的意图，慌忙地错开视线，自己从柜子中站了起来。

虞子衿跟在林许亦身后走了出去，走到窗前的时候，林许亦的脚步停住了，她踌躇了半秒。

"那我们什么时候能够等到救——"瞬间，一声轰隆的巨响，地面和墙面猛烈地晃动着，虞子衿一个没站稳，重重摔到地上。

"快点再躲回去！"林许亦来不及反应更多，一边从地上爬起来一边大喊。

晃动中，虞子衿无法站起，她用尽全身力气扒住窗台边，林许亦已经从地上爬起来，一把拽过她的胳膊，将她拖进了桌子底下。

炮弹声、螺旋桨的声音、杂乱的脚步声，最后是枪声。

房间的玻璃被一发发子弹穿过，掉进屋内，哗啦作响。

他们抱在一起，精神似乎已经游离，只等着死神的降临。


玻璃已经被子弹全部击碎掉落，虞子衿躲在林许亦的怀里，也不再颤抖，只是直勾勾地看着前方的墙。

有一发子弹打进来，就落在距他们几尺近的椅腿边。


Soldier keep on marching on.

士兵啊，进军。

Head down till the work is done.

放下一切完成任务。

Waiting on that morning sun.

等待黎明到来。

Soldier keep on marching on.

士兵啊，前进。

虞子衿轻柔的声音在战火中响起，生命的最后时刻，她也不知道自己为什么会唱起这首歌。

Quiet now, you're gonna wake the beast.

现在要安静，否则你将惊醒巨兽。

Hide your soul out of his reach.

隐藏你的灵魂，直到他到来。

Shiver to that broken beat.

随着破碎的节拍颤抖吧。

Dark into the heat.

躁动中孕育黑暗。

Soldier keep on marching on.

士兵啊，进军。

Soldier keep on marching on.

士兵啊，进军。

"头盔和防弹衣都不能保护士兵，和平才能。"

炮火声中，虞子衿的歌声一点点减弱，林许亦的声音轻轻响起。

虞子衿结束了歌唱，她仰头去看林许亦的脸，他长睫低垂，无限落寞。

"可笑的是，和平却需要头盔和防弹衣。"她望他一眼，苦笑一声，低下了头。

战火还在纷飞，此刻的虞子衿觉得，原来自己一直无比恐惧的死亡其实也已不足为惧。无论是遗书还是临死时最想做的事，她好像都没有。她现在只需要倚靠在林许亦的怀里，听着他有力的心跳声，等一颗炸弹落在这张桌子上，"轰"的一声，结束。

死亡那一刻的恐惧从来都不是给死者的，而是留给活着的人的。

"如果我们能活着离开这里——"沉默了很久的林许亦再次开口。

"我觉得我们已经不需要这些无谓的希望了。"虞子衿打断了他的话。

林许亦又沉默了很久。

"如果我们能活着离开这里——我们能不能在一起？"

许多年后，当虞子衿忆及此情此景，似乎一切战争的声像都被弱化，只剩下他的这一句恳求——鼓起莫大勇气的一句恳求。

他似乎是恳求她，也似乎是在恳求自己。

但那时的她，只是愣了半秒，然后很快地笑着，摇了摇头。

两个在死亡边缘不断徘徊的人，总是有理由生出许多不必要的情愫来的。

"我想还是不要了。"虞子衿像拒绝喝一杯水一样，拒绝了林许亦。

"我是认真的。"虞子衿听见林许亦胸腔中的振动，那一刻他的心脏似乎是为她而跳的。

"你也是认真的。"几秒后，林许亦又补充了一句。

她笑了。

原来他早就知道她对他有企图。


"你说你是认真的，那你是什么时候喜欢上我的？"

"不知道，可能就是现在，也可能很久之前。

"你应该能懂得，世界将倾，除了爱你，我还有什么选择？"


虞子衿没想到，死到临头，她还被感动了一把。

有些话，忽然涌上心头。既然都要死了，她觉得把这些话说给至少此时她最爱的人也可以知足了。

"我曾经在一片沙漠里遇到一位战士。

"他很好，我也很快就爱上了他。

"我们有一个共同的理想，就是希望世界和平。

"后来，他为了这个理想牺牲了。

"可是，他的身上没有红旗。"

炮火的声音似乎已经盖过她的声音，虞子衿只是自顾自地说着，不知道林许亦有没有听见。

"再后来，我又遇见了一个男人，第一次见面他开口的时候，我就喜欢上了他。

"你知道为什么吗？

"因为他的声音，就是你的声音。"


请死亡为我爱慕的私衷和失态的怪癖保密。

请死亡为我延长这个肖想已久的梦境。

请死亡为我留住他。


02

蔚凉夏末的雨接连下了一周。小区花园里那为数不多的几棵桂花树下落了一地的花瓣儿，甜腻的香气弥漫了一整条小道。

虞子衿举着伞，踏在新铺的一层落花上，一脚一脚，似乎还能压出水分。

"阿嚏！"她揉了揉有鼻炎的鼻子，心想还是快些离开的好。

屋里漆黑一片，她脱下外套挂在门厅的衣钩上，只穿着袜子踏在地板上，缓慢地走进了客厅。然后她将袜子也一起脱掉扔在地板上，赤着脚走上了地毯，坐在了沙发和茶几之间的那块小空隙里。

空气里弥漫着一股没吃完的橙子腐烂的味道。

她闻着那腐烂的味道后在黑暗中沉默了几分钟，最后还是打开了一旁的落地灯，拿卫生纸把茶几上的橙子包起来，丢进垃圾桶里。

"啪"的一声，什么东西重重地砸在了电视背景墙上。

开学一个月，学生都很乖，同事们都很亲和，食堂的饭没那么多油，味道也不错，她又发表了一篇论文，院长今天上午还在跟她谈论破格评她为副教授的事情。

一切都很顺利，她暗示自己，一切都很顺利。

那么多的困难她都克服了，没什么能难住她，没有。

"啪！"

又有什么砸在了电视屏幕上。

她一下子从地上弹起，踹开了绊住她的袜子，从衣架上拿下外套，重重地带上门。

冷风一下下地拍打在虞子衿的脸上，水洼中倒映着一座座高楼，偶尔有车驶过，把倒影碾碎得连一块砖都不剩。

天地间是一片混沌的颜色。

她穿着拖鞋，站在雨里，出租车在她身边停下。

"美女去哪儿？"

"毒蛊酒吧。"

虞子衿觉得这间酒吧的老板一定有点能耐，毒蛊酒吧，这样的名字也能过审。

虞子衿看着指尖的杯子，因为旧疾而犹豫了一秒，但最后还是仰起头将杯中剩下的莫吉托一饮而尽。棱角破碎的反光背景墙和红绿交叉的灯光，将她的视线割得四分五裂。

"服务员，再来瓶黑方。"

离婚又复婚，呵，她夹在中间就像个小丑一样。

"帮我打开。"

当年因为她离的婚。

"帮我倒上。"

现在又因为她复婚。

"谢谢。"

去他的为了她好，整得好像是她破坏了他们的爱情似的。

"咕咚咕咚！"

她又喝下一杯。

这儿的酒还是不如 E 国的够劲儿。

她在交错的光影中，从裤袋里摸出一盒烟，抽出一支点上，含在嘴里。

烟点了一支又一支，中间有几个男人想要与她搭讪，都被她冷冰冰的眼神和生人勿近的气场逼退了。

估摸着时间差不多了，虞子衿放下烟，掏出手机看了眼，刚好七点半。

她逃了父母安排的六点五十的相亲四十分钟，相亲对象也差不多应该走了。

母亲也差不多该给她打电话了。

果然，没过十分钟，母亲梁女士就打来了电话。

她抱着臂到外面接了电话，一口一个上课改作业忙忘了。母亲早就知道她的把戏，也没说什么，只跟她说如果还有兴趣就再给自己打电话。

挂了电话，她又回了酒吧，找了个相对清静的卡座，又点了瓶黑方。

母亲给她发了微信，要她星期六回家吃饭，她没回复，只是失神地上下刷着聊天界面。

她得知父母已经复婚的那个晚上，就马上定制了一对情侣戒指，想来今天已经送到了家里。

虽然她怨恨他们不声不响地离婚又复婚，但木已成舟。她不希望父母继续把她当成包袱，觉得她不够懂事。

屏幕上滑，在她重新回神时，相亲对象的照片进入了她的眼睛。

男人长得很端正，甚至可以说很帅，一身笔挺的西装，身姿挺拔。听说是蔚凉人民医院最年轻的主治医生，专攻心肺功能方面的疾病。

母亲这个介绍倒是一石二鸟，既想成就一段姻缘，说不定还会对她的病有帮助。

她的病，似乎是一家人始终迈不过的坎。

她苦笑着将手机放下，起开瓶盖，将酒倒进晶莹剔透的方杯中时，手却突然顿住了。

她听到了胸腔中喑哑的声音，病痛在提醒她此刻过分的肆意。

但那又怎样呢，她还是让酒灌满了酒杯。

从前她事事认真，谨小慎微地对待自己的身体，对待自己的一言一行，却还是只换来痛苦和嫌弃，想想还不如恣意一点，也少点压抑。

她可能生来就是个错误，活到今天，已经是她的幸运了。

"美女怎么一个人喝酒啊？"青年很是熟练地坐进她的卡座。

"买醉，看不出来吗？"她举起酒杯在青年眼前晃了晃，然后一饮而尽。

"有什么伤心事可以跟别人倾诉啊，干吗非要买醉！女孩子一个人在酒吧，喝醉了可是很危险的。"青年的声音倒是很好听，一副道貌岸然的模样。

"不好意思，就这点儿我还喝不醉。"她停下倒酒的手，转过头，给了他一个灿烂无比的笑容。

"看来是失恋了。"沉默了一会儿，青年笑着摇摇头。

虞子衿听男人一本正经地说完，也笑着摇头。

自己亲口拒绝的告白，哪里来的恋爱？

青年见她也摇头，一时来了兴致，往前倾了倾身子，似乎在等着她开口。

面前的青年也有一双桃花眼，笑起来的时候眼角会微微上挑。虽然她很少见林许亦笑，但似乎有桃花眼的人笑起来都是这样的。

虞子衿彻底向林许亦坦白了过去之后，两人便陷入长久的沉默，直到一颗烟幕弹被扔进了房间里，她逐渐呼吸困难，诱发了哮喘。林许亦想帮助她，却无济于事，只能眼睁睁地看着她越来越虚弱，最后倒在他的怀里。

因为严重的哮喘病和许久没有复发过的心脏病，在萨罗进行简单的救治之后，她被转回了蔚凉人民医院。

后来，虞子衿听朗颂说，那个电视上年轻帅气的外交官在得知她病情的严重性后，在病房里陪了她两天两夜。

其间，也总有各种人来访，不是手里拿着文件，就是提着电脑。后来他不堪其扰，也怕打扰病号，就离开了医院。

再后来，虞子衿因为病情不得已辞去了 E 国慈善组织的职务。在准备了半年之后，她成功通过了蔚凉大学的面试，担任 Z 国语言文学系外国文学专业的讲师。

一年了，她给林许亦打过几次电话，但不是关机就是无人接听。她也曾托关系去打听林许亦的消息，但也是无果。

他大概是回到了萨罗，应该顺利地进行了复馆工作，或者在世界的哪个角落进行什么秘密任务，也有可能已经死了。

他就好像是酒坛子里飘出来的一缕香，在她鼻边飘过，也抓不着，就悠悠地消失了。

"罢了，你不愿意说就别说了。"青年期盼了好一会儿，却一直没有下文，最后只得悻悻地说一句。

她和林许亦的经历就好像一段虚幻又已经破碎的梦，只有在醉意上头时才能得到勉强的拼补。

"不过伤心归伤心，人生总要有新的开始嘛。"青年不客气地给她倒了半杯酒。

手机还被她握在手里，她上下摩挲着，想要给林许亦打个电话。没什么特殊的原因，头脑也乱得很，但就是想要听一听他的声音，想要再看一看他的脸。

反正也不会接通，她得了这个结论，没再迟疑，熟练地在拨号框中输入了他的号码。

拨叫的等待声一直在响，她看向旁边的青年，对方也正看着她。

又是接不通。

听到后半段，虞子衿失去了耐性，将手机从耳边拿开。

呼叫等待的最后一秒，手机屏幕跳动了一下，那个让她无比怀恋又熟悉的声音响起了。

"喂？"

03

电话接通的那一刻，鬼知道虞子衿的心中到底经历了多少个百转千回。

"喂。"

她也回给了林许亦一个同样的音节，只是声音有些颤抖，握着电话的手也在一点点地靠近左耳。

她几乎可以听见自己已经快要发狂的心跳声。

"有事吗？"沉默了好久，林许亦才又一次开口。

酒吧的音乐换成了电影《五十度灰》中的 *Crazy In Love*，年轻的女人绕到西装革履的男人面前问了句"能请我喝杯酒吗"，坐在卡座里的青年一边将她瓶中的黑方倒出，一边饶有兴致地看着她。

她应该向他道歉，她应该求得他的原谅，她应该向他述说自己内心的纠结与苦楚，她应该向他承认自己已经彻彻底底地忘不了他。

他不再是苏航的影子，更不是苏航的替身，而是她这一年来心心念念的爱人。

"喂？"电话那头又响了一次。

她找到了新的爱人，苏航大概也会替她高兴吧？

"我在毒蛊酒吧。"

沉默了许久，回复的是这样的六个字。六个字之后，又是沉默。

虞子衿将手机从耳边拿到眼前。

重新亮起的屏幕上显示刚好通话三分钟。

她没再犹豫，按下了那个红色按钮。

她终于发现，苏航的声音不再吸引她了。或者换句话说，现在是林许亦的声音在吸引着她。


虞子衿挂了电话，抬起眼，身边的青年用一副很惋惜的表情看着她。

他替她往酒杯里倒满酒，然后递到她手边。

"我就不打扰了，祝你今晚凤愿得偿。"他笑着举起酒杯。

虞子衿与他碰杯，然后一饮而尽。

"谢谢。"

"服务员，再拿一瓶。"她冲卡座外的服务员打了个响指。

她今晚做好了要在这里通宵的准备。

生命已经带给她无数的苦难，这次，她已经做好了准备。


等虞子衿醒来的时候，只有酒吧里的各种声音还在嘈杂地响着。她忍着头痛，从桌子上直起身，重新捞起桌子上的第二瓶酒。

"别喝了。"她的手还没握到酒瓶，就被人制止了。

那个声音，那个男人，就活生生地出现在了她的面前。

"是——你啊。"她拖着长腔，把身体凑向林许亦，眼睛认认真真地把他打量了一遍后，一边说着一边抬起一根手指在他的面前画圈圈。

"是我。"

"再喝一杯。"她火速地收回画圈圈的手，又去捞桌上的酒瓶。

"别喝了。"他皱着眉把酒瓶拿远了一点。

她虽然喝醉了，但还是将他脸上的不耐和怒气看了个清清楚楚。她悠悠地晃了下身子，往后退了一些。

　　"你说说你，要是觉得没必要见我就干脆不要来，来了还要把脾气发在我的酒上做什么。"她视线游离，声音虚浮，一边说一边又不放弃地去捞自己还剩下一点酒没喝的酒杯。

　　"别喝了，跟我回去。"他的声音愈加低沉，似乎已经充满了怒火。

　　"你说回就回，那我岂不是很没有面子。"她抱起杯子。

　　"再说了，让喝多了的女生去你家，乘人之危。"她摇头晃脑。

　　"我把你送回你家。"他继续忍耐。

　　"你果然是不要我了。"她声音里带着哭腔。

　　"到底是谁不要谁。"他忍无可忍。

　　虞子衿似乎没有听见，继续将酒杯举起来往自己嘴边送。林许亦再也无法忍耐，一把抢过她的杯子砸在桌上，又拽住她的手腕打算把她强行拉走。

　　"哎哎哎，你干什么？"她身子后倾仰倒在沙发上。

　　虞子衿的手腕从林许亦的手中挣脱开，林许亦已经站起了身，正居高临下地看着她。

　　"你让我走也可以。"她慢悠悠地坐起来。

　　"把剩下的喝完。"她用下巴指了指被拿远的大半瓶黑方。她说完，就一脸满足地重新仰躺着倚进软包里。

　　她看到林许亦只犹豫了一秒，就直接举起了酒瓶，送到嘴边，喉结上下滚动，不用多久就喝掉了剩下的大半。

　　"这样可以了吗？"他把酒瓶从唇边拿开，伸到她的方向晃了晃。

　　她马上坐起身，脸凑近酒瓶，左右晃着头看了好久，然后呵呵地笑了两声。

　　"可以了。"


　　"随便坐哈。"

　　虞子衿摇头晃脑地一手拿着那个喝光了的空酒瓶子，一手掏出钥匙打开了房门，然后熟练地把外套挂在玄关边的衣架上，甩掉了自己的鞋。

　　"哎？我拖鞋呢？"她脚下胡乱画着圈寻找着。

　　她在原地没找到，又倒退了一步打算继续找。

她向后一退，身子实打实地撞进了一个人的怀里。

"哐当！"酒瓶子脱手砸在地板上，沉沉地响了一声。

她打了个哆嗦，醉意顿时醒了几分。

"你刚才脱掉的就是拖鞋。"近在咫尺的声音在后面提醒她。

她恍然醒悟，一边"哦"地回应，一边赶忙拉开距离去前面找拖鞋。

她又向前走了几步，把滚远了的酒瓶子捡起来重新攥在手里，然后呵呵地傻笑了两声。

"茶几柜子里有茶叶，自己泡着喝。"

"我去洗澡了。"她回过头，看着林许亦模糊的脸，拿着酒瓶子的手举起来做了个挥手的动作。


没加热热水器，倾盆而下的冷水给虞子衿浇了个透心凉。

之后，她穿着真丝睡衣，坐在马桶上，头埋在手中，恨不得坐一辈子。

发丝上的水珠一颗颗地落下，掉在裙摆上，绽开一朵朵花。

她愁楚地搓了把脸，然后猛地起身，推开了浴室的推拉门。

厕所是干湿分离的，外面还有扇门，她光着脚踩在冰凉的瓷砖上，悄悄地将木门拉开一道小缝，隔着影影绰绰的屏风探出半个身子。

林许亦脱掉了西装，坐在门廊尽头的廊凳上，一只手抬起，不断地按压着太阳穴。

第一次见面的时候，维克托先生似乎跟她说过，林许亦不怎么会喝酒，而她灌了他大半瓶黑方。

她悄悄地按着门把手把门合上，背倚在门上自责了很久。

过了十多分钟，她才慢慢地直起身子，从镜子边的架子上取下吹风机，开始吹头发。

暖风呼呼地吹在她的头发和脸上，她直视着镜中的自己，一头半干的卷发披在瘦削的肩上，依旧是那副怜悯一切的样子，只是没了妆容，青色的黑眼圈和颧骨上方的几颗小雀斑刺着她的眼。

她失神地看着镜子，恍惚得已经分不清哪个才是真实的自己。

突然，门把转动，一声轻响，门开了。

她吓得迅速放下吹头发的手，关掉了吹风机。

房间里顿时寂静得可怕。

她看向林许亦那双有些迷离的桃花眼，而林许亦却在看着镜中的她，稍微顿住然后视线下移，又连忙转开。

　　不敲门就闯进浴室，还赤裸裸地打量。

　　他是真的喝醉了，她心想。

　　"怎么了？"沉寂了几秒，虞子衿先开了口。

　　直直看着镜子的林许亦恍然回神，与她四目相对又很快别开。

　　"你没事，我就先回去了。"他侧倚着门框，外面的暖光灯打在他的身后，一双长腿随意地摆着。

　　"凌晨了，你司机回去陪老婆孩子了，你喝了酒怎么走？"她盯着他的脸。

　　他微微启唇，有气呼出，却没说话。

　　吸气。

　　呼气。

　　"我马上吹好了，你在客厅等一下，我给你泡个茶醒一下酒。"她没有给他拒绝的机会，直接转过身，对着镜子，打开了吹风机。

　　镜中，林许亦愣了半秒，然后关门退出了浴室。

　　她又吹了会儿，直到头发已经完全干透才悠悠收起了吹风机。

　　她拿起台子上的小瓶香水，在耳后、颈部和手腕处喷了喷。

　　香水是她的 Y 国朋友特制的，味道很清淡，主要是迷迭香和柑橘类的水果香，用于助眠。

　　有一段时间，她总是睡不好觉。

　　她慢慢地喷好，又从柜子里找了件丝质的披肩披在身上，心情复杂地出了浴室。


　　虞子衿光着脚，木质的地板带来清凉的触感，身后是一串湿漉漉的脚印。

　　她走过屏风，经过短短的小廊道，客厅里昏黄的壁灯亮着，落地窗外下着雨，淅淅沥沥地响。

　　林许亦坐在靠窗边的单人沙发上，撑着头，合着眼。

　　她的脚步声走近，没有让他睁眼，她只轻轻地走过，去架子上取了个大的玻璃杯，又绕了回来。

她坐在中间的大沙发上，熟练地取了茶叶，烧水，烫杯，又倒掉。然后，她撒了一点茶叶在杯中，冲三分之一的水，等到叶片微展，再冲满。

雨滴拍打窗户，沸水撞击杯底，深夜的这首交响曲，让虞子衿百感交集。

林许亦一直没睁眼，她泡好茶后就在沙发上坐了会儿，等茶水放凉。

其间，她又起身，重新走到电视墙边，从酒架中取出一瓶没开过的威士忌和一个酒杯，又悄悄地溜到餐厅从冰箱里取了几块冰块。

冰块撞击杯壁，转了几圈然后一点点融化。

她又悄悄地走回客厅里。

"你的茶——"

"你还真是没喝够。"虞子衿还没来得及走到沙发边，就听见林许亦的声音响起，吓得她差点把手里的酒瓶和瓶子掉到地上。

"你的茶好了。"平复了几秒，她当没事人一样坐回沙发上，把茶杯推到林许亦的跟前。

林许亦只冷冷地在她和刚放在桌上的威士忌之间打转。

"你再不喝就凉了。"她被盯得不自在，僵持了一会儿只能投降，"我不喝了还不行吗？"

林许亦还当没听见，一双蒙眬的桃花眼继续盯着她。

"行行行，都给你。"她皱起眉头，一下把杯子和酒都推到林许亦那边。

林许亦看着杯子停在自己面前，才缓慢地拿起桌上的茶杯，送到唇边喝了一口。

霎时，林许亦整个脸都纠结在了一起。

"怎么样？"她忍俊不禁，往前倾了倾身子很是期待地问。

"这是什么茶，这么苦？"连林许亦都被苦得咂了舌头。

"醒酒茶啊。"她继续憋着笑。

"谁跟你说的茶能解酒？"林许亦已经意识到她在逗他。

"效果挺好，你不是醒了吗？"她耸肩笑。

林许亦不置可否。

"我泡了半天，你一起喝了吧，效果的确很好。"她憋住笑，又一脸认真道。

林许亦皱着眉沉默了一会儿，竟然又喝了一口。

偌大的空间又静下来，只有窗外的雨声和缓慢吞咽的声音。

"对不起。"沉默了很久之后，虞子衿轻轻开口，"之前是我不好，意气用事，而且又很任性，让使馆的人都为我担心。"她揉搓着有点湿的裙摆。

林许亦继续半合着眼，一口一口地喝茶。

"我也听朗医生说了我晕倒之后的事情，总之很谢谢你。"她继续揉搓裙摆。

她看着他的眉眼，咽了口口水继续说："我不该在隐瞒你的情况下，让你收到错误的信号。但请你相信，有些事情我真的也没办法控制，我绝不是故意想要把你当成一个影子或者别的……"她垂下了头。

"虞小姐。"他低沉的声音骤然响起，玻璃杯被放在茶几上，发出轻轻的声响。

虞子衿的心猛地颤了一下，不敢抬头看林许亦。

一道瓶盖被起开的声音响起。

酒哗啦啦地倒进晶莹剔透的方杯中。

虞子衿诧异地抬头。

两块化了大半的冰块儿浮到了上面。

"我以为你留下我不仅仅只是想说这些。"他细长的手指敲打着杯身，视线只打量杯中的酒。

虞子衿的心狂跳不止。

"你不必再跟我兜兜转转，要还是不要，我再给你一次机会。"他的眼睛转到了她的方向。

良久的沉默，虞子衿始终没敢抬头。

直到一声轻轻的叹息。

或许，这荒唐的夜晚要结束了。

虞子衿猛地抬起了头。

她看到林许亦的眼中有什么一闪而过。

"我希望我没有弄错。"他最后看了她一眼，唇边勾起一丝浅笑，手里的酒杯送到唇边，仰头，一饮而尽。

他站起身，毫不犹豫，压倒了虞子衿。

冰凉的触感裹挟着辛辣的酒精渡进了虞子衿的唇里。

他报复般地咬舐着她的唇，她猝不及防，牙齿与他的磕碰在一起。

他并没有失去耐心，一双长腿跪在虞子衿身侧的沙发中，陷了进去。

很多场景在林许亦的脑中一帧帧地闪过，想抓住，又模糊。

虞子衿正被迫仰起头，因为缺氧鼻息越来越重。

从她抬头的那一刻起，他就知道他所有的理智和不甘都被毁了个彻底。

他完了。


林许亦的吻一点点往下，已经落到了虞子衿的脖颈上。

温热的气息打在虞子衿的肩窝中，肩上的披肩已经快要滑落。

她猛地挣脱开，林许亦缓缓地抬起头看她，她的眼里有了一层氤氲的水雾。

视线相撞，两人都怔住了。

虞子衿看着林许亦的喉结上下滚动了一下。

几秒后，林许亦轻轻地松开了撑在沙发上的手。

她也不知道自己究竟是着了什么魔，竟然忽然生出了一股愧疚和失落。

她天生性格使然，儿时不会哭着要糖，长大了也不懂怎么表达自己的情感，不知道怎么留下喜欢的人。

她看着林许亦一点点慢慢后退的身体，电光石火间，她伸出了手。

细嫩的手指扫过他的喉结，衬衣的第一颗扣子被她捏住，解开。

那一刻，一簇将熄的火焰瞬间复燃。

他和她一起重重地跌进柔软的沙发中。

她不知道该怎么让他开心，更不知道该如何说爱他。

她只希望，从此刻开始，她的踌躇、她的痛苦、她的纠结和柔软，他都能懂。

她完了。


雨还在下。

虞子衿陷进床里，她攀着林许亦的脖子，不知道睡衣是什么时候被褪下的。

她觉得自己大概还是醉的，林许亦也大概没醒。

但也只是这样罢了。

意识似乎变成了一条激荡的河流，在岩石的撞击下起起伏伏，最后不断地坠落，再坠落。

它似乎也曾经历过潺潺溪流，又不小心跌入漆黑的溶洞，痛感与快感一起，将她抛上高高的崖壁，最后一泻千里，细流最终汇入江河。

天空逐渐泛出鱼肚白，雨也在不曾察觉中消逝。

月亮可以与太阳共处一片天空，但除了那短暂的一刻，总要有一个隐去。

就像这个一点点逝去的夜晚，无人目击，无人佐证。

# 第六章

### 神秘博士

01

蔚凉市人民医院门诊部大楼，入口处的瓷砖上是一个个被踩踏过无数次的泥脚印。

朗颂看着从顶檐上落下来的雨滴，叹了口气，然后撑伞走进了雨幕中。

电话铃声响起。

"喂？我还没走呢，李主任。"她快步行走在大雨中，手机夹在肩膀和脸中间，一手打伞，一手在包里掏着车钥匙。

小甲壳虫车的尾灯随着按键的声音亮了两下。

"急诊部？现在吗？"她歪着头，张着嘴。

"啊，那行吧。我马上就到。"她重新把车锁上。

"没事，不辛苦。"她的声音带着点礼貌的笑意。

"嗯嗯，好，再见。"她挂了电话。

"不辛苦。"她瞬间拉下脸，骂了句脏话。


已经是晚上十点半，注射科的大厅里依旧灯火通明，多数患者都坐在座位上歪头睡着了。

朗颂已经换好了衣服，取了片新的一次性口罩戴上。

从早上七点半到晚上九点半，她已经连续工作十几个小时了，现在被主任一个电话叫回来，很有可能要通宵了。

十月份正值换季，是蔚凉气候变化最大的月份，加之这一周接连下雨，急诊部和注射科的患者大幅度增加。她在麻醉科就已经听到同事抱怨了，当时她还有点幸灾乐祸，没想到这么快就得到报应了。

她一边默默地郁闷，一边缓步向后面的配药区走去。

"哎哟，颂颂！"玻璃后一道男声响起。

朗颂在原地顿了一下，意识到那是徐江麓的声音，但还是只能硬着头皮走了过去。

"你怎么来这儿了？"年轻的配药师戴着口罩，露出的眼睛却弯弯地望着她。

"来帮忙。"朗颂垂着眼，冷冷道。

"哎呀，李主任也真是的，你都忙了一天了，还不放你回去好好休息。"徐江麓轻轻地晃了晃手里的药瓶，好看的眼睛依旧看着她。

"你还要多久配好。"她不耐烦地抓了抓头发。

"马上，马上。"徐江麓连忙回神，低头继续手上的活。

中间有小护士经过，看到窗口边的两人，似乎有些惊讶，但也只是匆匆地打了个招呼就走了。

"好了。"徐江麓细长的手指戴着橡胶手套，将一袋透明的盐水递出来。

"谢谢。"朗颂只轻轻地哼了声，就转身往外面走。

"等一等！"

果然……朗颂闭了闭眼，顿了一下，最后还是转回了身子。

徐江麓趴到大理石台上，把头伸出玻璃窗口，用手摘掉了一边的口罩带子。

露出一张帅气又精致的脸，英气的眉毛挑了挑，一双漂亮的大眼眨了几下。

"一会儿下班了去吃宵夜？"他笑着递给了她一个眼神。

"等我下班要早上了。"朗颂很无语地转回头，快步走出了配药室。

"那我们一起吃早饭也可以啊。"年轻又磁性的声音在后面大喊。

"你好，你是李慧兰吗？"朗颂拿着盐水袋走到一个已经靠着椅子歪头睡着、穿金戴银的阿姨身边。

"啊，我是。"女人猛地睁眼，忙不迭地点头。

朗颂冲她眨了眨眼，然后驾轻就熟地把东西放到旁边的小凳子上，开始整理托盘里的工具。

两个月前，她在食堂里和人同桌吃了个饭，徐江麓这个花花公子，也不知道是怎的就对她动了心。

他开始制造和她的偶遇，每天上下班的时候开着那辆颜色招眼又讨打的改装轿车，一脸贱兮兮的样子冲她喊："颂颂！"

"小姑娘你一会儿可轻点，阿姨最怕疼了。"女人搓着自己的右手有些紧张地看着她。

"没事的，就一下，不怎么疼。"她口罩下的唇扬起笑了笑。

这么大年纪了还怕打针。

她一边起身，一边将盐水袋挂在架子上。她先是拿止血带扎好女人有些粗壮的胳膊，接着拍了两下大体找了下血管，然后又取出碘酒、棉签缓缓地在女人的手背上擦拭。

希望那个瘟神不要真的等她到早上。

她已经排好空气，拿起针的时候，李慧兰似乎打了个寒战。

"咳咳！"

朗颂有些走神，被一声咳嗽吓得拉了回来。

她打起精神，开始认真地确定血管位置。


支气管炎。

那声咳嗽忽然让朗颂的心里一闪而过些什么。

她抬头看架子上挂着的盐水袋。医院里与呼吸道相关的盐水袋的管子都是透明的，这根怎么是红色的？

她犹豫了一下，缓缓地站起身，在女人困惑的视线下重新拿下了盐水袋。

青霉素，头孢，氟喹诺酮……

左上的标签上清楚地标明了 150 毫升……

可这袋子，应该连 200 毫升都不止。

朗颂打了个寒战，周身顿时一阵凉意。

虞子衿是被从窗帘外洒进来的阳光刺醒的。

时隔一个多星期，蔚凉终于放晴了。

她揉着眼睛坐起身，看着身旁平整到连一丝褶皱都没有的床单，失神了许久。

如果不是昨晚的欢愉现在仍然深刻地印在她的身体里，她几乎要以为这是一场自欺欺人的梦境。

她吸了吸鼻子，发现已经完全塞住了。

昨晚的一切让她得了一场感冒，失掉了费力挽留住的人。

她怅然若失地下床，穿上本应被甩在门口的拖鞋，慢慢下了楼。

楼下一片寂静，所有的东西都保持着昨晚的原貌。

她裹着披肩走进浴室，又走进厨房，甚至最后顶着寒风看了一遍露台。

她本不该再如此期待，或许昨晚也只是她的一厢情愿罢了。

她想起今晚有一节她的外国文学课。

她立在客厅里愣了一会儿，最后还是如往常一样揉着头发走进浴室，照着镜子洗漱一番，然后开始护肤和化妆。

看着镜子中自己那张毫无表情的脸，从瓶瓶罐罐里抠出一小坨面霜涂在脸上，然后开始轻轻地拍打。

有什么声音似乎隐藏在她耳边的拍打声中。

"咚咚咚！咚咚咚！"

她只愣了一秒，就快速地打开门，跑了出去。

浴室到大门的距离不远，她很快就到了。

她也不知道自己在期待着什么。

打开门。

那个熟悉的面孔出现在她的视线里。

她在不自觉中弯了眉眼。

"感冒药，你吃了饭之后再吃。"林许亦站在门外，把手指上挂着的一袋药和一袋早点稍微举起晃了晃，声音依旧是冷冷的。

她有些不知所措地接过，然后傻愣愣地站在那里打量着他。

他还是穿着昨天的那件黑色西装，里面的白衬衫领口处起了几道褶皱。

他面色如常，一双桃花眼中如同封结了一层寒冰，眉轻轻皱着，直直地盯着她。只是因为没有喷发胶，他的头发自然柔顺地垂在额头。

"进来吃过早饭再走吧。"她用陈述句的语气开口，又看向他。

他沉默了几秒，最后还是点头走了进来。

虞子衿从厨房里拿了碗和筷子，将油条和麻球一起放进盘子里，又倒了两杯豆浆。

两人沉默地面对面吃着。

她并不奢求林许亦能接受她的隐瞒和曾经的旧情，她也明白他心里的矛盾和纠结，像他这样的人，有着自己的骄傲，有些东西是永远没办法触碰的底线。

可人就是这样，一旦得到了一点，就开始想要更多。

更何况，还是对一个自己正在爱着的人。

"咳咳——"一声轻咳和接连的喷嚏将虞子衿唤醒。

沉默了片刻后，虞子衿试探着开口："你是被传染了吗？"可等她说完，气氛马上就尴尬了几分，或许自己不应该再提起昨晚的事情。

她紧张地看着林许亦，对方只是缓缓地抽了张纸巾擦了下鼻子，然后继续端起杯子喝豆浆。她得不到回答，只能悻悻低下头继续啃麻球。

"只是鼻子和嗓子有些痒，没别的。"在虞子衿快啃完一个麻球时，林许亦忽然开口。

"那就是感冒的前兆啊，咳咳——"

林许亦皱了下眉："你还是先关心自己吧。"

虞子衿感受到他语气中的冰冷，收起了关心的目光，继续低下头吃剩下的一口麻球。

虞子衿一开始觉得自己的胸有些闷，喝豆浆的时候已经听到自己的胸腔里有细微的、如同猫叫般的啰音了。

她用力地吸了几口气，为了不被林许亦发现，快速地喝掉了杯中的豆浆，趁他还没吃完，找借口去了卫生间。

她关上门，撑着洗手台，胸前一起一伏，沉沉地呼吸了两下。

又是两声沉重的咳嗽，她抬头望着镜中有些轻微颤抖的自己，快速地从镜柜中拿出了一瓶平息哮喘的吸入激素。

她拿牙杯盛了点水，深深地吸了口气，然后把药瓶嘴含住，用力地吸了两口，再漱了漱口。

虞子衿回餐厅后，林许亦已经吃完了，正低头滑动着手机，盘子和杯子被整齐地摞在了一起。

虞子衿有些犹豫地走上前，不知道什么原因，她不希望林许亦发现她哮喘复发了。

"快去把衣服换了，我带你去医院。"她还没有走近，林许亦的声音就响起了。

早上八点一刻，朗颂垂着头和徐江麓前后脚走出了主任办公室。

"嗷——"徐江麓伸了个大大的懒腰，一只胳膊打到了朗颂的肩膀，引得她迅速躲开。

徐江麓看着朗颂嫌弃的动作也没有在意，只是很快地收起手，然后重新堆了个笑脸："总算被老头训完了。怎么着，去吃早饭？我听说你家附近有家新开的早点铺味道特别好。"

"不用了。"朗颂快步穿过走廊，冷冷道。

"别啊，知道你心情不好，又累了一天了。但人是铁饭是钢，一顿不吃饿得——"徐江麓的脚步紧跟其后。

"徐江麓！你到底有完没完了！"朗颂忍无可忍地打断他，"你晚上整的那一出还不够丢人的吗？还有空约别人出去吃饭，你哪儿来的那么大的心？"她的音量很大，让走廊里的许多看病的人都愣住了。

"是丢人了点。"徐江麓的声音正经了点。

"但是问题不大。"他又重新笑了起来。

朗颂简直要被徐江麓气得心梗，也不再理会，只是快步地往办公室走。

她打开门，屋里的空调开了一晚上都没有关。她把空调关了，然后脱下白大褂，从架子上取下自己的风衣外套。

"别生气了嘛。"徐江麓亦步亦趋地跟进了办公室。

朗颂背对着他穿着衣服，根本不理他。

"好了好了，别生气了，我知道错了，下次一定注意。"见朗颂似乎真的生了气，徐江麓又连忙低头道歉。

良久，徐江麓悄悄地抬起头，朗颂依旧背着身在收拾桌上的东西。

"是我不好，连累了你，我这次真的知道错了，求你别生气了。"

"你是知道错了，那你知道你哪儿错了吗？"朗颂突然猛地转身。

徐江麓没有预料，被吓得打了个哆嗦，然后沉默不语。

"行了，你爱知道不知道吧，我走了。"朗颂似乎不想再废话，拿起自己的包摆了摆手就往门外走。

"哎——"徐江麓骤然抓住了朗颂的手。

两人大眼瞪小眼。

"我知道你在害怕什么，你不就是害怕那个患者把事情捅到网上吗？你也不用拿我撒气，她那种人最在乎的就是钱。今天早上在主任办公室叨叨那半天就是为了钱嘛，把钱给她了，她连个屁都不敢放，更别说把事儿捅到网上了。"

徐江麓拽着朗颂的手自顾自地说着，朗颂接连二十几个小时没有休息，又没有吃东西，已经开始气得发抖。

"你！你简直不可理喻！"

"我怎么不可理喻了？你不就是担心这点屁事儿吗？"徐江麓一边满不在乎地说着，一边更加过分地用力地将朗颂拉到自己身边。

"徐江麓！你是不是以为所有人做事都是为了钱和名声啊？还是你觉得你爸妈有两个臭钱就了不起了？

"是！我是担心她把事情捅到网上！但是犯错了就是犯错了，我的确没有在输液之前认真检查配药单和输液袋，这是我的疏忽。但一开始配错药的却是你，你非但没有意识到错误，还在跟我嬉皮笑脸，甚至说要拿钱把人打发了。我真的不知道一个人的'三观'怎么可以歪到你这种地步！"

"这跟'三观'有什么关系？"徐江麓的声调也不自觉地抬高了。

"那你告诉我跟什么有关系！"朗颂又大吼一声，吓得徐江麓放开了拉她的手。

"那——那不也是因为你半夜出现，我想要撩一下妹，才——"他磕磕巴巴地说着，话还没说完，门就被推开了。

一个漂亮的女人从门外探头进来，关切地问："没打扰你们吧？"

女人身着一件轻薄的白色针织毛衫，腰间系着一条卡其色的细腰带，下身是带蕾丝花边的白色针织包臀裙，衬得身材高挑，玲珑有致。

正在磕磕巴巴说话的徐江麓愣住了。

"悠悠，你怎么来——"朗颂有些意外，话还没说完，又有人推门进来，看到来人时，她有些愣住了。

徐江麓一双眼睛骨碌碌转着打量着两人。

男人少说也有一米八五，一头纯黑的头发，眼窝有些深，眼神深邃，鼻梁很高，薄唇紧抿着，显露着一股成熟而清冷的气息。

四双眼睛尴尬地对视了一会儿，虞子衿率先开口：

"我昨晚被冻感冒了，现在憋得慌，之前那些激素也快没了，想再拿点，但把名字给忘了。"

朗颂听明白了虞子衿的意思，斜了还在一旁杵着的徐江麓一眼，然后默默走到办公桌前拉开抽屉，抽出了一张纸。

"你照着这个拿就行了，但也得挂个号去呼吸科看一下。"朗颂一边说一边将手里那张写着药名的单子递出去，但注意力还在冷冷地站在一旁的林许亦身上。

徐江麓抬眼看了看那男人，对方只是站在漂亮女人身边垂眼看着药单，也没别的动作。

"我刚刚挂了号，但还没叫到。那我先下去了。"虞子衿指了指门外，又看了眼还在认真看着药单的林许亦，小声说了句，"走吧？"

林许亦收回目光，点了点头，然后为虞子衿开门。

"林先生能留一下吗？我有点事想和你说一下。"虞子衿刚刚踏出门，朗颂突然开口。

林许亦愣了一下，点了点头。虞子衿站在门外只露出脸，挤眉弄眼，朗颂却只当看不懂。

"那我一会儿再上来。"最后，虞子衿妥协，朝朗颂做了个抹脖子的手势，顺便带上了门。

"林先生坐。"朗颂用下巴指了指办公桌对面的椅子，自己坐到了桌子前。

"徐医生，你还有什么事吗？"朗颂仰头看着还直愣愣地呆在原地的徐江麓。

徐江麓回神，也实在不知道再说什么，最后还是用力地一甩门出去了。

朗颂翻了个白眼，然后重新收回眼神去打量坐在对面的林许亦。

不得不承认，对方是个十足的帅哥，长相精致，身材完美，尤其是那神秘冷峻的气质，实在让人心动。

朗颂收回了目光，转着桌子上的笔，酝酿着开口。

"上次林先生一清早不辞而别，没想到今天早上又见面了。"朗颂低着头，声音有些冷冷的，似乎带着点嘲讽和抱怨的意味。

"我——"

林许亦想要开口说什么，但朗颂似乎根本不给他机会，直接说下去了。

"我不清楚昨晚子衿是为什么感冒的，也不清楚这事儿是不是跟林先生有关系，但她刚刚进来已经喘得很严重了，你应该也能看出来吧？"

林许亦没有回话。

"我不知道你心里到底是怎么想的，但我想说，子衿因为身体和家庭等，从小到大都非常要强。她或许不懂得怎么表达自己，"朗颂喝了口杯子里已经冷掉的水，继续说，"但是如果你真的了解她，你就能感受到她那颗火一样的内心。

"她像今天这样纠结又快乐，是好几年前，她在阿特拜和我视频时，我从她的语气中感受到的。

"我知道你非常优秀，也有自己的原则。但说明白点，如果你因为介意那段关于苏航的过去而选择对悠悠的真心视而不见的话，我觉得你不如明明白白地拒绝她，不要再给她留希望，不要再这样似是而非地继续。"

朗颂的嗓子已经有些哑了，但她依旧清晰地把每个字都表达清楚，一双满是血丝的眼睛直直地盯着林许亦。

她看到林许亦一直低着头，视线盯着一个地方在认真思考的样子。

"我不会了。"良久，林许亦开口。

"所以你的态度是什么呢？"朗颂铁了心地要问清楚。她不希望自己最珍视的朋友再继续痛苦地挣扎下去。

"我——"

朗颂看着他低垂的眉眼，实在没想到一个行事果决的外交官，能犹豫成这样。她忍不住笑了笑，然后再次开口："你到底在犹豫什么？"

还是沉默。

她闭了闭干涩的眼睛，觉得非要把一切说清楚不可了。

"苏航的心愿是虞子衿现在一直在寻找的东西，那也是她自己的心愿。"她的声音沙哑但诚恳。

"你可能被心里执着的念头蒙住了。

"如果我说，她现在实实在在地爱上了你，并且希望和你一起实现那份心愿呢？"

九点刚过，今天的雨停了，太阳微微偏东，窗外的清风带着些许温暖吹进来，给人一种春天已经来到的错觉。

朗颂看着林许亦那双深邃的桃花眼中终于起了波澜，他眼神复杂地抬起头，在她的脸上停留，似乎在确定她说的话的真实性。

良久，他才重新将目光移开，用那副据说与苏航一模一样的嗓音轻轻地道了句"谢谢"。

"这是我应该做的。"朗颂也很认真地回答道。

而后，她将林许亦送出了办公室。

送走之后，她一脸轻松地关门，四下打量着被阳光笼罩的小房间，除了熬了一夜和被徐江麓吱哇乱叫吵得头疼的脑袋以外，心情一片大好。

她在门边站了半分钟，然后重新拿起了包，走出了办公室。

"喂？"

"好，我马上到停车场。"

虞子衿走到电梯口，看着正好下到五楼的电梯，叹了口气走了进去。

朗颂那个浑蛋，她还没来得及盘问清楚，就锁了门溜之大吉了。

幸好她的感冒并不太严重，再加上激素喷得及时，哮喘也已经暂时压了下去。刚刚拿完药，林许亦就打电话过来，说要送她回家。

电梯"叮"的一声下到了一楼，虞子衿被人群挤着出了电梯，看着大厅四面落地窗透进的阳光，一时有些茫然。

她不知道事情为什么会发展到今天这个地步，也不知道明天它又会向哪个方向发展。

这大概取决于林许亦对她的态度，但她也隐隐地明白，林许亦终究是不能接受她的。毕竟，那样骄傲的一个人怎么可能接受自己是个"声替"。

她踩着小坡跟皮鞋慢慢踱出大厅，艳阳下有穿着白衣的护士姐姐匆匆走过，也有被家人推出来晒太阳的老人。

她眯着眼，沐浴在阳光里，突然间想明白了一些事。

林许亦坐在车里，空气中弥漫着车载香薰和烟草混合的味道。

他看了看手表，已经又过了四十分钟，他给虞子衿打去一个电话。挂掉之后，他将窗玻璃全部放下，冷风瞬间灌满整个车厢。

他靠着椅背出神。

他曾费了很大的劲找到了苏航生前的证件照片，是个很坚毅也很温柔的男人。

他很害怕，害怕虞子衿的心里永远都住着那个回不来的人，害怕就算虞子衿不再把他当作苏航的影子，却依旧会在某次他说话的声音中，重新找回那个夏天，那份在阿特拜的感觉。

他的担忧被理智拖着一点点倒退。

直到朗颂的那一番话。

她说虞子衿实实在在地爱上了他，还想要跟他一起去寻找求而未得的东西。她还说虞子衿性格要强，不懂表达。

冷风送来了一阵皮鞋的声音，他从反光镜看到一点点走近的女人后，关掉了四面的玻璃。

外面阳光耀眼，有一缕刚好射进了他的眼睛里。

"每个人的心里都有一团火，路过的人却只看到烟。"

他眨了眨眼。

02

虞子衿提着病历和药包，在林许亦的车门前犹豫了。

早上来医院的时候，是林许亦帮她开的门，她坐在了副驾驶的位置。

可是现在，因为那些豁然开朗的想法，她决定还是不要再纠结位置的问题，选择用"礼貌"来说服自己坐上了副驾驶。

"医生怎么说？"林许亦一边启动车子，一边问。

"就是感冒，没什么事。"虞子衿系着安全带，平静地回答。

"哮喘呢？"林许亦的声音听起来似乎有些不稳。

"我激素喷得及时，才起来就压下去了。"她看见林许亦目视前方，微微点了下头。

车出了停车场，保安收费时，虞子衿突然间想起什么，说："对了，我也给你拿了感冒药，先给你放车上吧。"

她一边说一边将手指上挂着的一个小塑料袋拿下来，扭过身子将药袋放到了车后座上。

林许亦沉默着没有回话，眼角的余光却一直追随着她，让她有些不自在。

九点正是上班的高峰期，他们的车驶入车流中，迎着阳光一停一动。柔和的阳光暖暖地打在虞子衿的脸上，这种久违的感觉让虞子衿很是放松。林许亦专心地开着车，车厢里的气氛安静却也不怎么沉闷。

在等红灯的时候，林许亦将车载音乐打开，柔和的英文歌缓缓地流淌出来。

是 *Vincent*。

世人都将那位十九世纪末的著名后印象派画家称为"梵·高"，但很少有人知道他的本名"文森特"。这首歌就是为了怀念文森特，怀念那位一生都活得孤寂，却始终渴望有人懂的画家。

文森特在写给弟弟提奥的一封信中说道："每个人的心里都有一团火，路过的人只看到烟。"

这句话是虞子衿在研究西方十九世纪书信内容时，偶然发现的。后来有人在它后面续写了许多句，在网络上火了一阵子。

以前她听这首歌，总是叹息，也难免代入自己的身上；但今日再听，好像更多的已经是遗憾了，遗憾两个心中都有一团烈火的人终究还是没办法走到一起。

他们大概是真的不适合。

从走出医院大厅的那一刻起，她就慢慢地接受了这样的结果，现在更是明朗。心里一直揪扯的那团线似乎终于找了个出口溜远，她顿时觉得一身轻松，倚靠在柔软的车椅靠背上，缓缓地闭上了眼。

虞子衿醒来时，车厢里正吹着暖气，窗外的阳光暖暖地打在身上，一阵风吹过，右手边小道上的槐花又落了一层。

车里还是放着那首 *Vincent*，也不知道已经放了几遍。她恍然坐直身子，转头看林许亦，刚好撞上他的眼神。

"我睡多久了？"她有些别扭地移开目光，尴尬地顺了顺头发。

"没多久。"林许亦说了等于没说，视线还在紧紧地跟随着她。

"那你现在把我撂在这儿就可以了，我自己进小区就行。"她重新转过头，一脸认真地看他。

这次轮到林许亦回避了视线，他转过头，将手放在方向盘上，踌躇了一下道："我还是把你送到楼下吧。"

虞子衿也不想跟他犟，说了声谢谢后掏出了包里的门禁卡。等林许亦的车开到小区门禁处时，她很自然地将身体靠过去，胳膊伸长在他身前识别卡片。

挡杆应声自动抬起，虞子衿擦着林许亦的身体重新坐正，耳边扫过他有些许凌乱的呼吸声。

车很快开到了单元楼前，虞子衿慢条斯理地拿好自己的东西，然后打开了车门。

"再见。"她最后冲林许亦笑了笑，伸手将车门关上。

大概不会再见了吧。

她想。

虞子衿的脚步已经走出去几米远。

"等一下！"林许亦的声音从摇下的车窗后传出。

虞子衿的脚步顿住了。

"我还有些话想和你说。"

她闭了闭眼，在原地站了一会儿，最后还是回过了头，重新走回到车前，打开副驾驶的车门，坐了进去。

"还有什么事？"她看向他，声音尽可能听起来平静。

正午的阳光打在林许亦深邃立体的侧脸上，一双深潭般的眼睛中藏着的情感，似要喷薄而出又极力克制。

Starry, starry night.

繁星点点的夜晚。

Flaming flowers that brightly blaze.

火红的花朵熊熊燃烧，热烈绽放。

Swirling clouds in violet haze.

舒卷的云彩，层层铺展青烟缭绕。

Reflect in Vincent's eyes of china blue.

倒映在文森特青花瓷般的蓝色眼眸中。

虞子衿将音响中低沉温柔的女声唱词在心中译成Z国话，她的眼前似乎出现了一幅缓缓展开的画卷，她出神地感受着，眼睛失去了焦点。

直到她听到林许亦的声音。

"在一起吧。"

虞子衿的大脑里那幅想象的画卷一点点褪去，她似乎有些回不了神，茫然地看着林许亦。

"你说什么？"

"在一起吧。"

虞子衿的脑中明明有千般思绪游走，最后却轻轻道了句"好"。

只因为那是林许亦。

那一刻，她看见林许亦嘴角向上，便倾身压到了她的身前。

温柔又缠绵的吻一点点吸走她的灵魂。

"好了。"

过了许久，虞子衿终于不好意思地从林许亦手臂间的桎梏中逃脱，喘着粗气将他的胸膛往后推了推。

"你是真的不怕感冒加重啊。"她抱怨着，依旧喘得厉害。

林许亦不语，只是盯着她笑。

所以，她也笑了。

两人对视着，直到笑意慢慢退却。林许亦意犹未尽地转过身，重新发动了车。他握着方向盘重新开回小区门禁前时，虞子衿还沉浸在那个不可思议的告白和吻当中。

"悠悠。"林许亦很熟稔地叫了她的小名。

"啊？"她回神。

他转过头，冲她扬起嘴角，身体慢慢地往后仰了仰，一脸开心道："再来一次。"

虞子衿恍然，脸唰地变红，连忙掏出门禁卡。

奥迪顺利地驶出麒麟公馆。

虞子衿望着林许亦，似乎是错觉，竟意外觉得他笑得有些甜。


奥迪车一路向东，驶进了蔚凉市的新经济开发区。

大概半个小时的路程之后，车停在了一个高档别墅小区最里面的一栋青色小楼前。小楼看起来年头不短，门前是还郁郁葱葱的花草小径，越往里，就能越清楚地听到潺潺的流水声。

"房子是爷爷的，他年纪大了搬进了市区里方便照顾，这儿就重新翻新给我住了。"林许亦站在虞子衿的身后，伸出一只手打开了黑色的大门。

虞子衿心里暗想着"我也没问"，就自然地走了进去。

进了门就是一条廊道，一片漆黑，什么也看不清，只有门缝透进来一束暗淡的光。

"啪嗒！"

门被关上，虞子衿顿时完全置于黑暗中，她有些慌张地叫了林许亦的名字。

"我在。"那个安稳的声音在她身后响起，他握住了她的手。

"灯在哪儿啊？"她一只手在墙壁上摸索着，声音带着明显的紧张。

"不知道。"

"不知道？"她本来就对这样的空间没有安全感，他还要逗她，她生气地转过身，下意识地想要去瞪他。

林许亦也似乎感受到了她的怒意，开口解释："房子刚刚装修好，我也是第一次进来。"

"那你倒是先把门打开啊！"

林许亦置若罔闻："我找找灯，你别乱动。"

虞子衿一阵无语，却还是往后倒退了一步给林许亦让路。

"嘭"的一声，她的腰狠狠地撞到了柜子的角上，忍不住"哎哟"了一声。

几乎是下一秒，林许亦就迅速地搂住了她的腰。

"让你小心一点。"他的声音听起来很紧张，炽热的气息喷洒在她的脖颈上。

"找到了。"

灯光霎时亮起，四目相视。

虞子衿甚至看到了倒映在林许亦眼眸中那个有些苍白的自己，心跳不自觉加快。

"虞子衿。"

"嗯？"

"久等了。"

只一霎，她就被抱到了身后的鞋柜上。


快要一整年了。

眼泪冲破眼眶，滚烫的吻落在她的唇上，述说着思念。


别墅一直向内延伸，才是真正的别有洞天。

后院是一番山石和小瀑布构成的别样景色，黑色的石块中间种着几棵挺拔的柏树，淙淙流水从山石间落下，成束的光线越过高耸的山石射进水中，有几尾红鱼潜在水底，又从容游过。

两层楼高的大全景玻璃窗背后就是这样的一番景色。

这间放映室是林许亦特地改造过的，倚靠着流水和松竹翠柏的大落地窗内全都是黑色的石制家具。漆黑的石砖背景墙上，有巨幕幕帘垂下，虞子衿正躺在石质的大沙发上，身上盖着一条毯子，抱着林许亦的手臂聚精会神地看《奇异博士》。

看累了，她转头看身边已经许久没有动静的林许亦，发现他已经倚着沙发沉沉地睡着了。

虞子衿有些无奈地笑了笑，从手边拿起遥控器关掉了投影。屋外潺潺的流水声似乎很容易给人一种岁月静好之感，她享受着这许久不曾有过的安逸，也缓缓地闭了眼。

虞子衿醒来时，天色几近暗下，只有黑夜前最后的一点点光亮透过玻璃照进房里，依靠在一旁的林许亦正一眨不眨地望着她。

她有些不好意思地笑了笑，然后扯了扯身上的毯子："你看我干吗？"

"不看你还能看谁？"他继续望着她笑，声音轻柔。

"林许亦，我倒是有个问题憋了好久，想问你。"

"你说。"

"今天上午朗颂到底对你说了什么？"

"你真想听？"林许亦挑了下眉，漂亮的眼睛好像闪了闪，一脸诚实，"朗小姐说你很爱我，说你想和我继续寻找求而未得的东西。"

虞子衿没想到林许亦这样深沉严肃的人会突然说出这样的话，她很是讶然地盯着他几秒，但林许亦也只是一脸诚恳地回看着她。

"她还说，我既然明白了你对我的爱就不要再犹豫不决。我一想确实是这样，又想到你可能不习惯主动，就干脆——"

"停停，可以了。"虞子衿再也受不了了，"我才不信。"她觉得脊背凉凉的，不自觉地摸了摸后脖颈。

"悠悠。"他又一次叫了她的小名。

她看向他。

"你知道，我并不总是能把一些话说出口的，除了你。我今天这么说，就是想告诉你，我真很爱你，之前是我不好，竟然让你等了那么久。"他神色缱绻，眼眸一直追随着她。

虞子衿沉默着垂下眼眸，手指绞着膝盖上的毯子。

今夜的气氛幽暗又暧昧，还有那让人安逸的流水声，如同隐隐涌动着的暗流，正寻找着一个倾泻的出口。

"悠悠。"他的声音隐忍也似乎带着些柔软。

"朗颂说你不懂表达，说你要强，说你缺少快乐。

"第一次在 E 国的宴会中我就发现了。

"以前的我没资格问，可现在的我却想要知道一切，想要能切实地为你分担，哪怕只有一点点。"

他的声音如同是蛰伏在海沟中的海妖，吸引着她沉浸其中，一点点地坠入海中，又无法察觉。


虞子衿有个弟弟，小她两岁，如果现在还活着的话，也应该是大学毕业，准备成家立业的年纪了。

家里人从小就对她说，她是个被上天眷顾的孩子，虽然有哮喘病，但她不像弟弟，生下来就被确诊了先天性心脏病，而且没有被治愈的可能，只能等待死神的降临。

虽然弟弟的生死就像一颗定时炸弹一样，无时无刻不捆绑着她的家庭，但她始终觉得，那时的他们都是幸福的。

父亲是著名的话剧演员，母亲是总政歌舞团有名的女高音歌唱家，姥爷是画家，一家人生活富足，受人尊重。那时的她会在跟弟弟抢糖吃的时候，被母亲生气地用筷子打手；会在跟弟弟争抢新买的双层床时，哭得上气不接下气地被爸爸抱在怀里安慰。连一辈子都不羁的姥爷也会在晚年虔诚地做礼拜，请求上帝能够保佑他的外孙长命百岁，平安喜乐。

这样的幸福时光在虞子衿八岁那年开始一点点消逝。

某一天，她放学回家爬楼梯的时候突然晕倒，从楼上滚了下去。

她也被查出了先天性心脏病。

虽然没有弟弟那样严重，但也极难治愈。

十六岁那年的夏天，弟弟的心脏移植手术失败，死在了手术台上。

弟弟的死，似乎扼杀了这个家庭最后的一点信念。

在葬礼之后的某个夜晚，早已懂事的虞子衿躲在透出昏黄灯光的门缝后，听着父母协议离婚。

母亲抵着父亲的肩膀哭得泣不成声，时断时续地说，应该在虞子衿出生的时候就放弃她，更不应该抱着赌一次的心态生下弟弟。

原来她不是那个被上天眷顾的小孩儿，从出生时就不是。

她只是被隐瞒了八年才得知真相。

母亲的话就像一场永远也无法逃脱的梦魇，在多少次午夜梦回的时候裹挟着弟弟那张稚嫩的笑脸将虞子衿憋得几近窒息。

那年入秋，她平静地见证了父母离婚，却无时无刻不在怨恨着他们。她怨恨他们为什么要生下她，又为什么要选择生下她又抛弃她。

为了向父母证明自己的存在不是他们的累赘，为了不像弟弟那样没办法再看到更广袤的世界，为了更快地实现自己的理想，她开始疯狂地学习。她十九岁就拿到了大学的毕业证书，然后出国留学五年，拿到了文学博士学位，又不顾父母的阻拦孤注一掷地选择前往西部战乱国家当一名战地记者。

在那片最颠沛流离的土地上，她爱上了苏航，爱上了他鲜活的生命，爱上了他守护世界和平的坚定信念。

她以为自己终于可以逃脱命运的不公，享受一次自由选择人生的机会。但"八"这个数字就像是她人生中一个最可怕的轮回，每次在她重新充满希望的时候又将她狠狠地送回地狱。

第三个八年，虞子衿二十四岁，一场战火夺去了她最爱的人的生命。

她这辈子最珍惜的就是生命啊，自己的、爱人的、世人的。

她像一个满怀赤诚的孩子，热爱着一切鲜活的生命，可每一次，他们都离她越来越远。

她受了伤，回了国，想过轻生，也尝试过自杀，但最后都因为无数的牵绊而放弃。她觉得自己的人生大概就这样了吧，在一家报社里平平稳稳地工作，别抱希望，便不会绝望，只静静地等待死亡。

直到报社的庆功宴上，幻灯片上苏航那张微笑着的脸，让她又一次找回了生命的意义。

她跟老板翻了脸，辞了职，又一次一意孤行地去完成苏航未竟的心愿。

她本不再对爱情抱有任何希望，甚至极端地觉得任何爱意都是对苏航的不忠和自己内心的背叛。

直到她遇到林许亦，一开始是被他的声音所吸引，但最终逃不过自己的心。

她忍不住想要了解他，却也害怕伸出手，触碰他。

等虞子衿讲完，他们已全然处于黑暗中，只有微亮的月光照进来。

"好了，你成了除朗颂以外唯一一个知道我秘密的人了。"她摊了摊手，轻描淡写地说道。

"悠悠。"林许亦的声音低哑。

"以后无论遇到什么，你都不是一个人了。"他伸开双臂，让她钻进他的怀抱，感受他急促的心跳。

窗外的天空上只剩细细的一条月牙。

她已经不需要再企盼下一个八年究竟如何了，她只想珍惜这段已经坦然的感情，珍惜当下。

03

十几个小时的充足睡眠之后，朗颂穿着一身休闲款的白 T 恤和牛仔裤，外面搭配卡其色风衣，脚踩一双经典款的黄色匡威，一身轻松地出了门。

蔚凉的雨总算停了，街边小摊重出江湖，朗颂背着包满脸笑意地拒绝了沿路小贩的水果和蔬菜推销，目标明确地走进了一家小饭馆。

饭馆的夫妻俩跟朗颂是老熟人，老板娘给她倒了杯茶水，就赶着回后厨忙活去了。

雨后重新开张的小店被收拾得窗明几净，朗颂面朝门的方向，顺着茶杯里蒸腾的热气往外看去。马路两侧相接的栾树已经满树金黄，一阵风吹过，树叶盘旋着落下。

"来喽！"老板娘很快端着一大碗不加葱不加香菜的馄饨上来，朗颂笑着道了谢，拿起醋瓶一口气倒了许多。

昨天上午到家之后，她就随便吃了一碗泡面，然后一觉睡到了今天早上。

能吃到这碗热腾腾、馅又足、量又大的馄饨实在是让人满足。

馄饨吃到一半，麻醉科的孙主任又给她打了个电话，说是想在早上八点多换班的空当跟她聊会儿，她只能连忙扒完剩下的半碗馄饨就抓紧往医院赶。

医院离朗颂住的小区不到一公里远，所以十几分钟的工夫，朗颂就赶到了门诊大楼四楼麻醉科孙主任的办公室。

孙主任是个上了年纪的中年妇女，看朗颂气喘吁吁地进来，就给她倒了杯茶，然后笑眯眯地看着她喝完。

"孙主任，什么急事找我？"她顺了口气看向孙主任。

"也没什么，就是想跟你谈谈那个救援队的事儿。"孙主任和颜悦色地看了她一眼，她来的路上大概猜到了缘由，只能轻轻地叹了口气。

"昨天你那么晚了突然给我打电话，说要报名参加萨罗的国际医疗救援项目。我当时刚结束一台手术，累得很，也听你说朗院长和宋老师都同意，就没多问你。"孙主任咂了下嘴，眼睛向下看着，似乎在想着怎么措辞。

"我也是凌晨的时候才听急诊值班的王护士长说，你和那个小徐医生闹了点矛盾，还受了个小处分。我寻思了一晚上，怕你是因为这个事才一时冲动要去 F 洲的，就熬到八点多才给你打了电话。"孙医生将目光放到了低着头滑着手机的朗颂身上。

朗颂低着头沉默。

"我是觉得，你要是实在觉得小徐医生烦，就跟咱们科室的同事说，我们那么多同事总能把他堵在四楼以外。"孙医生见朗颂还没说话，只能继续说下去，"再不济你就找朗院长，他是你爸爸，总能替你安排一下，或者调换一下小徐。"

孙医生的话说得很委婉，但朗颂心里也大抵有数。医院里都知道徐江麓是某家的少爷，要他调职谈何容易，现在孙主任敢说让徐江麓调职，必然是得了她爸的暗示。

她那个女儿控的爹知道拦不住她去 F 洲，只能将所有的气都撒在徐江麓头上。

这老头儿。

朗颂心里暗暗摇头。

"孙主任，是这样的，我决定去萨罗那个救援组织的事，在好久之前就已经有打算了。当时我就跟爸妈说过，正好最近招收第二批医生团队，我就直接报了名。

"这事儿跟徐江麓没有丁点关系，他到底调不调职，我也根本不在乎。您都说了，咱们科那么多女医生，一人挠他一爪子也够他受的了，不是吗？"朗颂说着说着就皮了起来。

孙主任有些无奈地摸了摸脖子，最后叹了口气："那行吧，我一会儿把你名字先报上去。我们医院总共计划了十五个名额，现在已经报了五十多人了。你既然决定要去就好好准备，调整自己的身心状态，争取一次将考核过了。"

朗颂见孙主任终于松口，也马上露出一口白牙嘿嘿笑了声，道了谢就出去了。

朗颂本来是今天傍晚五点的班，但她实在睡得够多了，所以早上起床就决定先回办公室整理整理病例，再去住院部看看她的几个病人。

办公室的门虚掩着，朗颂知道今天第二趟班是同办公室唐医生的，所以敲了下门就直接进去了。

室内的光线很好，耀得她的眼有些花，她花了几秒钟适应，一边说了句"Hello"，一边往自己的座位前走，却看到了一位不速之客正坐在她的位置上。

"不速之客"正在扒朗颂的桌子上一盒包装精美的巧克力，见她走进来，理了理衣服，歪头望着她。

"唐医生呢？"她看了眼对面空着的桌子，把包一撂。

"有病人，紧急会诊去了。"虞子衿不紧不慢地说。

"没拆封的东西，你就直接给我吃了，还真是不客气哈。"朗颂声音冷冷的，她看了眼窗台上插在花瓶里的一大束满天星，瞬间有了数。

"那小帅哥的道歉礼呗。"虞子衿终于扒完巧克力皮，扔到嘴里，然后转过椅子面向她，一边嚼，一边道，"知道你指定不会吃，也别浪费了人家的一片心意嘛。"

朗颂抽了下嘴角，干笑了两声："也对，要是人家问我巧克力都去哪儿了，我正好能说全都喂狗了。"

虞子衿噎了一下，佯装生气地瞪了她一眼。

朗颂好似没看到一般，从容地抽出唐医生的椅子坐下，与她面对面："你昨晚一夜良宵，今天还能起这么早，啧啧，真是不容易。"

虞子衿又噎了一下，重重地咳了几声。

朗颂看着她咳，嘿嘿笑了两声后，继续说："不过爱情的力量确实可以治愈万物哈，你瞧瞧你这感冒好得多快啊，现在白里透红，红光满面的。"

"你怎么知道我和林许亦在一块了？"虞子衿语气里全是好奇。

"林姨去你房子打扫没见你人，就打电话问我呗。我一打你电话，得，直接关了机，你觉得我是怎么猜到的？"朗颂身子趴在桌子上，也装出一副好奇的样子赤裸裸地打量着虞子衿。

"那你昨天跟林许亦说啥了呢？"虞子衿索性扔了糖纸，也趴到桌子上，两人无限靠近，头都要顶在一起了。

朗颂不正经的调调近在咫尺："求他睁开那双大眼，看看你有多爱他，多舍不得他。"

"朗颂！"


"哎呀，我喝不了酒，你就替我喝了这点吧，反正林许亦又不在。"西餐厅中，朗颂倒了半杯葡萄酒在透亮的高脚杯中。

虞子衿接过杯子喝了口，知道朗颂在暗讽她，只低着头吃牛排不说话。

今早的一系列经历，让虞子衿发现了林许亦的一个秘密。

外交部里最年轻的公使，竟然也有很严重的起床气。

早上不到七点，两人就被没完没了的手机振动声吵醒了。林许亦一脸阴云地伸手想去按掉，但勉强的一点理智又提醒他，这是电话不是闹钟。

他只能一脸不情愿地爬起来，趿着拖鞋去了阳台。没过几分钟，他就回到卧室，声音低沉地对着用被子蒙着头的虞子衿道了个歉，说是有急事要离开几天，得紧急赶回 B 市。

他火速洗漱，换好西装，连早餐都来不及吃就出了门，独撂她一个人。

"我就是气不过，还要我给他看家，所以就来看看你。"虞子衿的刀重重地"砍"在牛排上。

朗颂挑了挑眉并不言语，一双秀气的手将牛排切成整整齐齐的小块。

"说说你吧，那小帅哥又哪儿惹你生气了？"

虞子衿见朗颂没有回话，抬头看了看她，她正在出神地"宰"着牛排，良久才道："提那种人渣干什么，懒得说。"

"那你今天心事重重的样子？"

这家西餐厅已经很有年头了，牛排做得很正，人也不少，只是家具设施有些老旧了，现在正放着一首小提琴家大卫·加勒特的 *Ain't No Sunshine*，气氛幽静，很适合谈事儿。

"我报了萨罗的国际医疗救援项目。"朗颂低着头继续切牛排。

虞子衿有些意外地看了她一会儿，随即笑了笑："那很好呀，我支持你。"

朗颂似乎没有听到一般，直到歌再次开始循环，才抬起头："但你知道，总是有各种各样的事阻碍你。"

"伯父伯母不同意吗？"

"他们拦不住我。"朗颂兀自摇摇头。

虞子衿看着朗颂有些惆怅的神情，深吸了一口气又道："那就是因为放不下？"

朗颂似乎被说中了心事，好像是将头低了点，也好像是点了下头。

他们毕竟都是普通人。

这个世界上的大多数人，都希望自己能够平平安安地过完一生，虽然也有一部分人有着更为远大的理想，但那也要不断取舍，反复考量。

教师的职责是教书育人，医生的职责是救死扶伤，他们以平凡又崇高的奉献精神被人尊敬，但他们也都是普通人。他们也会害怕，但哪怕地震时老师还是会将孩子护在身下，病毒肆虐时医生还是会义无反顾地逆行步入战场。

朗颂从小在一个医学世家中长大，品德良好，学习优秀，顺风顺水地走到今天。她不像虞子衿，孑然一身没什么牵挂，她还有许多放不下的东西。

"你知道吗？"虞子衿的声音轻柔却有力，"每次经历战争和炮火的时候，我都会绝望到极点，我救不了一个人，更救不了整个世界。

"但你也知道，绝望到极点之后就是希望，是前所未有的希望，希望被救，希望救人，这是人作为社会性动物的天性。

"因为知道这一点，所以我并没有失去信心。也因为有希望，我愿意做一只小小的萤火虫，虽然光亮熹微，却可以在聚集之后点亮一整片夜空。

"颂颂，去萨罗真的挺好的。"

虞子衿抬起头，一脸真挚地望着朗颂。

"我想，每一个在那里奋斗的战士，在为了守护它的时候，都不会说自己后悔去那里吧？"

屋内音乐悠扬，女人的声音柔软又坚定；屋外霞光满天，万物葱茏而富有生机，这一切都好像在无形中，给了朗颂一个坚定的答案。


傍晚六点半，虞子衿结束了一天的教学，她穿着一身极显身材的黑色修身长大衣，妆容精致地站在蔚凉大学的东门角落里，鬼鬼祟祟地东张西望了半天，最后躲着学生们偷偷上了一辆轿车。

"今天这么漂亮，怎么搞得跟做贼似的？"林许亦穿着一件休闲款的黑色高领毛衣，衬得人随和又英俊，正一脸笑意地望着她。

"我哪天不漂亮？"虞子衿一边压着嗓音抱怨，一边系好安全带。

"今天格外漂亮。"林许亦也压着嗓音逗她，但突然间咳了几声。

虞子衿系好安全带偏头看他，关切道："你出去这几天没好好吃感冒药？"

"吃了，大概快好了，就是嗓子痒。"林许亦一边解释，一边又咳了几声。

"行吧，你自己多注意，再坚持吃几天药。"虞子衿掏出手机看了眼时间。

"光多注意就行了，你没有点实质性的关照吗？"林许亦继续道。

虞子衿有些意外地抬起头，看了他一眼。

两人自那天匆匆离别就没有再联系过，直到今天，林许亦突然发来信息说要接她下班。她本还担心两人之间好不容易升温的关系又要冷了，可现在车里的情况，却委实超出了她的设想。

她第一次看到林许亦那双深沉的桃花眼，带着一种期待和狡黠，一眨不眨地望着她。

"那你说要什么奖励？"虞子衿又瞅了一眼林许亦。

两人心照不宣地对视半秒，林许亦头一次没有沉住气地笑了笑，一根手指轻轻地点了一下她的脸。

他长睫低垂，似乎对自己的动作也有些不好意思，十足像是个索要糖果的孩子。她笑着摇了摇头，探过身去吻他，可距离几厘米的时候，他忽然一转头，点火，踩油门，转方向盘，一气呵成。

"我感冒了，别传染你。"他的声音因为感冒显得更有磁性，但又好像有点委屈。

"我在雨森订了个蛋糕，先去那里拿一下。"虞子衿也不恼，很自然地转回头，看着前方接话。

蛋糕店冬天关得早，虞子衿和林许亦踩着点进去。老板娘正在收银台后面等着她，看她来了很自然地笑了笑，然后吩咐小妹去取蛋糕。

面对面等着的工夫，老板娘看了看在货架边一脸认真地看着蛋糕的林许亦，转过头八卦："这是你男朋友？真帅。"

虞子衿笑了下算是默认，老板娘又看了他一眼，一脸暧昧："这是要带男朋友见家长？"

虞子衿愣了一秒："没有，就是给我妈过个生日。"

"好，好。"老板娘知趣地没再说什么，正好后厨拿了蛋糕过来，她接过又拉紧了一下带子，然后递给虞子衿手里，"祝阿姨生日快乐。"

虞子衿道了谢，林许亦也礼貌地冲老板娘微微一点头，然后两人一起走出了蛋糕店。

车内放着舒缓的轻音乐，车子一路向东往高新区中心行驶。

"就这儿。"驶了大概半个小时，虞子衿一指前方的一个小区，叫了停。

"不用我开进去？"林许亦踩了刹车。

"不用了，停这儿就行。"虞子衿转头冲他笑了笑，然后拿起后座的蛋糕，开了车门。

林许亦也赶忙从车上下来，又绕到车尾打开后备箱取了一瓶包装精美的红酒。

"一点点心意，祝阿姨生日快乐，永远年轻。"林许亦认真地看着虞子衿，将红酒递给她。

虞子衿接过红酒后，打量了几秒，觉得红酒选得挺合适。

"谢谢你的心意了，快回去吧。"虞子衿笑了笑，提起放在马路牙子上的蛋糕打算走。

"必要的时候可以跟阿姨表达一下我的祝福。"林许亦临走又插上一句。

虞子衿笑了一下，在蛋糕店说"见家长"时装没听见的林许亦，现在倒是在乎起来。

"我争取，考虑考虑吧。"她狡黠地冲他一笑。


虞子衿提着礼物慢慢地向小区里走去，一阵凉风吹过来，直灌进她没系扣的大衣里。她望着远处已经开始枯掉的栾树，恍惚间才觉得时间过得好快，一眨眼就又是冬天了。


"悠悠！"

她听到林许亦的声音。

她转过头，远处的林许亦只穿着一件高领毛衣，沉稳大气地向她一点点走近。

就好像许久之前，她第一次见他，他端着一杯红酒走来，隔绝了所有的声响，只留下那个她一辈子都没办法释怀的声音。

他的脚步很快，在她心中却觉得时间无比漫长。

等他终于走到了她面前，她没有迟疑地直接将东西放在地上，一把抱住了他。

听着他那清晰又有力的心跳声，让她时隔一周终于感受到一点心安。

他们都是不懂表达的人，可能在感情上也都有些迟钝，不会吐露，也不会直接亲近。

不过好在他还愿意再次向她走来。

"悠悠。"他将头埋在她的肩上，声音闷闷的。

"嗯？"虞子衿呼吸着他身上的味道，轻轻回了句。

"两年了。"

他的声音像一支柔软的羽毛，隔着胸膛，痒痒地划过她的心。

两年，七百多天，经历过陌生、熟识，再陌生，也经历过生死与共。现在看，虞子衿觉得自己似乎也没什么好跟老天爷计较的了。

"是今天吗？"

"嗯。"

"对不起，我给忘了。"

"没关系，我记得就好。"

"没关系，我记得就好。"这句话似乎包含了林许亦对虞子衿的所有包容、缱绻和爱。

虞子衿抬起头望着林许亦，林许亦还沉浸在刚才的温情里，有些蒙地看着她。

一片柔软覆上他的唇，轻柔也温存。

林许亦怕将感冒传染给她，试着挣脱。但越挣脱，她就越用力地箍住他的脖子。

所有的感情都藏在这个吻中，她的唇徘徊了很久才离开。

"你是真的不怕感冒啊。"林许亦叹了口气，将话原封奉还。

"没关系，我喜欢就好。"虞子衿深邃的眼眸中闪过一丝笑意，提起东西，头也不回地潇洒离开了。

04

"妈，生日快乐！祝您美丽永驻，年年有今日，岁岁有今朝。"虞子衿进屋将蛋糕和红酒放在餐桌上，她从包里拿出了个雕工精致的实金寿桃，放在梁雨烟的手里。

梁雨烟手里拿着寿桃愣了很久，才高兴地咧着嘴连说几声"谢谢"，让她洗手上桌吃饭。

饭桌上的气氛难得融洽，虽然没太多话可谈，但虞子衿也很清楚地感受到了父母的开心。

"对了，颂颂最近怎么样了？"正埋头夹菜，梁雨烟突然开口。

"她已经出发去F洲了。"虞子衿埋头扒着饭道。

"还真去了？"梁雨烟有些意外地抬眼。

"嗯，应该到了，在难民营。"

"你朗叔叔还让我拦一下——"梁雨烟欲言又止。

"汤凉了，快喝吧。"一直沉默的虞适突然开口打断。

梁雨烟也似乎马上反应过来，低头喝汤。

复婚之后，父母搬到了这座刚装修好的带小院的大复式，也算是圆了她妈想要一个院子养花种菜的心愿。虞子衿的房间整饬得简洁漂亮，虽说他们之间并不怎么亲密，但这么多年久违的一点家庭温暖，让她答应了母亲在家里住几天的要求。

吃完饭又洗了个澡，已经快要九点，虞子衿吹干头发穿着睡衣，百无聊赖地躺在床上用手机和林许亦聊天。林许亦说有个饭局，不能聊很久，她只能继续无聊地翻着微信，却突然看到了之前错过的朗颂的消息。

"我真的炸了。"

"我到了营里，才发现那个'二货'已经提前一批到了。"

"这走关系也能走到F洲来了吗？"

"我咋办啊？"

虞子衿按捺着心里的惊讶读完了消息，仰躺在床上看着欧式的吊灯出神。

她本以为徐江麓只是因为朗颂与众不同想追着玩玩，没想到还认真了。

她继续出了一会儿神，然后坐起身给朗颂回了个"加油"，就切换了页面。

多年的纨绔子弟竟然为了一个女人不惜追到F洲，别的先不论，这份心意也着实让人敬佩。更何况，这世界上哪有那么多的后门好走呢？

一支国际医疗救援的团队怎么可能视百姓的生命为儿戏。

虞子衿想着，不禁扬了扬嘴角。

门把转动，一双穿着棉线袜子的脚走了进来。

温暖的黄光下，梁雨烟轻轻地走到她的床前，像十几年前一样。

那一刻，虞子衿觉得心中百般滋味，不被察觉地掉了滴眼泪。

"陪妈聊会儿天？"梁雨烟坐在她的床上，脸上虽挂着笑，但是好像也有点忐忑。

"您说，聊什么？"她抑制住哽咽，盘腿坐着向前趴了趴身子，努力让气氛显得更温馨一点。

"最近上课累不累？"梁雨烟似乎有些不敢看她的眼睛。

"还行，就是快期末了，各种杂事比较多。"

……

聊天内容其实也只是些普通母女间的日常，但此情此景，真的很多年没有过了。

"是我们欠了你太多。"梁雨烟最后低着头，将头发别到耳后。

她有点倔强地摇摇头。

他们可能一辈子都不会知道，她躲在门后从门缝窥探他们时的心情。哪怕已经过去很久很久，但一想起还是会凉到骨子里。

她不想再计较什么，但也暂时无法完全原谅。


一夜无眠的结果是虞子衿起晚了。

虽然今天一整天都没课，但她还是匆匆地喝了两口粥，就赶紧背着包跑了，也正好免了和父母一起同桌吃饭的尴尬。

她一边往外走，一边在软件上叫车，奈何一直没有司机接单。

刚到小区门口，她就看到那辆熟悉的奥迪静静地停在一片金黄之间。

金黄是车上悬悬欲坠的栾树叶，是车下夜风吹尽后铺了满地的"金子"。

她取消了订单，打开车门坐了进去。

林许亦穿着一身整齐的西装仰在车椅上，听到她的开门声，睡眼惺忪地将车椅支起来转头看她。

"等多久了？"

"你晚了半个小时。"林许亦一边说着一边点火，换了个挡打算倒车到马路上去。

"等等。"

"你又落下东西了？"林许亦转头看她。

"你感冒听起来好得差不多了。"

"基本好了。"

林许亦的话音刚落，虞子衿已经倾身过去，蜻蜓点水的一吻后，指着前方说："快走吧。"

同样是晚上六点半，同样是蔚凉大学校门口，虞子衿再次做贼似的钻进了那辆黑色的奥迪车。

"你现在搞得我好像很见不得光。"虞子衿一上车，林许亦就说了一句，声音听起来也分辨不出是开玩笑还是真的有些生气。她小心翼翼地打量他几眼，见他脸上并无愠色，嘿嘿笑了几声，然后系好安全带等他开车。

"餐厅在城西，晚高峰要差不多一小时到，你累的话就先睡会儿。"林许亦看了她一眼，发动车子。

今早送她上班时，林许亦就与她约好了，晚上要一起去城西的一家本地特色餐厅吃饭，她也跟母亲打好了招呼。

不过今日实在不宜出行，接连遇到红灯，走了快一个小时了，才只走了一半的路程。

"这要走到什么时候啊？"这一路无话，实在有些憋得慌，她试探着问了句，可林许亦也只是专注地看着前方，似乎并没有听到她的话。

她无奈地闭了下眼，连林许亦这么成熟的男人竟然都会赌气。

"好了好了，别生气了。"她放低姿态。

"我们也只是刚刚才确定下来，我的学生们都还不知道这事儿，他们本来就对我的生活挺好奇的，我实在不希望他们八卦和分散注意力。"她说完，又偷偷地看了林许亦一眼。

他还是面无表情地握着方向盘，目视前方。

"行了行了，等期末考试完了，他们考得好我就跟他们分享这个消息。"她继续退让。

"那考不好呢？"林许亦突然搭话。

虞子衿一脸问号地看了他半天，发现他竟然在忍笑。她终于松了一口气，装出生气的样子道："考不好一起挨打，还宣布个鬼。"

林许亦也似乎意识到自己有些失态，车窗外的凉风吹进来，带着他的笑意一起散去了。

七点半的时候，离餐厅还有几公里远，林许亦突然接了个电话。

电话那头的声音不是很清楚，但虞子衿也听了个大概。

大概就是林许亦晚上又要有应酬，他俩的约会取消。

车穿过层层包围停到马路边上，林许亦一脸抱歉地看向虞子衿。

"没关系，我很通情达理。"她做出不在意的样子摆了摆手，大概觉得自己显得极其大度又潇洒。

"我去的酒店离这里挺远，时间又比较短，没办法送你回家了。"

虞子衿傻愣愣地望着他，想起光从城西再坐车回城东就差不多要花一个晚上，便想堵住他的嘴。

"还说我让你见不得光，我看你也很'双标'。"她已经拿起了后座的包，但嘴里还是忍不住念叨了出来。

林许亦有些意外，车灯和霓虹灯光不断流转，在他棱角分明的侧脸上留下一道道斑驳，他望着她，挑了下眉。

"你说我'双标'？"他的声音低沉也极具压迫性。

"不然呢？"

林许亦又挑了一下眉，盯着虞子衿看了许久，直看得她浑身不自在才移开目光。他抬手握起方向盘，一脚油门驶了出去。

半个多小时后，他们开车驶入了蔚凉西区那座建成许久，却依旧神秘得让许多人都很好奇的湖心岛。

岛上的小路并不算窄，月光和灯光合映，风声和水声同鸣。

他们的车停在了岛中间一座散发着柔和黄光的大房子前，虞子衿觉得这儿像那种谈生意和休闲旅游的高档会馆。

车门被打开，她被穿着考究的迎宾迎了出来。八点多的天气有些冷，微风一刮就快要穿透她的风衣和衬衣。她站在车门边等着林许亦下车，又四下打量着周围的环境，竟发现了隐秘在夜色中的满园红枫。

车已经被开走，林许亦走到虞子衿身边，她还沉浸于美丽而静谧的环境中，直到被林许亦挽起了她的胳膊。

"也不知道是谁'双标'？"磁性十足的声音在她耳边悠悠道。

她笑着摇摇头。

幼稚。

静谧的 Z 国风会馆里，伴着水声和绿竹，一路曲径通幽，两人进了一间雅间。

林许亦挽着虞子衿的手进到屋里，两个正坐在沙发上喝茶看手机的青年愣住了。

"介绍一下，女朋友，虞子衿。"林许亦简短地介绍，声音很平静。

虞子衿也连忙冲沙发上的青年露了个得体的笑容，但两个青年依旧直愣愣地看着她。

"哦哦，虞小姐，你好。"良久，其中一个青年才回神并连忙拉着另一个起身，堆着笑走到她身边和她握手。

两个青年，一个叫孙恒，一个叫顾明庭。两人长得都很清秀，年纪似乎要比林许亦小一些，一个有些玩世不恭，一个老成沉稳些。

握完手，林许亦拉着虞子衿的手坐到了中间的红木沙发上。因为屋里没有服务员，坐下之后，其中一个青年很是殷勤地给两人倒了茶。

"之前就听说过虞小姐的名号，没想到今天能在这里见到。"孙恒穿着一身运动装，声音听起来倒没含什么特殊意味，只是笑得有些玩世不恭。

"谢谢。"虞子衿很自然地回应，然后喝了口茶。

"我曾看过虞小姐在阿特拜拍的作品《绿洲》，当时深受触动，不知您现在在哪个国家工作呢？"顾明庭身穿一身品牌西装，长相很是周正，谈吐也比孙恒得体一些。

虞子衿转头看了林许亦两眼，他交叠着腿很是随意地倚在红木沙发上看着手里的茶杯，似乎根本没有听见他们之间的谈话，俨然变成了纨绔公子哥的样子。她只能笑了笑："我现在已经不做记者了。"

顾明庭似乎有些意外，随即眼中也有疑惑一闪而过。毕竟如果不做记者，不去战地，她和林许亦又是如何相识的呢？

孙恒似乎也还有话想问，但茶杯落在茶几上的声音骤然响起，林许亦轻咳了两声："八点多了，先吃饭吧。"

"对对对，都怪我们俩八卦，忘了虞小姐都饿半天了。"孙恒连忙起身，将他们迎进了里面的包间。

菜品大多是些清淡的Z国菜。饭桌上林许亦和两个青年谈着最近的国际新闻，虞子衿从谈话的内容上了解到，两人大概也是从事与外交相关的工作。她也不便插话，就只顾低头吃饭，偶尔应和几句。

因为不是什么公务应酬，所以也没喝酒，只是三人一直在侃侃而谈。虞子衿又一向不习惯和陌生人说太多话，所以席间便推托上厕所，溜出了包房。

"女士，请问有什么能帮助您？"虞子衿一走到廊道上，一个温柔的女声突然在身边响起，吓了她一跳。

"这附近——有没有什么有意思的景色？"虞子衿对那片红枫林念念不忘。

"嗯——有意思的……"年轻的服务员似乎对"有意思"这三个字把握得不太准，但也很快恢复了职业笑容，"是这样的女士，我们江枫公馆一般在白天都会开放赏枫、游船及环岛观光的项目，但是现在是晚上，我们岛上除了公馆以外的工作人员，其他人基本都已经下班了。"

"那你能带我在这岛上转一转吗？"

"这是可以的，女士。"

"那好，麻烦你带路了。"虞子衿一边说一边跟在服务员的身后往外走，她拿出手机给林许亦发了个"溜走"的表情包，就一脸轻松地出了公馆。

公馆外，凉风习习，宽敞的林道边种满了高大的枫树，路灯亮着，影影绰绰映出斑驳的影子。

虞子衿深深地吸了口清新的空气，觉得很是自在轻松。

"之前就听说这岛被一位先生买下，不过应该也才建好没有太久吧。这些红枫都是移植来的？"两人沿着宽敞的江枫公馆漫步。

"是的，许太太很喜欢红枫，所以许先生特地从京城移了几百棵几十年的老枫树过来。"

"光听起来就很浪漫呢。"大道上灯光昏暗，虞子衿看着地上的人影和树影感叹。

"是啊，可惜——姜老师再也看不到了。"女孩的声音变得低落。

"嗯？"虞子衿的脚步顿了顿。

大概是今夜的风凉却温柔，也大概是虞子衿身上与生俱来的值得信任的气质，女孩似乎有些话很想吐露。

两人沉默着又往前走了很远，女孩似乎终于下了决心，缓缓地开口："太太名叫姜枫，这座公馆便是用她的名字命名的。

"太太是江南人，和许先生也是同乡。她小时候家境不好，又患有血友病，没有得到好的治疗，七八岁时好像就因为脑部出血压迫了视觉神经，所以一直都看不到。

"许先生比太太大了将近二十岁，因为一直忙着事业，所以两人一直没有结婚。

"当时，许先生回老家做一个慈善项目，认识了在乡里特殊教育学校当老师的太太。许先生对她很是怜悯，把她接到蔚凉来治病，后来深深地爱上了她。

"这座岛其实被买下已经很多年了，只是几年前才开始动工修建，因为姜老师快要不行了。"女孩的声音已经有些哽咽。

"姜老师很喜欢枫树，许先生就种了满岛的红枫。去年秋天的时候许先生带姜老师来过，当时姜老师说很喜欢这里的环境，还说枫叶摇曳的声音和其他树不一样。

"姜老师真的是个很善良温柔的女人，她在这里休养的时候跟我们说她过去的故事，说她很感恩现在拥有的一切。她还记住了我们所有人的声音，对我也很好。

"只是去年冬天，她因为病发去世了。"黑夜里，年轻女孩的眼眶湿润了。

"我们都很想她，先生也想她。"

岛上的风声伴着树叶交织的声音轻轻呜咽着。

虞子衿慢慢闭上眼，静静地听着这个世界的声音。

枫树摇曳的声音，大概真的是不同的吧。


回程的路上，虞子衿向林许亦说了这个故事。

"我之前听朋友说起过，只是没有这么详细。"林许亦听完沉默了许久，才低声道，"人生真的有很多遗憾。"

"但我会好好珍惜的。"顿了几秒，他转头看她一眼，将右手轻轻地搭在了她的左手上。

温暖渗透进虞子衿的手背，她看了看窗外寂寥的夜空："只是谁也不知道，意外和明天到底哪个先来。"

她的声音轻轻的，却一直弥漫在寂静的车厢中。

林许亦自从那次听了虞子衿的故事，就心疼不已。他也咨询了许多心脏病方面的专家，但都没有什么有效的治疗方法。

他想要说点什么，让她不要一直沉溺于那些痛苦和往事中。

"是啊，谁都不知道意外和明天到底哪个先到。

"但是，有你，有信仰，我只想珍惜当下。"


到家的时候已经过了十一点，虞子衿进门看到灯火通明的客厅，愣了一下神。

父亲和母亲倚靠着坐在沙发上，还在看电视。

"妈。"她轻轻开口。

梁雨烟穿着睡衣，披散着头发，脸色有些憔悴，但听到虞子衿的声音立刻精神起来。她坐正身子："哎，回来了。"

"妈，下次我回来晚就不要等了，你们困了就早点睡吧。"虞子衿心里很不是滋味。

"没事没事，你爸最近总是失眠，我就在这儿陪他看会儿电视剧。"

虞子衿沉默了片刻，实在不知道应该怎么表达关心。

"那你们早点睡吧，我去洗漱。"

她闭了闭眼，慢慢地上了楼，心中五味杂陈。

可能他们不是好父母。

但她也不是好女儿。


第二天周六，早上八点多，虞子衿揉着乱糟糟的头发进了餐厅。

"我爸呢？"她看到桌上只坐着母亲，有些不太习惯。

"院里有点事，让他过去帮个忙。"梁雨烟一边回答，一边夹了根油条到她的盘子里。

"对了，我今晚要去朋友家，晚上您就别等我了。"虞子衿咬着油条，含混不清地道。

梁雨烟沉默着喝了口豆浆，并没有回答。直到虞子衿有些疑惑地抬头看她，她才道了句"好"。

今天天气很好，清晨的阳光打在餐桌和身上，照得人暖暖的。

"昨天你姨还跟我问起，你和那个唐医生聊得怎么样了？"快吃完的时候，梁雨烟小心翼翼地试探了一句。

虞子衿只是低着头啃油条。

梁雨烟似乎是看出了她的尴尬，顿了一下又说："你要是不喜欢他也没关系。你爸爸话剧院里有个老先生的儿子是从国外回来的生物学博士，现在自己在做生物制药研究，长得挺端正，人也挺好挺风趣，我可以让你爸介绍给你认识。"

"妈——"

餐厅里安静了下来，她本以为这样就可以向母亲表明她是真的不太想相亲，但没想到过了一会儿，母亲又开口了。

"悠悠，你和我说，你是不是有男朋友了？"梁雨烟似乎早就有了猜测。

她被这话问得蒙了。

当年她和苏航相恋，母亲也很快察觉，问了她。只不过当时她觉得母亲纯属是瞎操心，所以很快就否定了。

可是这次，她不想再否认了。

她想起林许亦那张坚毅又英俊的脸，想起他们在萨罗，甚至是在蔚凉这短短半个月经历的一切。

"他很好。"

良久，虞子衿轻轻吐出这样一句话。

这似乎在梁雨烟的意料之内，只是她的声音依旧带着严肃："他是做什么的？在哪里认识的？"

果然……虞子衿有些无奈地闭了闭眼。

自从博士毕业后，她一意孤行地选择去当战地记者，父母就开始对她格外"关心"，或者可以说是"控制"。

这种控制在苏航去世之后，愈演愈烈。

可她还是耐心地一个个回答。

因为，她不想因为自己让父母对林许亦产生不好的印象。

"他是一位外交官，我们是在 M 市的慈善晚宴上认识的。"她尽可能让自己的声音听起来诚恳一些。

"外交官？"

梁雨烟了解虞子衿的性格，也以为因为苏航，她很长一段时间都不会再谈恋爱，可最近她突然变得开朗许多。

"那他是不是很大年纪了？"梁雨烟艰难地问了一句。

"没有，他是最年轻的副司长。"话说出口的时候，虞子衿的语气里难免带着些骄傲。

虞子衿看到梁雨烟又愣了一下，眼睛在她的脸上打量了一圈，然后继续道："那他在外交部具体是做什么的？"

"他之前是驻 E 国使馆的，最近因为——因为一些事务回国了。"虞子衿本是不假思索一五一十地回答，但说起他是因为什么回国的时候，她却顿住了。

林许亦回来这么久，她甚至连这样一个最基本的问题都没有问一问林许亦。

她甚至都不知道林许亦作为一位驻外外交官，到底是做什么的。

梁雨烟读懂了她的心思，摊了摊手："你还是不够了解他。"

虞子衿想要解释，却噎住了。

梁雨烟已经开始收拾碗盘。

"我知道爱情有时只是一瞬间的事，但然后呢？

"爱一个人，最起码要了解他，了解他的过去，才能和他一起畅想未来。

"悠悠，我不希望你一直都用感性去想象和生活，我希望你能更理智地去了解，去考虑——"梁雨烟似乎还想说什么，但看到虞子衿瞬间垂下去的眉眼，叹了口气，终是没有再说下去，端起碗筷，往厨房走去。

虞子衿却坐在桌前，一个人在阳光下静默了好久。

05

没了藏着掖着的心思，虞子衿下班之后先回了趟家。

她给自己化了个有些异国感的妆，将黑色大波浪长发披在肩上，配了一条橘红色的长裙，裙后还带着精致流畅的流苏，将她特有的妩媚和知性的气质衬托到了极致。

爸妈一起出去参加朋友儿子的婚礼了，等到六点多钟，她踩着七厘米的细高跟，在家里阿姨的赞美声中出了门。

好巧不巧，还没从小院中走出去，她就看到了大胆地停在铁门外的奥迪车。

屋外万家灯火，影影绰绰地照在虞子衿的身上，林许亦的眼眸中有什么一闪而过，他赞了句："你今天很漂亮。"然后很有绅士风度地打开副驾的车门。

汽车点了火，不紧不慢地往小区大门驶去。

"你今天倒是很大胆，直接把车停到我家楼下。"她的声音有些戏谑的意味。

林许亦好像没有听出虞子衿话中有话，只是浅浅一笑，没有回应。

虞子衿本以为今晚这场很是郑重的约会会在一座漂亮的酒店中进行，但没想到车一路往东走，最后竟然开进了林许亦之前带她住过一晚的别墅小区。

车停在别墅门前，虞子衿被迎下车，林许亦打开小楼的铁门，示意她先进去。

虞子衿虽有疑惑，但还是头也不回地沿着小路进了别墅里。

她在偌大的二层挑高客厅里坐了半天，硬是没等到人，只听到门外隐隐的引擎发动的声音。

等了快十分钟，虞子衿实在是坐不住了，刚要起身到门外看个究竟，没想到林许亦突然进来了。

他的两手拎着无数个塑料袋。

虞子衿定睛看了看，袋子里装着的应该是刚买来的蔬菜和肉，一只黑色的大塑料袋里似乎还有一条大鱼拼命地挣扎着。

林许亦拎着满手的东西，弓着身子，小跑进开放式厨房里，将袋子一个个放在台子上，又用手腕拭了下额角的汗，然后站直身子深深地喘了两口气。

虞子衿坐在沙发上远远地看着这一切，觉得这与平时林许亦的气质很是违和。

她踏着细高跟"噔噔噔"几步踱到厨房里，背着手静静地看着正在弯腰扒着每个袋子的林许亦。

"你这是要干吗？"她挑了下眉。

林许亦听到虞子衿的声音，才直起身看了眼她，视线又转移到她的高跟鞋上徘徊了半秒："去洗手，换个拖鞋。"

虞子衿低头惋惜地看了眼自己漂亮的裸色绑带细高跟，有些抱怨地道："先说好，我可不会做饭。"

林许亦有些意外地看了她一眼，又转头去整理袋子里的食材："不用你做，你只管吃。"

"你会做饭？"虞子衿有些惊讶。

一个一年到头不着家，奔波于异国他乡的人，还会做饭？

虞子衿看着林许亦的嘴角弯了弯，然后默默地开始收拾灶台。她见他不说话，只能悻悻地踩着高跟鞋去门厅换拖鞋了。


虞子衿从厕所出来时，客厅的电视不知道什么时候被打开了。新闻联播的声音伴着厨房水池里哗啦啦的流水声，竟有些莫名的契合。

她趿着拖鞋重新走回厨房，明亮的暖光灯下，林许亦肩宽腿长，白色的衬衫下似乎还能隐隐感受到肌肉的线条，一双长腿被修身的黑西裤衬得更加修长。他正高高地挽起衬衣袖子，露出紧实流畅的小臂肌肉线条，弯着腰洗蔬菜。

窗外是别人家的灯火，虞子衿打量着别墅里的，嘴角不自知地向上扬了扬。

林许亦洗好了胡萝卜和青菜，转过身将蔬菜放到流理台的菜板上，开始切。虞子衿饶有兴致地看着他将胡萝卜切成均匀又薄薄的一片片，看累了索性踮起脚坐到流理台上，一双腿擦着林许亦的西裤，悬空着晃晃悠悠。

"去看会儿电视吧，还要很久。"他被她扰得有些乱，转头一脸宠溺地看着她。

她早忘了今天装的一肚子的心事和问题，冲他有些狡猾地一笑：

"不要，在这儿当监工挺好。"她一边说着，还一边从案板上偷了一片胡萝卜，含进嘴里，两条腿继续摩擦着他的裤管。

林许亦无奈地笑了笑，从塑料袋里拿出一盒密封好的鸡肉递给她："拿去洗了，我给你做宫保鸡丁。"

"哎哟，您还会做硬菜呢。"她带着笑意打趣他，然后顺从地接过去，开始在水池里洗。

新闻联播已经播放到国际板块，主持人的声音似乎也变得温柔，流水声渐渐沥沥，她时不时地回头看他的背影，确定他一直都在身后，才安心地回身继续洗。

清洗好的鸡肉被剁成小块，林许亦手上套着橡胶手套，熟稔地翻搅着鸡肉，让鸡肉充分入味。

倒入适量的油加热，一小盘香辛调味料入锅，顿时迸发出诱人的香味。翻炒之后，林许亦把她挡在身后，将鸡肉倾盆倒进。

厨房瞬间弥漫油烟，虞子衿站在一旁静静地看着，只觉得从未有过的烟火气从林许亦的身上自然而然地散发出来。

——我知道爱情有时只是一瞬间的事，但然后呢？

——爱一个人，最起码要了解他，了解他的过去，才能和他一起畅想未来。

虞子衿忽然想起了母亲说过的话。

她曾经以为爱情就是一闪即逝的火花，燃烧过后，就让它顺其自然地发展。

可是现在她才意识到，她把爱想得太理想了。

爱情就好像这顿饭，从挑选食材到煎炒烹炸，最后佳肴上桌，缺一不可。

新闻联播已经结束，开始播放晚间黄金档的电视剧。

虞子衿夹起一块鸡肉放进嘴里，一瞬间，辣味、咸味、香味，在她的唇齿间迸发。

她望着林许亦那张柔和又从容的脸，心中也如口中咀嚼的鸡肉一般五味杂陈。

她想和他走下去，一直走，越远越好。

所以，她应该像母亲说的那样，不再让感性占主导，她现在有很多很多的问题想问他。

"林许亦。"她突然很正经地叫了他的名字。

"嗯？"他正拿着勺子在喝汤，听到她叫他的名字，连忙将勺子放下。

"不怕你笑话，"她一边说，一边低头浅浅地笑了一下，"我到现在都还没搞懂你这个外交官到底是做什么的。"

她看到对面的林许亦微微愣了一下，随即自然地夹了块没有刺的鱼肉放在她的盘里："现在的外交工作主要分为国内和国外两个部分。我属于驻外外交官，常驻大使馆。

"如果你要问的是具体工作的话，我属于公使衔，相当于使馆的副馆长，平时的工作内容比较多。我以前是文化参赞，主要负责两国之间的文化交流，现在负责包括经济、文化、政治各个方面的工作。除此之外，我们最主要的任务就是保护当地Z国人的合法权益，并且促进两国之间的友好交流与合作。"

林许亦解释得很认真也很从容，表面上似乎已经说得很清楚，但实际上只是给她做了个简单的概括和科普，这当中还有相当大一部分是因为工作特殊有所保留。

虞子衿扒了一口饭，又含着筷子点了点头。她知道林许亦必然不能将具体的内容告诉她，所以也没有再继续深问下去。

"我之前第一次见你是在E国，去年你去了萨罗，现在又回到Z国，你怎么会到一个第三世界的国家，而现在又回了国？"

她的问题问完，她看到林许亦停了筷子，抬起头，目光在她的身上停顿了几秒，随后似乎是轻松地一笑："怎么，你是要准备查户口了吗？我倒是很期待下一步。"

她只是望着他，不语。

良久，他低着头叹了口气："我在E国结束了三年的任期，根据外交部的考量和我个人的意愿，现在担任驻萨罗大使馆的公使。这次回Z国主要是述职，并且因为之前的战争，我有一个短期的休假。

"至于个人为什么从E国到萨罗，我主要是想尝试一种不同的经历，去适应不同国家的驻外工作。"

林许亦看着虞子衿的眼睛，一字一句地解答她的问题。

虞子衿拿着筷子在饭碗中轻轻地拨动着，林许亦的目光正赤裸裸地扫过她的脸："刚刚都是你问我，现在轮到我问你了，为什么会突然想起问这些？"

她有些不敢看林许亦的眼睛，只低头看着碗里的米饭，轻描淡写道："没什么，只是刚刚看你做饭的时候，觉得你好像跟我想象的很多地方不一样，才忽然意识到我对你的了解比你对我的差远了。"

林许亦的嘴角勾起，似乎是想起了什么，轻轻地笑出了声。

"悠悠，你忘了吗？每个人的心中都有一团火，路过的人却只看到烟。"

沉稳顿挫的男低音萦绕在她的耳边，她忽然觉得有些低落。

明明她问完了想问的问题，他也一一做了回答，可是这些好像都不是她想要的。

她想要触碰到他的灵魂深处，企图窥视一角，却惊觉秘密的沉重，戛然而止。

她喜欢的可能就是这份神秘吧，她望着天花板上光亮透明的水晶灯想着。

每个人的心里可能都有一堵又高又厚的墙，他不想说，她也就不再问了。

"我要走了。"晚餐结束后，她站起身。

"走？"林许亦的声音中带着些意外。

"嗯，我爸妈还等我回家。"她自顾自地走到客厅去拿沙发上的包。

林许亦站在旁边看着她的动作，几秒后叹了口气："好，我送你回家。"

一路沉默，中途林许亦接了个电话，虞子衿在副驾上听着那声音有些熟悉。

"是周然吗？"

"嗯。"

"他还在萨罗，一切都好吗？"她转头看他。

"还在，一切都好。"林许亦淡淡地回答她，但视线始终正视前方。

虞子衿敏感地觉得，他大概是对今晚她的诸多问题有些不喜欢，但她现在也不知道该怎么解释，就只是蜷缩在座位上。

直到林许亦提醒她到了，她才堪堪回神，用门禁卡开了小区的门禁。

她忘了阻止林许亦开进小区。

两人站在小楼前，窄窄的小路被汽车占满，只有路对面的路灯越过车身照出一点光在他们身上。

"你是不是生气了？"她低头看着自己的高跟鞋。

林许亦愣了一下，旋即笑了笑："这就是在车上蜷缩了一路的原因？"

虞子衿有些不明所以地抬起头望他。

"我没有生气。"他明亮又幽深的眼睛里只映着她一人的影子，声音温柔缱绻，"我只是在想，可能是我误会了一些事情。"

"什么事？"

"误会你喜欢的是朦胧美。"他的声音里带着点笑意，甚至有点不好意思。

虞子衿瞬间反应过来，笑了下，也马上红了脸。

"没有，我就是——想起来想问一下。也不是不喜欢……"她低下头，听见头顶传来林许亦的轻笑。

"你喜欢的朦胧美，我继续保持，你想知道的也不需要顾忌，可以直接问我。"

"除了工作上的相关机密我不能奉告，你问我什么，我都不会拒绝回答，悠悠。"他宽大的手掌抱住她的手臂。

她抬起头，冲他露出一个如释重负的微笑。

"只是——有件事我也在犹豫什么时候告诉你。"他刚说完，声音又突然低下来，不知是装的，还是真的犹豫。

"你不是说不隐瞒吗？"她也伸出手碰了一下他的手臂。

从楼里传出一阵拉玻璃窗的声音。

虞子衿警觉地望了眼家里的窗户，急忙拉着林许亦蹿到车后面。

"我还真见不得人？"林许亦温热的气息打在她的耳朵和脖颈上。

"快点儿，你要说什么？"她惊魂未定地喘了口气。

"我要回萨罗了。"

四下寂静，连今晚的星星都很寂寥，虞子衿早就有了预备，可还是一时没反应过来，抬起头直直地看着林许亦的眼睛。

她知道他们肯定是要再分离的，不是今天也不过就是明天。

谁也不知道他们会分离多久，萨罗的形势依旧严峻，林许亦走之后让她不仅仅是思念，可能还有更多的牵挂。

"那你一定注意安全。"

"我知道。"他认真地回答。

她又迟疑了许久，最后还是退缩了，退缩回十几年来一直容她懦弱的壳里。她站直身子，指了指铁门："那我先进去了，晚安。"

林许亦放开她的手，看着她靓丽的背影消失在小院的铁门后。

"晚安。"


周五下午，虞子衿和几个学生在办公室整理平时作业并记录成绩。

"你今年寒假去哪儿玩？"趁虞子衿在低头看手机，班长邓夜跟学委肖寒坐在电脑后面说悄悄话。

"还没想好，可能和爸妈去 T 国避寒。"肖寒是苏州妹子，一个人在北方上大学，虞子衿总觉得对方说话软软糯糯的，让她的保护欲油然而生。

"哇，还是你牛。"邓夜悄悄地冲肖寒比了个大拇指。

"干什么，期末考试还没开始考，就预备着要放寒假了？"虞子衿放下手机，装出一副严肃的样子问。

"没有，我们这不是为了更好地激励自己，认真准备期末考试嘛。"邓夜知道虞子衿不是认真的，笑着和她打哈哈。

"对了，老师您最近有没有打算去哪里旅行？"肖寒的声音甜甜的。

孩子们并不关注什么国际事件，更不可能把那个获得国际摄影大奖的名记者和眼前的虞子衿联系起来，只以为她是个刚刚博士毕业，进大学教书的新老师。

"暑假的时候去了 F 洲，倒是很喜欢。"她淡淡说道。

"我大一暑假时跟着旅行团去的那边，法老的神秘国度，还有美女同行！"邓夜突然激动起来。

"你就只知道美女。"肖寒翻了个温柔又可爱的白眼。

虞子衿忍俊不禁，看着两人斗嘴，问："录完没有，最后一节课都下了。"

"急什么，您今晚有约会？"邓夜狡黠地冲她眨了下眼。

虞子衿无奈地望向天花板。

"没有，我奉陪到底。"

奉陪到底的虞子衿拖到七点才下班，把两个倒霉学生送出去之后，连忙拿起桌子上的包，锁了门，一路小跑地坐电梯下楼。

自那夜和林许亦分别之后，两人就只在虞子衿学校对面的餐厅吃了一顿午餐，就再也没见过。

两人都很忙，今天好不容易抽出点时间，还是去给林许亦送机。

虞子衿望着车满为患的高架，重重叹了口气。

常年的外交工作，让林许亦没有太多的私人物品和私人情感。

以前的每一次起飞都是一小箱行李，然后提着一个公文包，一身轻松地上飞机。

这次倒是平生第一次有了牵挂。

距离登机还剩下不到半个小时，林许亦托运好了行李，站在人流穿梭的机场入口处，静静等着。

他本就身材颀长，气质出众，如今从容地站在一群步履匆匆的旅人之间，便自然成了一道风景线，引人小心翼翼地打量。

还有十五分钟就要登机了。

他还有五分钟的时间等虞子衿。

如果人没来，他应该也不会太失落，这不是一场偶像剧，更没什么生离死别，他们彼此牵挂就好，他不过多索求。

他前三十年的人生经历一直在告诉他，过分多情，就是自掘坟墓。

还有三分钟，他看了眼表，心里有很多杂念，但依旧平静地立在那里。

虞子衿顾不得后面嘀嘀的鸣笛声，将车往机场边的小道上一停，确定能再容一辆车穿过，就匆匆地摔了车门，小跑着过了门口的安检进了机场大厅。

她的视线只是稍稍偏了一点，就看到站在几米远的一株大盆景植物旁边的林许亦。

四目相对，她重重地吸了几口气，然后冲他露出了灿烂的笑容。

他也笑了。

过路的人只看到一个高挑女人踩着高跟鞋扑进了男人的怀里。

他们拥在一起，以嘴贴耳，说了几句，然后偏了下头，开始拥吻。

"我没什么要求，就是等着你平平安安回来，我再到这里接机。"他们很快分开，女人的眼里带着不舍，更多的是沉重。

"我知道了。"林许亦的声音一字一句地灌进虞子衿的耳中，也刻进他的心里。

过了几秒。

"好，下次再见！"她呼了口气，用力和他分开。

他冲她微微一笑，然后转身，径直过了安检，没有回头。

命运让虞子衿在上一次的等待之后彻底失去了爱的人，可这次她还是要继续等待。

因为爱，等着接受所有的结果。

林许亦觉得，上天决定了他的命运，就是用余生去守护自己的祖国，无所谓身后是什么，有什么，都只管坚定地前行。

可从那天晚上开始，他的背后就一直伫立着一个身影，是守护他的，也是他守护的。

二月初，蔚凉终于下了第一场雪，鹅毛般纷纷扬扬，倒也不是特别冷。

下午，母亲给虞子衿打电话说家里包了饺子，让她去吃晚饭。

她批完了最后的几张期末考卷，然后把成绩录入上传后，开车回了家。

"别傻站着了，快来端盘子。"父亲浑厚的声音从厨房传来。

虞子衿看着落地窗上雾蒙蒙的水汽，喊了一声："来了！"在玻璃上画了片小小的橄榄叶。

"怎么这么烫啊？"她嚷着把盘子咣当一声扔在桌上，被母亲笑着说了一句"小心"。

一家人在桌边坐定，虞子衿取了三个高脚杯，从酒架上拿了那瓶林许亦送的红酒，给父母和自己倒了半杯。

父亲摇着杯子略微醒了下酒，然后举起了酒杯："来，先干一杯。"

"干杯！初雪快乐！"虞子衿很托气氛地跟父母一一碰杯。

虞适一口喝下了一大半，咂了咂嘴，露出一点笑。

"你瞧瞧你爹，人家都是抿一口，你爹直接干一杯。"母亲笑着用胳膊捅了捅虞适的胳膊。

虞子衿夹了个饺子，在醋碟里蘸了一下，一边嚼，一边"哼哼"地笑。

餐厅里的灯光明亮而温和，漆黑的窗外似乎下着荧光的雪，桌上的饺子不断冒出热气，虞子衿拿出手机拍了张饺子的照片，然后给林许亦发了张图片。

她已经很多很多年没有感受过今天这样的家庭温暖了。

"哎，酒是好酒啊。"一向寡言的父亲似乎喝了半杯就已经醉了，又喝一口，大声感叹。

虞子衿只偷笑，不说话。

"是那小伙子送的吧。"高脚杯被搁在桌上，发出清脆的一声响。

"咳咳咳——"虞子衿没有预备，重重地呛了一口。

她没完没了地咳嗽了半天，才敢红着脸抬起头——父母正结束一个意味深长的对视，双双看着她。

"您喜欢就行。"虞子衿拿了张纸巾擦了擦嘴。

"挺喜欢的。"虞适喃喃。

"小伙子叫啥名啊？"虞适又夹了个饺子，并没有蘸醋，送到嘴边时，似是不经意地一问。

"林许亦。"

"怎么这两天没见你们俩约会啊？"

虞子衿又呛了一口。

梁雨烟再次捅了捅虞适的胳膊："孩子没在家里住，你怎么知道没约。"

虞子衿看着两人的小动作，感觉自己一瞬间似乎回到了几年前和苏航恋爱被抓包，然后恼羞成怒的时候。

只是这次，她不再责怪父母。

感谢林许亦，让她明白了一些事情，也终于放下了一些事情。

"没，他回大使馆工作了。"

"马上就过年了，回E国了吗？"梁雨烟有些疑惑地看了她一眼。

她一怔。

之前母亲问她林许亦具体做什么工作的时候，她耍了个心眼，说林许亦还在E国的大使馆，主要就是担心他们对于萨罗有些顾忌。

她之前在萨罗，因为战争导致哮喘和心脏病复发，幸亏朗颂在父母面前帮忙做了隐瞒。

她踟蹰了几秒，觉得还是不能说假话，便小声道："没有，他现在结束了任期，在萨罗大使馆工作。"

餐厅里沉寂了几秒。

父母没再说话，举起筷子，又夹了几个水饺，但虞子衿没动筷子，只是静静地看着他们。

"那他是刚刚开始任期吗？"吃了好一会儿，梁雨烟才开口问了句。

"任期差不多还有一半时间。"她小心翼翼地回答。

"那就是还要在F洲待很久？"

"至少要满一个任期。"

虞适又喝了一口酒，然后缓缓开口："我们还是觉得这样的工作有些危险，也不稳定。"

虞子衿闭了闭眼，已经可以想象后面的场景，但还是耐着性子继续说："那也没有办法，怎么，您又要阻止了？"

她说的时候声音里带着点玩笑的意思，虽然是试探，但也尽可能不让饭桌上的气氛变得剑拔弩张。

虞适叹了口气。

梁雨烟也叹了口气。

"我们也不是要阻止你们。"梁雨烟的声音轻柔了下来。

"那是什么意思？"她有点憋不住了。

"我们只是希望你们能注意安全，不要再——"

虞适的声音提了个八度，但说到一半就停下来了。

虞子衿低下了头，虞适也意识到自己说错话了，良久，一声轻轻的叹息。

"我只是希望你能一直幸福快乐下去。我们就是心疼你啊。"

这句从来没说过的话脱口而出，像一枚锋利的钉子，凿进了虞子衿的心里。


吃完饭，帮母亲收拾好碗盘，又洗好碗，虞子衿穿过客厅，无视了坐在沙发上偷看她的父亲的视线，一个人上了楼。

她坐在卧室的飘窗上，看着外面纷纷扬扬的雪。

父亲最后说的那句话，还是重重地撞到她的心里。

可能从前是她不懂吧，不懂为人父母的那份简单的心。

她在飘窗上坐着看了好久的雪，微信提示音响了一下，是林许亦回的消息。

"包的什么馅儿的？"

她看着屏幕笑了笑，手指上下翻飞地给他发消息。

"白菜猪肉、芹菜牛肉、素三鲜。"

"种类还不少。"

"你喜欢什么馅儿的？"

"怎么，你也会包？"

"太小看我了。"

虞子衿忘了刚刚那些沉重的想法，坐在飘窗上跟林许亦聊天。

又一声微信提示音，发送人是图利特，只用Z国语言打了个"在吗"。

她有些疑惑，没想到图利特会用微信给她发消息。

她盯着屏幕等了一分钟，一行英文刺痛了她的眼睛。

"Teacher's wife is dying.（师母快要不行了。）"

# 第七章

傲慢与偏见

## 01

今天是朗颂来萨罗的第三个星期的周末。

不过对现在的她来说，昼夜都快要无法区分了，还遑论什么周不周末。

早上七点，她从德内亚中心医院的临时医生宿舍里出来，和来自Ｕ国的妇产科男医生威格摩一起往门诊中心大楼走。

因为朗颂主要负责产科的麻醉，且当时蔚凉医院只选了她一个麻醉医师，所以两人很快便成了亲密无间的同事和战友，总是结伴吃饭、回宿舍。

"你的手好点了吧？"迎着晨光，两人走进了大楼，威格摩似乎突然想起了什么，问了一句。

"好多了。"朗颂向门口的两位萨罗官兵微笑着点了点头，然后用流利的英语回话。

"还抖不抖了？"高大的Ｕ国人转过头，用一双澄澈的蓝眼睛看着她。

从昨天开始，她接连在产科工作了将近十二个小时，刚在休息室里睡了没超过一小时，就被叫醒去做一台孕妇大出血的手术。

术情凶险，手术做了六个多小时，朗颂才强撑着已经接近虚脱的身体走出了手术室。当时她站在水池边洗掉手上的鲜血时，威格摩正站在一边，刚巧看到了她已经抖得关不掉水龙头的手。

"早就不抖了。"她一边说着一边转头把手伸过去，在他眼前晃了晃。

"看来恢复得很快嘛。"威格摩笑着握了下她的手。

朗颂有些不自然地笑了笑，然后收回胳膊。

来萨罗第一次见到威格摩的时候，朗颂还是有些顾虑的，一个金发碧眼又身材高大的年轻男人要在一个思想十分落后、保守的国度担任产科医生，她很担心产妇们会不会因为性别拒绝他的治疗。

不过后来，朗颂也逐渐意识到，在生命面前，没有什么性别之分，活下来才是最重要的。

而且男医生的优势有很多，最明显的就是体力优势。一台高强度、需要精神高度集中的手术做下来，她整个人都要虚脱了，威格摩却可以回宿舍休息个三五小时，就精神十足地继续开工。

两人进了医院的大厅，才发现今天的病患似乎格外多，里里外外数不清的担架抬进来又抬出去。

"估计昨晚哪里又遭到恐怖分子袭击了。"威格摩看着朗颂收回的手臂，又四处环视了一周，然后叹了口气。

他原本等着一旁的朗颂回答，但预期的声音一直没有响起。

他有些奇怪地转头看了一眼，他看到朗颂正傻愣愣地站在刚刚的地方，与一个陌生的Z国男医生隔着几米的距离面对面地呆立着。

两双黑色的眼睛似乎纠缠了很久，高大却清瘦的Z国男医生大步走到朗颂身边，伸出手臂，给了她一个巨大的拥抱。

威格摩隐隐听到，两人说的是那句经常用来打招呼的Z国话——好久不见。

朗颂的头靠在徐江麓的肩膀上，回了一句"好久不见"后，徐江麓就匆匆松开了她，戴着口罩的脸上只露出一双大眼睛，眯起来冲她笑了笑，然后阔步离开了。

朗颂独自站在原地，愣了许久，脑子才慢慢开始转动。

因为父母最后的妥协，朗颂被强制分配到了相对安全的德内亚中心医院，而很多同行的同事却直接上了一线战场，在紧急伤病营中救死扶伤。

徐江麓就是其中一个。

自朗颂来萨罗的第一天，在组织大会中和他见过一面之后，两人就再也没有见过。所以对他们来说，的确是"好久不见"。

其实两三个星期也并不算长，但对于在这片战火中经历过无数次生死的他们，却好像已经过去了许多年。

刚刚看到那个熟悉的穿着白大褂的身影出现在她面前的时候，朗颂恍如隔世。

"你的同事吗？"朗颂还在愣神，威格摩已经走到她身边，轻声唤醒了她。

朗颂如梦初醒般地点了两下头。

"走吧？"威格摩似乎并不怎么感兴趣，直接转了话题。

"好。"她连忙迈步。

一路爬上楼梯，两人穿过一道道走廊和人群。

朗颂的心里百转千回。

徐江麓似乎瘦了一些，看起来也沉稳了许多，总算是有个医生的样子了。

挺好，她低下头。


虞子衿下了飞机，拖着个小小的行李箱，急急忙忙地跑出机场，打了辆出租车，用许久不用的 Y 国语言报了一串地址。

二月，D 市的温度已经低至零下，虞子衿将车窗玻璃开到最大，冰凉的风呼啸掠过，直直地拍在她的脸上。

出租车开得很快，车外的景色迅速掠过，虞子衿一双眼微微眯着，打量着这个已经有些陌生的城市，恍然意识到，原来已经过去许多年了。

车在路边停下，虞子衿付了钱，道了谢，然后提着行李走到了街边。大概是刚刚下了雪的缘故，街上并没有什么人，一棵棵巨大的梧桐树下积了许多雪。虞子衿凭着许多年前的记忆，一路沿着斜坡走到了街道最高处的一栋砖红小楼前。

小楼的屋顶积了雪，红色和白色交融在一起，显得鲜艳又刺眼。

院子的铁门没锁，虞子衿直接走了进去。

她正缓步地往房门边走，门却突然打开了，一个一头金发的 Y 国人刚好推门出来。

"师兄！"她只一愣，就马上大喊着向男人奔去。

男人站在红色的砖瓦下，看到虞子衿时还有些发愣，大概是没有辨认出她是谁。直到她一句"师兄"喊出，他才反应过来，连忙将她拥在怀里。

"好久不见。"虞子衿紧紧地攥着图利特的毛线衣，声音涩涩的。

她像个小孩子一样吸了吸鼻子，分开后攥着图利特的一只袖子。

"几年不见，没想到你现在这么有女人味了，啊？"图利特低头看了一眼虞子衿抓着他袖子的手，笑了笑。

"你的浪漫气息依旧啊。"虞子衿抬起头上下打量着图利特。他似乎没怎么老，还是一头灿金色的头发，人修长瘦削，一身文艺知识分子的书卷气。

虞子衿的话刚说完，一阵风吹过来，高大的梧桐树树枝摇动，发出一阵萧瑟的声音。两人沉默地面对面站着，只觉得物是人非，满目荒凉。

许久，虞子衿才强打起精神："怎么样，师母现在是你在照顾吗？"

"我和其他几个师兄轮流照顾，今天刚好是我。"他低着头，淡淡道。

"那我们进去吧。"

虞子衿换了拖鞋，轻轻地踏着柔软的地毯，一路穿过这条自己曾经在许多个寒暑假都会奔过的长廊。昏暗的长廊里有一盏盏灯亮起，她似乎听到那个中气十足的声音在呼唤她的名字，她大喊一声"来了"，一边做着鬼脸，一边踢踢踏踏地往二楼跑，气喘吁吁地推开一道门，里面坐着她爱的德劳科西亚。

约翰逊·德劳科西亚，是她的外国语言文学导师，她是他的关门弟子。

八年前，她战战兢兢地拿着那封准备了好久的自荐信，递到德劳科西亚的手上，然后也不知道是走了什么样的好运，她成了他唯一的女弟子。

那一年，她二十岁，他七十岁。

是德劳科西亚，让虞子衿重新感到了家庭的温暖；是德劳科西亚，让她真正地领略了这个世界上无与伦比的文学魅力；是德劳科西亚，让她已经在很小的时候就死去的心又重燃起一团火。

师从德劳科西亚五年多，虞子衿因为和父母僵硬的关系连寒暑假都不回家，德劳科西亚就开车把她从米兰的大学接回 D 市的老家。老师和师母把她当孙女看，在所有师兄打趣她的时候，将她藏在身后；在她春节孤独想家的时候陪她包饺子，在家里贴上满窗的红色窗花。

那段过去，是她二十几年的人生中为数不多的温暖，让她能重新在心中升起温暖，重新用爱去拥抱世界。

作为老师唯一的女弟子，她得到了老师的倾囊相授，再加上本身的文学天赋，她很快在学术界崭露头角。

三年前，她刚刚博士毕业，离开 Y 国回了 Z 国，就在手机上看到了一则新闻，说世界著名文学大师约翰逊·德劳科西亚深陷学术不端事件。

当时她正在报社里当着实习记者，等她结束实习赶到 Y 国时，这件事已经落下帷幕。

没法辩驳，德劳科西亚在世人面前"灰溜溜"地"滚"回了老家，被人认为枉为人师。

虽然虞子衿和所有的同门都坚定地相信着老师，但这件事终究还是击垮了这个一辈子都骄傲着的学者。祸不单行，老师很快被查出了肺癌，不到一年就与世长辞。

昏暗的起居室里燃着火，欧式的白色木窗外是一片干枯的雪景。时间果真过得很快，如今又一个她爱着的人要离开她了。


"我和他们都听说了你得了普利策新闻奖，只是没想到现在才有机会祝福你。"图利特垂头坐在柔软的沙发上，两条长长的手臂撑在腿上，很是颓唐。

"他们"是指她的其他九十八位师兄。老师一辈子带了一百个学生，如今个个都成为相关行业中独当一面的人物，老师却不在了。

其实，老师早期的学生，她大多是不太认得的。图利特是老师在她之前收的一个学生，因为年龄只比她大几岁，所以两人便玩得亲近些。

"谢谢。"她露出个苍白的笑。

老师的葬礼之后，他们所有人就各奔东西了。这个每年大家都会来的 D 市小楼，似乎成了他们都不愿意再去触碰的伤口，直到今天，才不得已地撕开旧痂。

"太太她醒了。"老师家里的保姆还是之前的简太太，她拖着不太便利的腿脚从楼上下来，冲虞子衿和图利特说了一句。

虞子衿立即从沙发上起身，图利特也紧跟着站起来，两人几乎小跑着往楼上走，然后推开了那道沉重的木门。

屋里的光很好，师母德劳科西亚太太正躺在床上，精神看起来还不错，一双有些迷离的眼睛望着走进门的虞子衿，看了许久。

"师母。"她带着哭腔走到德劳科西亚太太的床前。

那双饱经风霜的棕色眼睛颤动着，在她的身上晃了许久，最后干瘪的唇边露出一丝笑，轻轻地点了点头。

"悠悠，能看到你真好。"德劳科西亚太太叫了她的小名，依旧还是从前温柔体贴的语气。

"我们之前来的时候，师母都认不出我们了，没想到她还记得你。"图利特的声音低低的。

"当然了，我是老师和师母最喜欢的孩子，当然不可能忘记。"她眼中噙着泪，咧嘴笑着坐到德劳科西亚太太的床上，视线一刻也不离开老人。

"我在电视上看到你拿了普利策新闻奖，祝贺你。"德劳科西亚太太的声音轻轻的，似乎只有一点微弱的气声。

"嗯，我会继续努力的。"她像从前一般，低着头，轻轻点了下。

眼泪受不了重力的吸引，掉在了被单上，洇开一朵浅白色的花。

"我要和悠悠单独说一会儿话。"德劳科西亚太太艰难地偏了偏头，看向站在门边的图利特和简太太。

"好。"图利特顺从地点头，和简太太退到房外，轻轻地带上了门。

屋内光线十足，浅色的家具，白色印花的被单，空气里飘散着淡淡的药味。

"悠悠。"老人的声音清浅却绵长。

"我听图利特说你拿了普利策新闻奖，还去了战地，在那里拯救了很多人。

"我还听说你有个很爱的人也离开了你。"她的声音逐渐变得微弱，但眼神里全是怜爱和不舍。

"嗯。"虞子衿的眼泪不停地往下掉，手紧紧地抓着师母的手，似乎已经预感到了这是她们最后的一段话。

"人生就是这样，看着爱的人一个个离开，最后再轮到自己。"老人露出一个释怀的笑容。

"你刚刚进门的时候，我就认出你了，我只是在确认你是不是一切都好。"老人的声音越来越微弱，也越来越缓慢。

虞子衿更紧地抓着她的手，连连点头："我一切都很好，我和爸爸妈妈也都很好，我又有了爱的人，他也很爱我。"

她看到那双棕色的眼睛在一瞬间扩散了一下又收紧，好像终于放下了什么。

"那就好。"老人呼了口气，然后继续说，"德劳科西亚先生第一次见你的时候，便告诉我，说你渴望爱。从前是我们爱你，现在又有人替我们爱你，我很高兴。"

"对不起，师母。对不起，这么多年我都没回来看您。"虞子衿已经哭得声音时断时续。

"没关系，孩子。"老人的脸上努力挤出一抹笑容，似乎融化了一直结在虞子衿心上的一层冰，"我知道你和他们都不想重回这个伤心地，德劳科西亚走的时候叮嘱过我，希望你不要揪着过去不放。

"现在我也要走了，不过幸好我能亲自嘱咐你。

"不要耽于过去，无论是童年，还是德劳科西亚。

"你其实从来都不缺人爱，师母也希望你能一直爱别人。"老人闭上了眼，声音虚弱。

太阳已经到了西边，红色的光透过窗户，正好打在床头上和老人的脸上。

"这么多年，德劳科西亚总说把你当孙女看，但其实是当女儿。

"我们没有孩子，就更没有孙女。我答应德劳科西亚，要和他一起爱你，你也没有辜负我们的爱。"老人又睁开眼，视线直直地迎着阳光，注视着虞子衿的脸。

"悠悠，别哭，抬起头。"她用微弱的力量抬起手指，挠了挠虞子衿的手心。虞子衿艰难地抬起头，已经泪流满面。

"没关系的，悠悠。"她笑了笑。

"你要记得，爱自己，爱人，爱世界。

"我和德劳科西亚永远都会相信你，祝福你。

"你始终都是我们最骄傲的孩子。"

她恋恋不舍地在虞子衿的脸上打量了一遍，似把虞子衿的脸深深印进记忆里，然后闭上了眼。

"我累了，叫简太太上来帮我吸氧。"合眼之后，老人又说了一句。

虞子衿慢慢地起身，打开房门去叫人。

简太太缓缓地爬上楼，虞子衿看着她给师母戴上氧气面罩，然后以"太太需要休息"为由，将她送出了房间。

后来的一整个星期，D市都没有下雪，每天都是艳阳天。

第二个星期的星期一早晨，虞子衿被敲门声叫醒。窗外飘着雪，屋外的人说，德劳科西亚太太走了。

她还是没陪师母走完最后一程。

其实，有时死亡就是这样，你没办法见到那一刻真正的到来，却总是在恐惧那一刻的结束。

死亡本身并不可怕，可怕的是它给活着的人带来的恐惧。

师母走得很安详，虞子衿和图利特很快安排好后事。三天之后，葬礼在早就挑好的墓地举行。现场气氛庄严肃穆，墓地上摆满了师母生前最喜欢的乳白色的玛格丽特花。老师的一百个学生里除了两个意外去世的，其他全部到场。

虞子衿也以女儿的身份，和师母的亲人们站在一起，迎接前来祭奠的亲人朋友。

每位师兄都惊异于虞子衿的变化，葬礼结束之后，没有其他安排的师兄都一起坐在德劳科西亚先生的砖红色小楼的会客室里聊天。

他们聊了各自的现状，聊了对小师妹的关心，聊了世界各地的文学现状，聊了从前一起师从德劳科西亚的日子，也不可避免地聊到那件令老师一生蒙羞的学术不端事件。

虞子衿全程都是静静地听着，偶尔有人提到她时，她会浅浅地笑一下。直到他们谈到老师的死，谈到那次事件，她才皱起眉头，但也还是很快舒展。

夜幕降临，客人们渐渐散尽，虞子衿与师兄们一个个拥抱，她收到了所有人的祝福，也祝福了所有人。光这一个小小的道别就用了一个多小时的时间。

毕竟，谁都不知道，他们下次见面，是在什么时间、什么地方了。

　　当房间里只剩下虞子衿和图利特的时候，她的心里终究还是感觉空落落的。

　　两人在起居室对着壁炉坐了一会儿，虞子衿说要打个电话，一个人上了楼。

　　她本是打算回房间的，可当她经过走廊，看到师母给老师画的那幅画像之后，眼泪却再也无法抑制。她今日所做的所有体面、所有坚强，都被老师的笑容击得粉碎。

　　一日为师，终身为父。她舍不得德劳科西亚，舍不得德劳科西亚太太。

　　她走到走廊尽头的窗边，外面月亮刚刚升起，地面积的一层厚厚的雪，让整个后街都亮如白昼。

　　她拿出手机，拨了个号码，然后放在耳边静静地等待。

　　直到那个温润如玉的声音在电话那头响起。

　　虞子衿望着窗外的月亮，眼泪吧嗒吧嗒地往下落。

　　"林许亦，我师母去世了。

　　"D市今天下雪了，你那里还是夏天吧。

　　"好像萨罗只有夏天。"

　　她低着头，一只手捂着嘴，但眼泪还是一滴滴地落在窗台上，发出清脆的声响。

　　电话的另一端，只有男人的呼吸声。

　　"悠悠，人死不能复生。"他的声音淡淡的，却似乎也染上了伤痛，让人觉得低沉又压抑。

　　"人生就是要一次次地跟爱的人告别，这是没有办法的事。

　　"你现在难过很正常，但没有哪个已故的人，可以时时刻刻地被你想着。总有一天你会不再时常想起他，你也会渐渐忘了他的样子，忘记很多曾经的细节。只有在触景生情时会再想起过去。"

　　他声音娓娓动听，好像亲身述说着自己的经历，在这个冬天的雪夜给了虞子衿最大的慰藉。

　　她用力地握着手机，也捂住自己的嘴，眼泪在脸颊上干涸，又重新流淌。

　　她努力抑制住抽泣，声音颤抖着。

"可我就是很想他们，也很想你。"

02

虞子衿在 D 市又待了几天之后，图利特在机场为虞子衿送机。

他说："他们都很舍不得老师和师母，都想替老师正名，让他在九泉下安心。

"但师母也叮嘱过我们，人都已经埋进土里，她和老师都只希望给人留下温暖和快乐，那些不甘和痛苦就混进土里一起埋了吧。"

回家之后，正赶上新年，虞子衿十几年后第一次陪父母过了个团圆年。她也给朗颂打了电话，问候了对方和那个小帅哥。

她还时不时地给林许亦拍她跟母亲学做的很多家常菜，虽然他总是不能及时回复。

蔚凉的白玉兰都已经开花，虞子衿坐在办公室的窗边，惊觉连春天都来了许久了。

白玉兰的花繁而大，有厚重感的洁白花朵开了一树，有时一阵风吹来不小心落下几朵。

虞子衿拿了手机拍了张白玉兰的照片，心血来潮地挑了个好看的滤镜，发在朋友圈里，也发给了林许亦。

朋友圈里很快有一堆上课玩手机的熊孩子给她点赞评论，邓夜给她评论了一句"不知道萨罗的沙漠里有没有花"，还加了好几个龇牙的表情。

她笑着摇了摇头，警告他，花是没有，办公室的茶已经准备好了。

邓夜冒着被骂得狗血喷头的危险，又回复了两个害怕的表情。

虞子衿又笑了一下，也不再理会，放下手机继续工作。

一个多月前，一直没有联系的维克托先生打来电话，说沃尔德世界慈善组织策划了一个大学生暑期志愿活动，地点正是萨罗。

维克托也是听安菲娅说虞子衿现在在蔚凉的一所大学里当老师，所以这个策划案一想出来就想到了她。

这个项目是和 Z 国驻萨罗大使馆一起举办的，过春节的时候，萨罗政府终于打赢了与反政府军之间的战争，恐怖组织也几乎被消灭殆尽，现在正在轰轰烈烈地进行着战后重建工作。

虞子衿仔细地了解了项目的具体策划，得知这个项目的主要体验活动都是在 Z 国驻萨罗大使馆进行的，安全度相对来说已经算是很高了。

她考虑良久，征求了学校的意见。学校本来就有在萨罗开设孔子学院，也一直和大使馆保持着良好的关系，所以经过三方协商，又有虞子衿在中间搭桥，这事儿终于算是定了下来。

到现在为止，已经有十几个学生报名了这次志愿者活动。因为这是沃尔德世界慈善组织第一次和 Z 国学校合作举办学生志愿活动，所以校方征求了报名学生家长的意见，现在通过报名的学生都已经开始办签证了。

林许亦应该已经知道了这个活动，但也一直没跟虞子衿提起，她也索性不提，就当这是一个心照不宣的惊喜。

手边的手机屏幕亮了一下，虞子衿解锁手机，果然是林许亦的消息。

他先是感叹了一下春天真好，然后发了张办公室里温度计的照片，说大使馆停电，屋里都快要四十摄氏度了。

虞子衿回了个幸灾乐祸的表情，说自己马上有一节课要上，便关了手机，从桌上拿了几本书装进包里，下楼去了。


"好了，问问题吧。"一个半小时的课堂接近尾声，阶梯教室里，虞子衿例行最后五分钟的提问环节。

"老师，书信作业什么时候交？"有坐在后排的男生大喊。

"暂时不着急，至少给大家半个月时间。"她已经开始收拾书本，但看大家丝毫没有要动的意思，便收回了手，重新摆出一副认真倾听的姿态。

周五下午的最后一节课，孩子们到底是吃错了什么药，才能如此坐得住。

"说到这儿，我要再嘱咐几句了。"她虽然只当了半年的老师，但作为老师的职业病没少犯。

"注意书信体的格式和称谓。既然是与国外作者的书信，就更要注意语言和表达，书信是一种对话，要让我看到沟通的意图。辞藻固然很重要，但也不要过分引经据典。如果选择的是世界历史中的大文豪就更不要这样——"

"知道了，知道了。"她的话还没有说完，就被底下的学生不耐烦地打断了。

她无奈地闭上嘴，露出一个很僵硬的微笑，在心里默念了几个"不生气"和"我好难"。

她觉得跟一帮年轻人待在一起，自己也变得年轻了，或者说是被气年轻了。

"那还有什么问题吗？"她又问一遍。

"我有。"班里的一个男生少有地抬起了昏沉了一整堂课的头，然后站起身。

"嗯，说。"她把身子往讲桌侧面一倚，冲他抬了抬下巴。

"我还是没考虑好去萨罗的事情，老师你能再给我们说说吗？"男孩子的声音青涩但充满力量。

虞子衿怔了一秒，眯了眯眼去看那男孩子的脸："你是梁嘉朔对吧？"

"对。"男孩冲她摆了个很皮的笑脸。

"下课了你可以过来单独找我问，或者我微信回复你，就不让大家一起在这里等着了，可以吗？"

"不可以！"满堂齐声大喊。

她本是好心体贴这些坐不住的学生，但没想到学生们竟一个个对萨罗这么感兴趣。

大概是她上次对萨罗的描述和介绍说得太文艺了点儿。

"行，那就在这儿说。"

"老师，萨罗的房子都是建在沙漠上的吗？"

"老师，现在萨罗是不是还有很多兵哥哥在把守啊？"

"我们去了是不是能在大使馆里见到很多的工作人员和外交官？我们能不能和他们认识啊？"

"老师，沙漠那么热，你去了怎么没被晒黑？防晒霜推荐一下？"

虞子衿看着这帮对战争和异域国度充满着想象的孩子，抚了抚额头。

她之前的介绍成功地打开了潘多拉的魔盒，放出了一堆怪物。

虞子衿正打算再具体地介绍一下这次的活动策划，顺便回答大家的问题，但讲台上的手机突然振动起来。她瞟了一眼，是他们文学院汤院长的电话。

已经下课了，她估计院长是有急事找她，否则也不会周五要下班的点给她打电话，所以她冲学生们做了个"嘘"的手势，接通了电话。

"喂，汤院长。"她走到门外压低了声音道。

"我马上就要下课了。"

"现在去您办公室一趟？"

"好，就来。"

她挂了电话，心里生出了几分不好的预感。

院长办公室在文新楼的顶楼，虞子衿进了办公室，汤院长正端端正正地坐在椅子上等着她，桌上已经泡好了茶。

"院长，您找我？"虞子衿敲门进去，直接坐在了办公桌对面的椅子上。

"啊，对。"汤院长年纪大了，反应都有些慢。

"都已经下班了，我也不多浪费你的时间了，我就直接说吧。"他虽嘴上说着要直接说，却还是踟蹰了几秒。

虞子衿看出他的犹豫，也知道不是什么好事，但还是连忙说："没事，您说。"

"是这样的，今天上午教务处接到举报，说你在课堂上提到你的老师，德劳科西亚。"

虞子衿本来以为，叫她来是了解关于去萨罗的公益项目，压根儿没往这方面想。她低着头沉默了两秒，最后勉强笑了笑："我在提老师的一些研究成果的时候，连他的名字都不能提了？"

汤院长似乎听出了她语气中的不甘，连忙开口："小虞，我不是这个意思。"

汤院长已经一把年纪，做学问也已经差不多做到了国内顶尖的水平，但也奈何一辈子都在做学问，在为人处世方面的确不怎么圆滑，经常在处理这样的烦心事时表现得过于直白。

"首先，我十几年前有幸见过德劳科西亚先生一面，我也很仰慕他的思想和才华。但是毕竟他后来出了那样的事情，有些污点沾上了就没有办法洗掉。我们做学问的能客观地看待他的学术和个人，但学生们还小，他们不懂啊。他们了解到一点新闻，就随口跟父母那么一说，虽说不是有心的，但有些家长就会放在心上。

　　"鉴于这件事情当时在全球都产生了负面影响，现在有家长向我们提建议，要求换掉你，我们也——"汤院长往后座上一倚，看得出他也十分为难。

　　虞子衿沉默地听院长说完，打开桌上的茶杯盖，茶叶还没完全泡开，水面上还有几片茶叶缓慢地盘旋着。

　　"没关系，是我的问题，您和教务处决定就好，我都能接受。"她又恢复了以往冷冰冰拒人于千里的样子。

　　"唉，我也不是这个意思啊。

　　"我们自然不会答应家长的要求，我只是想说——"

　　"希望我不要再向学生提我老师的名字了是吗？"虞子衿抬起头看着汤院长镜片后那双幽深的眼睛。

　　汤院长几次开口似乎还想解释什么，但最终还是叹了口气答了声："对。"

　　"好。"她收回目光，低下了头。

　　"我希望你不要多想。"汤院长又补充一句，虞子衿也点了点头。

　　"你最近帮忙弄那个志愿者项目，也挺累的，快下班回家休息吧。"汤院长最后不忍再说什么，向她摆了摆手。

　　她又道了句好，然后转身离开。


　　深夜，虞子衿躺在漆黑的卧室里，平板电脑的屏幕映照出她苍白的脸，屏幕上是浏览器打开的一个个关于德劳科西亚学术不端事件的新闻报道窗口。

　　德劳科西亚是她这辈子最珍重的老师和长辈，她坚定不移地信任他。

　　可世人不会。

　　他们在事件还只是展露一角的时候，就开始众说纷纭，举着一面所谓的正义的旗子，痛骂老师没有师德，然后等待最后的判决。等结果一出，他们也根本不会想去听听当事人的辩解，只是觉得自己自始至终都站在真相的一边，然后继续去痛骂，扮演自以为的英雄角色。

其实，有时真相并不叫真相，而叫自以为的真相；有时正义也并不叫正义，而叫自以为的正义。

他们只需要与自己内心相符的真相和正义。

虞子衿倚着床头，看着电脑屏幕，一直到天光大亮。

她不在乎别人的指指点点，不在乎别人对她的轻蔑和偏见，她只在乎自己爱的人。

师母和师兄都希望一切从此结束，埋进土里，但她不想。

她只想要将真相公布于众，去狠狠地打一次那些"英雄"的脸。

清明节假期，虞子衿多请了一天假，以给亲人扫墓为由，只身飞回D市。

她以学术研究为由，跟图利特要到了暂由其保管的老师家及那个装满了老师一辈子研究成果和研究资料的书房的钥匙。

她一个人去超市买了很多速食品，反锁了老师家的门，一个人坐在三面顶立到天花板的书架之间，开始一本本地翻找老师留下的日记和手稿。

老师因为年纪大了，并不习惯把自己的一些学术思考用电脑记录下来，所以总是会手写在许多很厚的牛皮本子里，记完一本就再换下一本。

这样的牛皮本子，她一共找到了四十多本。

她几乎两天没睡，翻完了所有的本子，又用一天时间整理了前十几本的内容框架，一直整理到第三天傍晚，夕阳照进了这间阴暗的书房，她才想起，三天已经快要过去了。

她撑着已经快要撕裂开的脑袋走出了书房，下楼给自己煮了壶水，下了点速冻水饺，然后坐在餐桌边给院长打电话。

她以哮喘病复发为由，请了半个月的病假。

锅里的饺子翻滚着，顶着锅盖发出轻轻的声响，几缕水汽从缝隙中钻出，消逝在昏黄的灯光中。

从餐厅的窗户可以看到后街，有两个调皮的小孩儿正拿着弹弓，在打小楼后面那棵毛榉树上的鸟。

她听到一阵熟悉的音乐响起，她好像看到那个美丽优雅的太太正踮着脚，去拿墙上橱柜中的高脚杯。因为一直够不着，站在一旁笑着的先生就走到她身边，轻松地拿下杯子，递到太太的手里。

两人已满是沟壑的脸上都积着笑，窗外霞光漫天，打在两人的脸上，夕阳无限，不惧黄昏。

她又转过头，透过餐厅的窗户向外看，看到师兄们正坐在会客厅里，谈笑风生，大喊着酒在哪里。

她坐在餐桌边，笑着低下头，却突然看到桌上的手机亮起的通话屏幕。

现实将她叫醒。

是林许亦。

她恍然才想起，因为整理文献和手稿，她把手机扔在书房外，除了给医生和院长打了个电话，已经快三天没看过了。


虞子衿连忙一面接起电话，一面走到炉灶旁，把半开着的锅盖拿下来。

"喂？"她的声音伴着咕嘟嘟的沸水声，以无线电波的形式，传递到远在另一个大洲的另一个人耳中。

"打扰你了吗？"林许亦的声音轻轻的。

"怎么说？"她终于露出了点笑。

"我听到你那边煮东西的声音了。难得你在研究做菜，我实在不想打扰你。"他的声音里带着点闷闷的笑意，打趣道。

"打扰到了啊。"她看着锅里的水饺，揉了下眼睛。

"你不回来做给我吃，只能我自己研究，然后你还在我研究的时候打扰我。"囤积许久的想念和许许多多的委屈突然涌上心头，她没办法说，压低着声音一边冲他抱怨，一边悄悄地抹眼泪。

"快回了。等我回去，你想吃什么我都做。"他声音低沉，但还是轻轻地安慰她。

她继续低头抹眼泪，不说话。

"最近很忙吗？我发消息也不回复。"

"嗯。"她没憋住抽泣了一下，似乎再也抑制不住。

电话那头的人似乎是听到了她的抽泣，愣了几秒，缓声道："别哭，悠悠。我知道，你没问题的。"

"有问题。"她索性哭起来，不再掩饰。

"谁说的？"他带着笑意，像哄小孩子一样哄她。

"虞子衿说的。"大概是憋了许久的委屈终于找到了出口，她的眼泪完全决堤，好几滴掉进了锅里，一起煮沸。

"虞子衿说的有什么用。

"你只需要相信虞子衿男朋友的眼光。

"她男朋友觉得她一定没问题。"

外面已经亮起了一盏盏灯，月亮也从云中露出半边笑脸。

"她男朋友有个鬼的眼光。"虞子衿破涕为笑。


03

第六天上午，虞子衿终于整理完了老师所有的笔记。

第七天，她将老师所有被恶意污蔑、诽谤的作品全部整理好，并都标好了创作时间线。

下午的时候，虞子衿正坐在客厅里直愣愣地看着窗外的草坪，忽地听到钥匙转动的声音。只穿着薄衬衫和外套的图利特走进客厅，看到虞子衿时吓了一跳。

"这都多少天了？你怎么还在这儿？不上班？"图利特只愣了一秒，便从她的眼神里很快明白了她留在这里的目的。他叹了口气，然后坐到她对面的沙发上。

"我去出了个差，把你给忘了，赖我。"

"你知道老师的日记本都放在哪儿了吗？"她盯着图利特蓝色的眼睛问道。可他始终没说话，她摇摇头，将视线转向窗外。

"老师去世的时候，师母就按遗嘱，将所有的日记本都烧掉了。"

"都烧掉了……"她喃喃。

"悠悠，我知道你不甘心，我们也都不甘心。但事情已经过去好几年了，如今死无对证，我们没办法再去证明什么了。老师那么注重清誉的人，要不是真的没有办法，怎么会就这么放弃呢？"图利特的声音带着焦急，整个身体都倾向她的方向。

"就因为老师到死都没能证明，我才要证明。

"就因为他是个伟大且值得尊敬的人，我才要证明。

"就因为他是我爱的人。"她终于低下头。

图利特吃惊地看了她许久，最后似乎是下了什么决心。

"当年老师在 Bologna 大学做讲座，台下的某个大人物 J 先生十分欣赏他，便将马上要读文学研究生的儿子塞给了老师。

"老师当时同一年的研究生还有两个男生。

"三个学生在最后一年要毕业的时候，只有那个大人物的儿子毕不了业。大人物找到老师，老师没办法，只能一直给那孩子补习，直到他第二年修满了学分，擦着边线毕了业。后来，你成为老师的关门弟子。你毕业的时候，老师决定退休颐养天年，他在整理自己与学生的一些论文和研究报告的时候发现了那个小 J 的问题。

"老师注意到他论文结尾的引用注释不当，一直调查下去，结果发现那是 J 先生给儿子买的论文，顺带牵扯了一个学术倒卖团体。

"这个团体为很多学生进行过学术成果倒卖交易。

"老师找了很多资料，也拿了不少证据，甚至连代写人都已经找到了。但这个团体已经形成了一个庞大的集团，代写人表面只是个普通的研究学者，工作收支看起来都一切正常，他也没办法拿到更多的证据。

"怪只怪老师当时没意识到，那个正常的工资收支，就是由背后那个错综复杂的集团开出的。他调查代写人的事情很快被 J 先生发现，J 先生向他承认了学术成果倒卖的事情，甚至是整个集团的存在，并要给老师一笔钱了事。

"老师没有答应，两人最终撕破了脸皮。老师当时已经做好了因为审核把关不够而被千夫所指的准备，但没想到那 J 先生心狠到了那种地步，不惜舍弃了自己儿子，也要保住整个集团和其他人，将一切诬陷给老师，说他同意学生通过买文章毕业。

"并且附了一段当时他儿子请求老师给他儿子放水的录音。那录音断章取义，前半段老师还义正词严地拒绝，后面却又同意了，显得老师更是道貌岸然。"

图利特说得口渴，从茶几上取水壶倒了杯水喝。虞子衿只静静地坐在自己的座位上，看起来没什么表情，但内心早已翻起波澜。

"其实也不怪 J 先生，他只是整个集团的一环，这当中不知道牵扯了多少权贵和利益，他不得已舍车保帅，丢下了自己的儿子。"图利特放下杯子，感叹道。

"不怪他？"虞子衿挑眉，睁大了眼睛。

"这件事不怪他，还是他舍弃的儿子不怪他？"虞子衿被愤怒蒙了理智，激动地站起来，手用力地指了好几下。

"你听我说。"图利特见虞子衿已经到了要发怒的边缘，连忙解释。

"老师去世没多久，那个 J 先生就因为政治问题被免职了。那个倒卖团体也分崩离析，只是被其他人保住，没有显露出来。"

他看到虞子衿的心情似乎平复了一些。

"我说这么多只是想告诉你，多行不义必自毙。既然他得了应有的惩罚，你就不要再执着什么了。"

"怎么会不执着呢？他们害死了我的老师，可这件事的罪魁祸首现在还能明哲保身，全身而退，我怎么会不执着呢？"她说着说着竟然笑了出来。

"悠悠，老师当年都没办法解决，你就不要再尝试了。

"你是他和师母最疼的学生，他们绝不希望你因为他们搭上自己的前途。

"我们不会让你一意孤行的。"

从客厅一角的窗户能望见楼后那棵巨大的毛榉树，图利特想起虞子衿曾经和他还有其他几个师兄一起去环抱那毛榉树的场景，最后坚定地看着她的眼睛说道。


半个月之后，虞子衿带着一张 SD 卡、一行李箱的 A4 纸和牛皮本回了蔚凉。

她最后还是答应，只为老师的作品正名，不去触及其他问题。

她将老师所有的作品和老师的笔记以复印件的形式收集好，整理出思想内容、框架和创作时间线，又用一张 SD 卡保存了老师的几位在文学界很有地位的挚友不惜自己晚年名声为老师发声的视频和录音。

还有自己和其余九十七位师兄的视频和录音。

这中间她也遇到了很多困难，有几位师兄现在已身在高位，他们很难再以真实的面貌向公众发声，但最后经过她的几番请求，她还是收集到了所有人的音频。

她记得那个下着暴雨的夜晚，她在老师的挚友——研究文字学的大师克里斯蒂安先生的家中，为他录像。他笑着看着她收拾起录像设备，没有因为大雨而挽留她。

老人站在门边，雨水溅到他的身上，他向虞子衿招招手："我活到这个年纪，没有别的所求了，就只希望能够从本心，做点能做的事情。

"快走吧，孩子，你做得对。

"无论结果如何，只从本心，什么都别在乎。"


虞子衿在梦里不断挣扎，她恍惚间听到一阵窸窸窣窣的声音，猛地从办公桌上抬起头。

邓夜和那个总爱坐后排的男生梁嘉朔正拿着一份 A4 翻译件，见她抬起头，吓了一跳，匆匆地将纸塞进桌子上的一摞书里。

虞子衿当作没看见两个男孩的动作，看了看墙上的钟表，已经晚上七点多了。她看着他俩的脸，一脸疑惑："这么晚了，来找我有什么事儿吗？"

两个男孩的视线短暂的碰撞之后，梁嘉朔不假思索道："不是你叫我们来的吗？"

虞子衿被问得一怔，她撑着昏昏沉沉的头想了几秒，却一直没想起来叫他们来做什么。

"老师，我们是六点半来的，但进来的时候你就趴在桌子上睡觉，我们没忍心打扰你，所以一直在这儿等着。"邓夜连忙道。

"我们已经快一个月没见你了，还是跟班主任老师打听才听说你已经回学校了。但你一直不给我们上课，只待在办公室里，我们也很关心你。"邓夜的声音逐渐低下去，一旁的梁嘉朔也连连点头。

"我们看到你桌上的 A4 纸摊得到处都是，就关了窗户，想帮你收拾一下。对不起，我们不是故意偷看的。"邓夜难得正经一次，拉着梁嘉朔的胳膊按着他一起鞠躬道歉。

虞子衿难得觉得俩男孩认真得可爱，只静静地看着他们鞠了个躬，然后沉默几秒，最后一挑眉："你们看的哪一张？"

"这——这，这张。"梁嘉朔忙不迭地把纸从书里面抽出来，双手递给她。

邓夜悄悄踹他一脚，梁嘉朔瞬间一条腿一矮。

虞子衿将两人的小动作看在眼里，偷偷地笑了一下，故作生气地看了一下那张纸，然后道："你们都从纸上看到了什么？"

"看——看到什么？"两人同时一愣，不知道该如何回答，毕竟这应该不是道阅读理解题。

两人在心里挣扎许久，梁嘉朔最后还是往前一步，大义赴死："我们就是看到这篇题目是《卡夫卡笔下人物形象分析》的，因为最近那个代课老师给我们布置的作业就是关于卡夫卡的，所以就看了看。"

"我问你们看到了什么？"虞子衿揉了揉干涩的眼睛。

"我们刚看到《城堡》创作的背景分析……"邓夜小声嘟囔了一句。

"什么感受？"

邓夜瞪起一双迷茫的大眼睛看了虞子衿半天，最后艰涩地说："写得很好，而且我觉得所分析的内容结合了现在和当时的背景，我感觉看完之后《城堡》好像不是那么难读了。"

"对，我也觉得，老师你写得真好。"梁嘉朔连忙搭茬。

"你怎么会觉得是我写的？"虞子衿疑惑。

"这不是你的笔迹吗？"梁嘉朔人长得白，一双堪比白纸的手捏着那张纸凑在虞子衿脸前，用手指头指了指上面翻译出来的Z国字。

虞子衿笑了笑，继续打趣："你们还认识我的笔迹呢？"

梁嘉朔将纸放下，看到她笑了，整个人也顿时没了正经地往桌上一歪，一副"不愧是我"的表情，但很快被邓夜一脚踹正了。

虞子衿终于忍不住笑出了声，又马上收住，话语里带着笑意："这不是我写的。"

"那是谁写的？"两个少年异口同声。

"是老师的老师写的。"虞子衿怔了下，最后还是说出了口。

"是那个德劳——克——"梁嘉朔顿了半天。

"约翰逊·德劳科西亚老师。"邓夜连忙接上。

虞子衿愣了，这个从来不被孩子们接触的名字，她只在课堂上讲过一次，长且难记的英译名字，当时他们完全学不会，现在居然被他们一字不差地记住了。

　　而且后面还跟了"老师"两个字。

　　"是他。"她最后点了点头。

　　"老师的老师果然厉害。"梁嘉朔继续拍马屁。

　　"可他还是因为那次事件坏了名声。"虞子衿的话自然地说出口，才意识到自己说错了。

　　屋子里静了下来，窗被两个男孩关上，屋里只有钟表秒针跳动的细微声音。

　　"没关系的，老师。"邓夜认真地看着虞子衿。

　　"我以前就很喜欢文学，也了解过这位老师，还看过他的一段英文采访。他看起来是个很和蔼的老人。

　　"老师你善良温柔，你的老师也一定善良温柔。"

　　一个刚刚成年的孩子，向她说了这样一句话。

　　"真的吗？"

　　"真的。"男孩的眼睛亮晶晶的，很认真地看着虞子衿的眼睛。

　　"谢谢。"她心中有什么东西慢慢落地。


　　桌子上的手机振动。

　　虞子衿看了一眼本不想接，但发现是林许亦。

　　两个男孩看她本是没打算拿手机的，但看了人名就拿起了手机，打趣道："男朋友？"

　　"不行吗？"她笑了笑。

　　"好的，告辞，不打扰。"两人互相拖着，很快溜出了办公室。


　　"喂，怎么突然想起给我打电话？"虞子衿看着两个男孩关门离开，一边笑着接电话，一边走到窗户旁开了一条缝。

　　"没什么，最近累不累？"林许亦的声音听起来似乎没有虞子衿那么轻松。

　　"还好吧。"虞子衿轻轻说了句，然后就看着窗外的月亮，不再说话。

两人都沉默了许久，虞子衿将大脑放空，什么都不想。

电话那头传来一阵窸窸窣窣的响声，归于平静之后又听到林许亦一声轻轻的叹息："你最近是不是瞒着我在做些事情？"

"你听谁说的？"虞子衿霎时反应过来林许亦打电话的用意。

"帕特尔先生。"林许亦似乎一开始就没打算隐瞒。

"呵，图利特还真是厉害，连你都找到了。"

"悠悠，你不要那么倔。"电话那头的林许亦皱了眉头，但依旧压抑着让声音保持平静。

"我倔什么了？"她不明所以地笑了声。

"我已经大体知道了你现在做的事情，我不建议你这样做。"林许亦的声音淡淡的，似乎并没有什么太迫切的情感。

"嗯，你说。"她也装作不在意。

"且不说德劳科西亚先生已经辞世多年，就单说当年那个学术成果倒卖的团体，有人不惜一切代价都要保下，这中间盘根错节的东西你能挖出、敢挖出吗？"

"我可以不挖那个旧团体，我只是要给自己的老师正名。"她淡淡回了一句话。

"对，你是不需要挖那个团体的底，但只要你把德劳科西亚先生的事搬上台面，必然会被公众广泛关注，那些人也必然会有所警觉的。

"他们绝不会坐以待毙，因为他们也知道舆论的可怕。他们会努力掩盖和解释自己的错误，再重新引导舆论的方向。

"悠悠，舆论的力量真的很可怕，当你的真相不能影响舆论的时候，只能等待着舆论将你吞噬。

"我不想你受伤害。"

林许亦的声音终于有了起伏，他连续地说了许久，结束后重重的喘息声落到虞子衿的耳中。她沉默了片刻，还是一副置身事外，毫不在乎的样子："我不在乎舆论的伤害，我说了，我就只是想为我的老师正名。"

"那些本是他留给后人的宝贵知识财富，不能被那些人随意地践踏。"她说着，一滴泪已经不知不觉地从眼眶中落了下去。

"你非要一意孤行是吗？"

"是。"她没有迟疑。

电话那头也沉默了许久，虞子衿本是要挂断电话的，林许亦却又突然开了口："我有时真的不知道，有些事情明明无法改变，你们为什么还是非要坚持。"

虞子衿愣住了，她有些不明白林许亦的意思。

"林许亦，其实——其实这个时候——"她想了许久，最后还是没有说出口。

"没事，我先挂了。"她不顾林许亦还有话要说，就挂掉了电话。

窗外的月亮已经慢慢爬升，她的脸上挂着泪痕，但一切都是无声的。

林许亦，其实这个时候，我最需要的是你无条件地相信和支持啊。

04

一周之后，虞子衿不顾图利特和林许亦的阻拦，将录制的视频和整理的文件，发在了自己那个已经许久不用的，认证名为"知名战地记者"的微博号上。

因为她的一点点名人效应，以及当年这件事在整个学术界的影响，事件很快发酵。网友抱着心中的正义开始观望，最终选择下水。

甚至连 Y 国的民众，也自发地在国外的社交平台上质问那些当年与此事相关的大学老师和背后的人。

但当年那段无法推翻的录音，以及 J 先生那段声泪俱下地忏悔"教子不善"的视频，让舆论很快倒向另一方。

他们像当初质问 J 先生一样，将矛头调转到虞子衿的身上。他们要她对 J 先生的言论做出回应，并给出直接的证据，但她拿不出。

舆论最终严重两极分化——

少部分的学者和老师赞扬了虞子衿敢于揭露真相的勇气，但大部分的公众还是选择了站在她的对立面，指责虞子衿想红、想火、无良且丧心病狂，不惜拿自己已经去世多年的老师做噱头。

她甚至被网友"人肉"，被人质疑她的学历，质疑她在战地的经历及那张获奖照片的真实性。

虞子衿一个人在家里待了几天，也有人给她打过电话或者上门拜访，表达了对她的信任及想要帮助她的意愿，但她都拒绝了。

她终于用一次真正的失败，去验证了林许亦所说的话。

原来，当你不能给公众一个心中所设想的那般满意的真相时，他们就会毫不犹豫地拿起那把叫作"正义"的矛，狠狠地刺向你。

他们不在乎真相，他们可以没有原则地做墙头草，只要有一阵可以刮动他们的风。

虞子衿曾经在目睹了无数流离战火后得出了"永远不要低估人性"这样一个结论，但现在她也终于意识到"永远不要高估人性"。

是她把一切想得太理想，太理所当然了。

原来这个世界上根本就没有所谓的感同身受，一个人的出生、性格、经历，都决定了哪怕在同一件事上，都永远没办法有同样的感受。曾经是她不懂，原来在这个世界上，跟别人共情是那么难的一件事。

学校前天就给虞子衿打了电话，鉴于这个问题产生的很多舆论影响，她需要被暂时停职，等过了这一阵风头，再想办法重新教课。

她已经在沙发上坐了一整个晚上，现在天又重新亮起，初升的太阳也依旧带着耀眼的光芒，打在她的脸上、身上。

人们总说，黑夜过了，总会迎来黎明的。

可她现在迎来了黎明，却只是一场白夜，没有生机，更没有希望。

虞子衿听到门铃声。

母亲和父亲几次三番地来她家敲门，也给她打电话，希望她能回家去住，她没有同意。母亲就只能每天白天来家里给她做点吃的，再强迫她吃掉。

她其实挺对不起父母，因为她，他们也遭人辱骂。

她没办法保护自己爱的人，现在还连累了更多人。

她努力拖动已经虚浮的脚步来到门前。

门铃连按了三声，是她和父母之间的暗号，她没有迟疑，闭着眼打开了门。

预想中的母亲的声音并没有响起，她睁开红肿的眼睛，看到一群年轻的孩子，正站在她的门前，一双双澄澈的眼睛正饱含关切地看着她。

她愣了两秒，再也无法抑制住长久以来的委屈和痛苦，蹲在门前的地板上，失声痛哭。

"老师，别哭了。"许多双手拂过她的肩膀和背，她将脸埋在臂弯里，在自己的抽泣中分辨出了肖寒那温柔又甜美的声音。

她偏过头用余光偷偷看了一眼肖寒，继续像个犯了错的孩子一样，一边撕心裂肺地痛哭着，一边将头狠狠地低下去。

然后，她被学生们架着胳膊强行拖到了客厅里。

她在沙发上又抱膝哭了许久，最后终于发泄完了长久以来的压抑，她自己低着头摸到了旁边学生递来的一张纸，擦了擦脸上的泪。

本来还在七嘴八舌安慰她的孩子们看到她平静下来，也都纷纷住了嘴，十几双眼睛都静静地注视着她。

"谢谢你们还能来看我。"她的声音哑得几乎要分辨不出音节。

"你是我们的老师，我们不来看你，谁来看你？"邓夜的声音轻轻的。

"其实还有很多同学都想过来，但担心你这里坐不下。"肖寒坐在虞子衿的旁边，一边说一边轻柔地拍了两下她的背。

"不过，没想到老师家这么大，下次可以多叫些人来了。"一个男孩故作轻松道。

"下次我叫你们来这里开 Party。"虞子衿破涕为笑。

学生们纷纷说好。

"老师，对不起。"气氛渐渐轻松下来，一个女孩却突然走到虞子衿的身边。

"我之前听说你的老师是德劳科西亚，我只是很好奇，所以就上网查了下德劳科西亚老师的资料。我本是随口跟我的妈妈一说，我也没想到妈妈会把这件事告到学校。"女孩的脸因为羞愧而涨得通红，一边说着一边向她鞠了个躬。

虞子衿看着女孩一脸认真的样子，只是淡淡地笑了笑，然后把对方拉到身边。女孩蹲在她的腿旁，她弯下身看着女孩，摇了摇头："没关系，不是你的错，与你没关系。"

女孩似乎终于放下了心中的纠结与愧疚，握住虞子衿的手，冲她如释重负地笑了一下。

她看着女孩的笑脸，似乎心里也有什么东西，终于还是放下了。

人人都说，做人要宽容，要大度，不要斤斤计较。可有些事情错了就是错了，它对一个人造成的伤害已经造成了。如果每个过错都可以用一笑而过的宽容代之，那曾经受过的那些苦，经历的那些痛到底算什么？

这件事不是孩子的错，可那些伤害已经深深地刻在虞子衿的身上，她也没办法忘却那些因为痛苦而辗转难眠的夜晚。

但她还是选择原谅。

她没办法将事情就此放过，但她选择了原谅。

"老师，你什么时候回来上课啊？"客厅里正一片寂静，梁嘉朔突然犹犹豫豫地开口。

"宋老师上的课，我们真的听不懂，他要我们写的卡夫卡作品分析，我到现在都没写出来。"

虞子衿看着梁嘉朔一脸委屈的样子，时隔多日，终于咧开嘴笑出了声。

他们不懂得大人世界里的那些虚与委蛇，他们只是表达着自己内心最难以表达的喜欢。

"老师，我爸爸跟校长是大学同学，我可以帮你去问我爸爸。"站在一旁的另一个孩子说道。

"是啊，是啊。"孩子们纷纷附和，七嘴八舌地说着。

虞子衿微笑着听完所有孩子的话，然后咳了两声，清了清嗓子。

"谢谢你们今天能来看我，老师心里真的特别特别感动。我知道这段时间大家都在挂念我，我也看到大家给我发的各种微信、短信消息了，一直没给你们回复，让你们担心了。

"宋老师是研究外国文学的老教授了，大家好好跟着他上课。我现在还有很多事情没有处理完，情绪也没有完全调整好，等一切都安排好了，我一定会回去给大家上课。"

"这段时间让大家担心，给大家添麻烦了。"她站起身，像夏天第一次上台时那样，认认真真地鞠了一躬。

有的学生流下了眼泪，男孩们站在后面踌躇着，直到肖寒上前抱住虞子衿，其他孩子也立刻走上前，一起环抱住她。

"谢谢，谢谢。"她泣不成声。

"上课！"
"起立！"
"老师好！"

五月过半的一个周一早晨，蔚凉大学的一间教室里响起了满堂的掌声。

虞子衿穿着一件白衬衫和一条黑色的高腰长裤，不施粉黛地重新站上讲台。她看着孩子们一张张难掩激动兴奋的脸，露出一个久违的灿烂微笑，说了句"谢谢"。

谢谢孩子们，谢谢他们在她最艰难的时间里一直信任她、支持她；谢谢他们不顾世俗非议，联名写了一封信到校长办公室请求她复职；谢谢他们每个人都上传了许多张她日常的照片并整理成相册发到网上；谢谢他们每个人都面对镜头诉说他们对她的尊敬和喜欢，让那些正义的群众再有意愿看一眼与"正义"截然不同的她。

她曾经一直很排斥当老师，因为她一直觉得老师是一个很神圣的职业，就像她心中的德劳科西亚一样神圣，是她一辈子都没法比肩的伟大。

说来惭愧，她站上讲台的原因，是她的身体让她已经没有别的路可走。可是今天，何德何能，这样的她，能得到这么多孩子倾尽全力地帮助和认可。

孩子们选择无条件地信任她，帮助她，只因为她是他们的老师。

就像她和德劳科西亚一样。

五月的这一天，与从前的任何一天都不一样。

她终于感受到了师者传道授业的重担和使命。

虞子衿顺利地将一节课上完，并在学生们的一片抱怨声中布置了关于卡夫卡作品分析的作业。下课之后，一群孩子簇拥着她走出教室，进了办公楼，又进了办公室。

同办公室的孙老师正在最后调整屋里的摆设，孩子们送给虞子衿一个花房一样的惊喜。

"你们——"她惊讶得有些说不出话。

"哎哎，老师你别误会啊。"刚要开始煽情，邓夜适时地从人群中钻出来。

"我们给你搬这么多花来，你可要好好养着，等六七月份你都养得开花了，我们再搬走。"

虞子衿送了他一个礼貌的笑脸，又往他背上轻轻地招呼了两巴掌。

下午，院里开了一次研讨会，虞子衿也一起参加，其他的老师也很关切地问候了她。

今天的一切都很顺利，开完研讨会已经晚上七点多了，虞子衿在食堂里吃了晚饭，然后又回办公室备课和批改囤积了许久的作业，一直到半夜才开车回家。

十二点的蔚凉大街已经褪去了繁华，千百盏路灯下只有她一辆车的影子，一闪而过。

一路畅通，差不多半个小时就到了家，她望着小区高楼还隐隐亮着的几盏灯，一个人坐在车上沉默了好久，最后掏出手机，登录了自己自从发布了关于老师的文件之后就再也没有登录过的微博。她的消息通知已经爆炸，她忽略了所有的红色提示，在蔚凉大学的官微下找到了那段学生们费了大功夫剪好的视频，点击转发，并补了一段话：

"这个世界上从没有所谓的感同身受，将心比心就好！"

虞子衿编辑好文字发出去，又一个人坐在车上听了许久的音乐。手机轻轻地振动了两下，她打开看到林许亦的微信消息，自动忽略了上面的字，将消息记录删除。

她不想看他说了什么，也觉得没什么必要看，这段时间她也考虑了许多，可能他们确实不合适。

一个极度感性，一个极度理性，从前是被感情冲昏了头脑，现在想清楚了，倒觉得也没什么，各自生活才是最好。

虞子衿删了消息记录，又关掉屏幕，开了车门从地下车库回了家。

洗漱之后，她开了手机定闹钟，那条才发了没有半个小时的微博已经再次被沸沸扬扬地顶上了热搜。许多人在评论里支持并鼓励她，许多人辱骂那些没有心的权贵，许多人说早就知道她是个有师德的老师。

她往下滑着评论，滑着滑着竟然笑了。冰冷的光照在她的脸上，她眨了眨眼关掉界面，退出了微博账号。

无所谓群众的"正义"现在又落在哪里，这次，她再也不会在乎。


周五下午，上完最后一节课，虞子衿提着从市场采购回来的大包小包的东西和班里的几个学生一起回了城东的小复式。

"说你呢，邓夜，还不按电梯？"虞子衿将手中的东西倒了倒手，笑着喊邓夜。

"姐姐，我一手的东西怎么按啊？"邓夜欲哭无泪。

"你不按是要我们按喽？"性子大大咧咧的陈静瞪了邓夜一眼。

"行行，我真是服了。"邓夜一边摇头，一边无奈地勉强抬起一只挂满大大小小袋子的手，按了电梯。

电梯是从楼上下来的，几人在楼下等了一会儿，虞子衿看到电梯到了，调笑了一句"你以为光让你吃啊，不得先当苦力啊"，一众女生也笑着一起进了电梯。

"老师，上次来我就想说了，你们家住二十二楼，如果停电怎么爬下来？"邓夜弓着身子先将东西放在地上。

虞子衿看了他一眼："借你吉言，可千万别这样。"

"也不知道买这些够不够吃？"虞子衿看着电梯不断上升的数字，喃喃道。

"二十三个人，总共七个男生，够了，女生都吃得不多。"邓夜不假思索地答话，遭到了其他几个女生的白眼。

电梯右上方的屏幕停在了"22"的数字上，"叮咚"一声，电梯门缓缓打开。

虞子衿提着东西，喊了一句"孩子们快点"，就率先出了电梯。

她本是一直低着头的，走到门口的地毯前面，正打算放下东西换鞋，却看到了一双皮鞋。

她愣了半秒，也忘了放下手中的东西，缓缓地抬起头。

林许亦正倚着门，一眨不眨地望着她。

身后响起孩子们踢踢踏踏走过来的脚步声。

林许亦的视线只看了她身后一眼，又重新转回视线看着她，问了句"沉不沉"。

她只盯着他的脸，不说话。

林许亦有些尴尬地避开了目光，弯下身子拿走了她手上提的东西。

虞子衿任由林许亦取下了她手上提着的一袋袋东西，目光继续盯着林许亦，也不知道僵持了多久。

林许亦看了眼还提着东西站在后面的几个孩子，小声地说了句："开门吧？"

虞子衿并没有回应他，只是从他身边绕过到门前开了密码锁。

门被打开，她推门让开一条路，对外面的孩子说："进来吧。"

"先把东西放厨房吧。"屋里正僵持着，虞子衿看了看大眼瞪小眼的学生们，忽略了还站在门廊里的林许亦，领着学生们进了厨房。

"你们先把那些要化了的鸡肉洗一下放到盘子里，再把东西稍微收拾一下，我去上个厕所马上过来。"她将女孩们手里的东西一个个接过码在流理台上。好在厨房够大，连同她容纳五个人并不觉得太拥挤。

学生们心领神会地看着她背过身放东西，什么也没问，走上前去开始收拾袋子里的东西。

"别忘了洗手。"她一边开门，一边故作镇定地嘱咐了一句。

虞子衿隔着屏风看到了站在门廊里的林许亦，又飞快地从厨房挪到了卫生间，带上了门。

倚着门喘了几口气之后，她渐渐地平复下来，将水龙头打开洗了下手，不顾自己精心化好的妆容，手捧着水一次次泼在脸上。

都想好要分开了，她实在没必要再紧张什么，直接说就好。

她闭眼摸索着关上了水龙头，伸手抽过毛巾擦了擦脸。

她正将毛巾放回毛巾架上，卫生间的门却被突然打开。

一个高大的人影闪进来，她还来不及反应，就被人环住了腰，整个背抵在了门上。

男人高大的身躯整个抵在她的身上，他低下头，两人对视几秒，压迫感随之而来。

虞子衿没有想到这个久违的吻会出现在如今的情形下，她被整个压在林许亦的身下，唇舌不断交织，让她几乎快要窒息。

林许亦像是一只终于发了狠的野兽，任她怎么捶打和挣扎都不松开唇齿。她睁开眼看着林许亦已经忘情的样子，狠了狠心，在他的唇上咬了一口。

猝不及防的一口，让林许亦马上吃痛地松开了禁锢她的手。

虞子衿趁机将他推开，逃脱了桎梏。

两人大喘着气互相对视，林许亦伸手摸了一下被咬破流血的唇，表情中不知是意料之外还是不出所料多一些，冷笑了一声。

"你为什么一直不回我消息？"他的声音冰冷却好像带着十足的情绪，想要再次将她禁锢在墙角，却被她按住了肩膀。

她倔强地盯着他灼热的眼睛看了许久，最后别过头，说了句"不为什么"。

她没办法看到林许亦听到此话的表情是怎样的，只是感受到他更加迫近的温度和愈加起伏的气息。

"就因为我当初阻拦你去发布那条微博？就因为我在你最需要帮助的时候，没有给你想要的支持？"林许亦看着虞子衿毫无表情地别过脸，整个人的怒气已经快要到了极点。

"你知不知道我到底找了你多久，知不知道我多懊悔没能阻拦你！"他的手钳住了虞子衿的手臂。

"你只想要我无条件地支持，如果没有，就再也不会听我的解释！"他的手逐渐发力，虞子衿的小臂被攥得生疼。

虞子衿的情绪也再也无法抑制，她忍无可忍地用力挣开了他的手。

"是！"她的声音在卫生间响起回音，她瞬间想起隔壁厨房的学生们，又再次压低声音，"我就是不想听你的解释！

"我从一开始做这事就是在一意孤行！就不想听你的劝阻！

"你们做的都是对的，是我错了，是我错了！"她压低声音用力地喊着。

浴室里的白炽灯异常刺眼，她望着林许亦那张许久没有看过的脸，一滴泪落了下来。

"林许亦，你是真的这么笨吗？"她的声音低得只剩下气音，在他的耳边质问。

"我从来……从来没有怪你阻拦我，没有怪你没给我想要的支持。"她的眼泪像断了线的珠子，开始没完没了地往下落，她重新看着他的眼睛，倔强地擦了擦眼泪。

她看到林许亦的眼眸柔软了下来。

"我只是——"

一声巨响，吓得两人同时愣住，随后是一阵刺耳的"哐哐"声。

虞子衿意识到是厨房里发出的声音，连忙收回了眼泪，用胳膊推开了林许亦僵直的身体，重新洗了把脸，然后出了卫生间。

徒留林许亦一个人呆在原地。

虞子衿的情绪收得很快，等她走进厨房，她已经清好了嗓子，擦干了眼角的湿润。

"什么掉地上了啊？"她装出一副吃惊的样子跑进厨房。

孩子们似乎被她的突然闯入吓了一跳，手里端着东西站在原地看着她。

"干吗呀？是你们吓了我一跳，还是我吓了你们一跳？"她故作轻松地笑了笑。

"没——没事，就是菜刀掉地上了。"邓夜结结巴巴道。

虞子衿无语地看了邓夜几秒，然后走上前拿掉了他手里的盘子："行了，你去外面歇着吧，记得跟其他同学说一下地址。"

邓夜悻悻地将盘子给了虞子衿，说了声"好"就在水池里洗了下手，出了厨房。

虞子衿听着淅淅沥沥的洗手声，刚要和女生们讨论菜要怎么安排，看到肖寒欲言又止的表情，霎时想起了还在外面的林许亦，连忙转头想喊住邓夜，却已经晚了。

林许亦进了厨房，正好和邓夜撞了满怀，两人愣在厨房门口，进退不得。

虞子衿无语地闭了闭眼，然后深吸了一口气，装作平静道："你进来干什么？"

女孩们和邓夜都齐刷刷地看着林许亦。

林许亦已经脱掉了西装，也平复了刚刚满身的压迫力和戾气，将白衬衫的袖扣解开，向上挽起露出手臂，也没有了平日里的清冷，整个人显得温柔又从容："我不进来，你会做吗？"

林许亦的话音落下，厨房中的人全都愣了一秒，随后爆发了高分贝的起哄声。

女孩们看着两人，"吁"的声音此起彼伏。邓夜愣了几秒也转过身，一声响亮的"哇哦"还没发完，就被虞子衿瞪人的眼神给吓得咽了回去。

"站着干嘛，你会做吗？"她也不客气地看着邓夜。

邓夜马上反应过来，给了她一个暧昧的笑，知趣地走了。

林许亦俨然一副温柔的样子，走到她们身边，隔着虞子衿问三个女孩叫什么名字。

林许亦本身就身材高大，长相也好，成熟又温柔的形象被他把控得很好。虞子衿身后的三个女生看着那双漂亮的桃花眼，说不出话。

她像个保护小鸡的母鸡，将三个女生隔开，护在身后。

"肖寒。"

"陈静。"

"宇俊伊。"

三个女生像蹦豆子一样一个个报出名字。

林许亦笑眯眯地点了下头，不动声色地将虞子衿拖到自己身边："你们老师不会做菜，你们今天打算做什么，还是我来帮忙吧。"

三个女生大眼瞪小眼地对视了一秒，然后去看虞子衿的态度，但虞子衿只是看着窗外。

"大部分都是半成品和熟食，我们还打算做凉菜还有鱼和鸡肉。"肖寒一五一十地回答林许亦。

林许亦看着流理台上的食材，很快跟三个女生对起了话。

虞子衿傻愣愣地在一边站了没一会儿，就被"请"出了厨房。

虞子衿满腹心事地出了厨房，客厅里有几个学生已经到了，正跟邓夜一起把许多的充气字母气球吹起来，贴在沙发背景墙上。

学生们见虞子衿从厨房走出来，连忙停了手上的动作向她问好。她勉强笑着招呼了一声，然后就坐在落地窗的飘窗上给气球充气。

"老师，你男朋友挺帅啊！"邓夜不知什么时候神不知鬼不觉地溜到了她身边，她正出神，被吓了一跳。

"嗯，所以呢？"她面无表情道。

"刚刚看起来人好像也挺好。"邓夜继续补充。

虞子衿不回话。

"怎么，是来给你送惊喜的？"邓夜八卦了一句还不够，"是不是我们打扰了你们约会啊？"

虞子衿看了看窗外几乎要黑了的天，又看了眼邓夜："知道了还说话。"

邓夜不知道事情的来龙去脉，所以听虞子衿说完自然会错了意，整个人马上振奋起来，眼睛里闪着光，刚要说什么，就被她一个气球堵住了。

虞子衿将气球塞到邓夜怀里，皱着眉头："知道了就行了，赶紧干你的活去。"

邓夜如梦初醒，心领神会地比了个"OK"，然后冲进了坐在地毯上吹气球的人堆里。

半个小时左右，人就陆陆续续地到齐了。屋里的装饰也弄得差不多了，客厅的大茶几被几个男生一起抬到了边上，虞子衿和学生们一起坐在地毯上，唱歌的唱歌，玩剧本杀的玩剧本杀。

时间很快消磨到差不多八点，地毯中间放的零食也被吃了个七七八八。梁嘉朔输了游戏，一下子瘫在沙发上哀号："老师，饭好了没啊，我饿了！"

虞子衿坐在那儿看着孩子们期待的目光，正不知道怎么回答，陈静就走到客厅，粗着嗓子喊了句"开饭了"。

孩子们听到开饭的声音，自动忽略了还坐在地上的虞子衿，也忘了要搬回茶几再开一桌，一股脑地往餐厅和厨房跑。

一众人马嘻嘻哈哈地走进餐厅，一个穿着围裙的英俊男人正从厨房里端着盘子出来，让所有人一齐刹了车。

虞子衿刚从客厅拖着脚步走进餐厅，就看到了眼前的场景。

林许亦顿了一下，照旧从容地继续手上的动作，把手里的盘子轻轻地放在桌上，然后转过身在椅子边站定，一双桃花眼里含着连虞子衿都从没见过的笑意，声音低沉又极具磁性："大家好，我是你们虞老师临时请来的厨师，今天做的几道家常菜，希望大家能喜欢。"

林许亦的话音刚落，整个餐厅都沸腾了，所有人的眼睛都在虞子衿和林许亦之间打转，有的起哄，有的不怀好意地说着"谢谢"。陈静和宇俊伊也从厨房出来笑着把虞子衿往前面推。

虞子衿被人架着走到前面，林许亦正望着她。

她想说点什么又觉得难堪，最后干脆一伸手，说了句"开饭"，就钻进卫生间了。

学生们只以为她是不好意思，又起哄了一会儿，就将注意力全都放在了林许亦今天准备的几道家常菜上。

晚上十一点半，虞子衿和林许亦站在门边送客。直到同学们都坐上电梯下楼，她才拖着紧绷了一晚的身体，和始终扮演"体贴男友"的林许亦一起进了屋。

# 第八章

消失的爱人

01

客厅里灯火通明，地毯上的零食包装四散着摊在各处，茶几上摆着各种各样的杯子。玻璃杯中的饮料打翻在桌面上，流淌出一条蓝色的河。

关了门，林许亦收起了先前温和从容的面具，他冷着脸率先进了客厅。虞子衿默不作声地跟在身后，也走了进去。

沉寂的空间中顿时失去了所有的喧嚣，好像泰坦尼克号最终还是坠入了深海。虞子衿一动不动地僵在沙发上，林许亦像一切都没有发生过一般，头发有些凌乱地半跪在地毯上捡拾垃圾，手不知是无意还是故意地滑到虞子衿的脚边又避开。

虞子衿看着林许亦把垃圾一点点捡完，放进一个大的塑料袋里带去厨房，回来之后又继续收拾茶几上东倒西歪的饮料瓶和散落的果核。

虞子衿坐在沙发上，静静地看着林许亦在灯光下的身影。他看起来瘦了很多，人也憔悴了不少。

可这都不是她该想的。

虞子衿用力地用手揉了揉脸，想将这些无关痛痒的想法统统舍弃。但发现自己做不到时，只能把手臂撑在膝盖上，将脸深深埋进手掌中。

她只需要喊一声他的名字，叫住他，说一句"我们分手吧"，然后不管他说什么都不去理会。

只要她不看他的眼睛。

"林许亦。"她低着头，喊出他的名字。

她低着头，听到整理桌子的窸窣声停止，空气静止了几秒，然后有脚步声走近。

"怎么了？"她低着头，听到林许亦的声音在她的身侧响起。

那个声音，那个饱含着爱意的声音。

她又轻轻地揉搓了下脸，最后缓缓地吐出一口气："我们分手吧。"

今晚的月光很好，清辉洒下，屋中宽敞而干净，窗口吹进来的风也不压抑。

只是要失去他了。

虞子衿捂着脸，话刚说完，自己就先落了泪。

"悠悠，抬起头来。"林许亦的声音很轻，像从前很多很多次那样，让她向往。

可这次她不会了。

"抬起头，悠悠。"林许亦又说了一遍。

虞子衿却继续捂着脸低着头，他没有办法，手攥住她的手腕，想要拉开她捂脸的手。

"松开我。"虞子衿拼命地挣扎，想要将手腕脱出，可林许亦的手越攥越紧，疼痛顺着皮肉，钻到骨头里。

"抬头！"她听到林许亦的一声大喊，但她依旧没有松手，而是整个人向后仰下去，让林许亦猝不及防地松开了攥她的手。

虞子衿强烈的挣扎是林许亦没有料想到的，他看着自己只触碰着空气的手，本来已经拼命压抑住的情绪再次翻滚，他忍无可忍地"唰"地站起。

虞子衿听到似乎是靠枕的柔软物件被摔在了地上，伴随着林许亦的怒吼。

"你们都是这样！都是这样！从来不肯听听别人的想法，从来都是我行我素！

"图利特打电话让我劝你，我蹉跎了好久变着法地想让你不要那么做，可你不听！你受伤了，我疯了一样打电话，四处找人希望能把事情压下去，能帮帮你！

"可到头来，又全都是我的错！"

林许亦脚步不停，最后发了疯般地快步走到虞子衿的面前，想要强行扒开虞子衿的手，但最终还是刹在她的身前，控制住了。

虞子衿听到林许亦粗重的喘息声就响在离她几寸远的地方："你们受了伤，躲起来，一走了之，从来没有考虑过别人的感受！"

"不论我怎么做，怎么挽回，你们都还是要离开我。"林许亦的声音一点点降下去，他跌坐进柔软的沙发中。

"我明明什么都没有做错。

"什么都没做错。

"你们却都要离开我……"

林许亦的情绪从抑制到爆发，到最后哽咽。虞子衿再也没办法闭着眼继续逃避，她轻轻地放下捂住脸的手，看到林许亦正坐在不远处手捧着脸，像个委屈到了极点的孩子。

她从没见过那个强大又冷峻的林许亦，会脆弱如此，柔软如此。

她本来只想要爱人的理解和陪伴，只想要他能在她失败的时候给她一些包容和爱。

可她忽略了眼前这个男人，忽略了他也会脆弱，也会疼，也会受伤。

那些抱怨，那些责问，她似乎怎么也说不出口了。

虞子衿轻轻地挪到林许亦的身边，想要做点什么。林许亦却突然抬起了脸，一双满是血丝的眼睛紧紧地盯着她。

"虞子衿，你真狠心。"他的声音绝望、凄凉。

"你不想听我的解释，也根本不想知道我到底有多想阻止你。"他的声音沙哑，但似乎终于平静下来。

虞子衿听出了他语气中的冰冷和失望。

"不——不是……"她下意识地想要辩解。

林许亦轻轻地拭了拭眼角，满眼通红地冲她笑了笑："我们可能确实不合适，我给不了你想要的无条件支持，也给不了你那些精神的充盈。我就是个实实在在、现实到极点的人。

"你知道吗？我有很多次被你的赤诚和奋不顾身打动，但那又能怎样？奋不顾身，拼了命地去做一件已经无可挽回的事，像许焱、林萧，像他们一样蠢到没了命，都不觉得后悔？

"像他们一样为了所谓的初心，不惜连命都不要，连我也不要？"

林许亦说着说着情绪再次激动起来，他那双好看的眼睛似乎第一次在虞子衿眼前泛起波澜，落了泪。

"什么？"虞子衿愣住，但还是忍不住发问，"许焱、林萧是谁？"

原本失控着的林许亦听到这两个名字后，似乎瞬间醒了过来。他瞬间收起了眉眼间的痛色，所有情绪在一瞬间封冻。

"许焱、林萧是谁？他们为什么死了？"虞子衿看着他的脸，一字一句地又问了一遍。

她看到林许亦的视线聚焦在她的脸上，眸子不断地轻微颤动着，最后还是选择放弃，垂下了头。

"是我父母。"

这个注定要针锋相对、坦诚相对的夜晚，林许亦在心里埋了二十多年的那座坟墓，终于被他自己生生撬开了一角。

在他最爱，也最不想展露心底脆弱的人面前。

许焱是林许亦的父亲，林萧是林许亦的母亲，一对恩爱的夫妻，连爱子的名字都要留下彼此的姓氏。

可就是这样一对恩爱夫妻，却舍得在林许亦十岁时就狠心地将他抛弃，再也不给他见一次面的机会，甚至连尸体都不愿给他留下。

两人都是外交官。

从生下林许亦开始，他们就将他托付给一生从事外交事业并已经退休的爷爷。两人一直坚守在战争地界，为了祖国，为了心中的那份信仰。

虽然他们与林许亦相处的时间屈指可数，但从他们每个月都隔着遥远的土地寄回 Z 国的家书就能看出，他们很爱他，哪怕不能时时陪在他的身边。

他们工作能力强，人也温和善良。他们在担任 Z 国驻 B 国外交官的过程中，收养了两个 B 国贫民窟里的孩子。夫妻两人给孩子们受教育的机会，让他们了解另外一个自由民主的世界。两个孩子还在夫妻俩的教导下学了一点 Z 国语言，也曾经给儿时的林许亦写过用拼音拼凑出的信。

两人虽然不能陪在林许亦的身边，但他们始终挂念着他。直到几年后，边界冲突激化，B 国爆发大规模流血事件，即将结束任期的夫妻两人还是选择留下，希望为缓和边界冲突做出哪怕一点点的贡献。

后来，让人没有想到的是，两个被收养的孩子一意孤行地加入 B 国的一个宗教和政治组织——哈马斯，夫妻两人多次偷偷前去劝解无果。

直到该组织策划恐怖报复事件，两个孩子不惜作为人肉炸弹，与众多无辜的民众，以及不顾一切危险都要劝阻他们的许焱、林萧同归于尽。

露台上凉风瑟瑟，虞子衿披着条围巾从卧室中出来，缓缓地拉上玻璃推拉门。

深夜，月明星稀，万籁俱寂，月亮弯成一条细细的牙儿，一阵风吹过，楼下的桂花树上飞走几只鸟儿。

林许亦此时正在玻璃门内沉睡着，虞子衿本也是想睡的，但最终在床上把林许亦的三言两语和网上查来的内容拼凑成一个完整的故事，想了又想，始终难眠。

今夜，她好像才第一次真正地读懂了林许亦。

读懂了他为什么明明内心柔软，外表却冷峻而拒人千里；读懂了他为什么明明看似只将外交工作当作一份职责，却可以在关键时刻为了国家拼尽一切；读懂了他为什么始终不愿感性地支配一次情感，任由理性禁锢他的一切。

他冷静自持，他理智淡漠，他自律克制，原来都是因为那座一直深深矗立在他心底的坟墓。

她终于明白，他为什么会在那个醉酒的深夜，说他平生最讨厌不经过理性思考就做出决定还执拗不改的人。

他的理智让他拼了命地阻止一切不理智的行为，他的理智也让他没办法将自己的内心轻易展露于人。

他不希望再看到任何一个他爱的人，再一次因为一意孤行而离开他。

虞子衿痴痴地看着天上的弯月，如果说曾经的自己一直爱的是林许亦身上的神秘和说不清道不明的特质，今天，她发现自己更加爱他，也终于清楚地知道了自己到底在爱着什么。

她一次次想要触碰，又忍不住收回手，是因为——林许亦就是这个世界上的另一个自己，那个更理智、更坚强、更果决的自己。

虞子衿一直在露台上，站到月亮都已升至中天，才被萌生出的一点点睡意驱使着回到卧室。她走到床边，看着林许亦在沉睡中终于轻松下来的眉眼，笑了笑，轻轻地躺在他身边，盖好被子。

林许亦似乎感知到了她的动作，下意识地伸出手臂将她搂进自己的怀里。他低下头，脸在她的卷发上轻轻摩挲了几下。她贴着林许亦的胸膛，听着他规律而有力的心跳。

从战火中热烈到极致的情感，到都市中一点一滴烦扰着他们的摩擦和考验，这一次，虞子衿终于开始学着妥协了。

林许亦醒来时，窗外的天早已大亮，墙上的挂钟指向九点。

身边的温软早已消失，他按着有些疼痛的脑袋坐起身，倚着床头沉默了好久，才逐渐想起昨晚的经历。

他其实并不觉得现在将那些事讲给虞子衿有什么不妥，但毕竟他已经隐藏了二十多年，现在突然让一个人径直走进他的心里，窥探他所有的过往，他还是觉得有些不自在。

又冥思了半晌，他才起身进了卫生间，在盥洗台的一堆瓶瓶罐罐中找到了自己只用过两次的牙刷和口杯，刷了牙洗了脸；然后从窗边的美人榻上拿了虞子衿早就给他准备好的一套藏青色的真丝睡衣穿上。

他顺着楼梯往下走，隐隐听到半开放的厨房里的声音。

五月的天晴空万里，阳光很好，虞子衿也穿着一套藏青色的睡衣睡裤，正沐浴在阳光中，左手拿着碗，右手拿着筷子，倚着流理台搅啊搅。

林许亦倚着门框侧身站着看厨房里的光影，炉灶上的锅中正热着油，发出噼里啪啦的声音。等油微微冒烟，虞子衿拿了放在灶台边早就切好的葱姜碎，伸长胳膊，身子也躲得远远的，一下子将菜刀上的碎末扔进锅里。

等葱花快要被炒煳时，虞子衿才有些胆怯地重新走到炉灶前，将一碗蛋液一股脑倒进锅中。

热油遇到液体在一瞬间炸开，再加上虞子衿将手抬得太高，碗里的蛋液在热油的碰撞下四处喷溅，她躲闪不及，被溅出来的油给烫了一下。

她慌忙退开，林许亦在门框边站不住了，他快速地几步走到虞子衿身边，将她拉到自己的身后，拿起锅铲轻轻地翻了一下鸡蛋。

虞子衿做饭太专注，根本没注意到一直停在门框边的林许亦，她抱着被烫到的胳膊傻愣愣地站在林许亦身后。

林许亦看了她一眼，一边伸手开了油烟机，一边淡淡道："赶紧去拿凉水冲一下。"

虞子衿听完还没有回神，直到林许亦开了油烟机，转过身来一双眼睛直直地看着她，她才如梦初醒般赶紧应了一声，然后往水池边跑。

鞋底太滑，瓷砖上溅了水和油，虞子衿一个打滑，整个人胳膊先着地，磕了个狗吃屎。

电光石火间，她只听到右胳膊"咔嚓"一声响。等她从地上爬起来，胳膊已经疼得抬不起来了。

林许亦吓得赶紧回头，看到虞子衿正痛苦地用一只手撑着从地上爬起来，整个面部肌肉都纠结在了一起。

"没事吧？"他慌忙上前。

"疼死了。"她余光看到走上前来的林许亦，倒在他的腿上。

林许亦笑了笑："你还有力气叫，估计也没有多疼。"

虞子衿听完，立刻仰起头瞪大了眼睛去看林许亦，一边从地上爬起来，一边用左手推了林许亦一把。

"我胳膊磕地上了，你还说没多疼！"虞子衿气不打一处来，早忘了昨天的尴尬，一边吼着一边趿着拖鞋一瘸一拐气呼呼地往餐厅走。

她一屁股坐在餐厅的椅子上，林许亦关了火，也跟着出了厨房。她看着林许亦忍着笑，一脸关切地蹲下身，轻轻地握着她的右胳膊，想要帮她活动一下。

"啊！疼啊！"胳膊还没动，她就痛苦地大叫。

"这么疼，不是骨折了吧？"林许亦开始担心。

虞子衿看着他皱起来的眉，撇着嘴沉默了两秒，说了句"没有"。

"我以前也磕过，两天就能好。"她低头看着林许亦的脸，不情愿道。


第三天的上午，虞子衿的胳膊上缠着条围巾吊在脖子上，一脸生无可恋地进了教室。

这奇特的造型当然是得到了满堂的关注和议论，尤其是周五晚上去过她家里的学生，自然地将一切和那天 Party 上的帅气"厨师"联系在一起，浮想联翩，议论纷纷。

下午没课，虞子衿在办公室研究一篇重要文献，好不容易撑到快七点，就拿起包健步如飞地去楼下开了车，然后一路飞驰，开到了林许亦在城东新区的小楼。

林许亦昨天跟她说周二要回一趟 B 市，估计也要花几天时间才能回来。而周末的时候两人大多都在各自忙着工作上的一些事，今晚是林许亦去 B 市前两人最后一次见面。

她将车停在小区的停车位上，倚着车掏出包里的镜子补了补妆，又重新涂了口红，觉得一切得体，就走到林许亦家的铁门前，输了指纹，大门打开。

虞子衿沿着门廊进了屋里，客厅和餐厅里的灯都亮着，开放式厨房里的油烟机大开，发出"轰隆"的声音。

蔚凉五月的天气还是多变的，今天虞子衿穿了一身春款小香风套装，妆容精致，踏着拖鞋走到正站在炉灶边专心炒菜的林许亦身边。

林许亦本是专心于锅里的食物，发现站到他身边的虞子衿，他放了铲子，将火关小了一点，然后带着笑意调侃："今天倒是没有加班。"

虞子衿今天工作时一整天都史无前例地心不在焉，现在被戳穿了心思，自然脸上开始变得粉红，但嘴上依旧不饶人："再加班也没有您一年都不下班强。"

林许亦听了她的话只是笑了笑。

虞子衿不满地撇了撇嘴，不再说话。

锅里的美食已经炒出了香味，虞子衿还是忍不住踮起脚，试图越过林许亦的手臂去看锅里炒的是什么。

"景芝小炒，上次和你去那家家常菜馆的时候看你似乎很喜欢，就做来试试看。"林许亦将身子往一旁侧了侧，也趁机打量了虞子衿几眼，看她吊着手的围巾不知所终，有些疑惑，"你围巾去哪儿了？现在手不疼了？"

虞子衿想起上午的一番议论，又一次撇嘴："早就摘了，今天上课被学生笑了一上午，太傻了。"

　　林许亦低头笑着说了句"猜到了"，然后继续炒菜。锅里的菜很快熟了，林许亦装盘。虞子衿很有眼力见地拿了筷子又端着盘子一起送到餐厅里，又回来。

　　"你去客厅歇会儿吧，在这里碍手碍脚的。"林许亦正刷好锅，放在灶台上点了火重新往锅里倒油。

　　"不要。"她果断地拒绝。

　　"怎么，怕我在菜里下毒？"他开玩笑。

　　虞子衿不答，继续在原地站着。不过林许亦炒菜中间又是加水，又是加调味料，她总是躲闪不开，还差点被倒了一盘子水在脚上。

　　林许亦将盘子里的水快速倒进有些干掉的锅里，然后似乎忍无可忍地看了虞子衿一眼。虞子衿正打算给他一个"骚扰"成功的微笑，就忽然觉得脚离了地，还没反应过来，整个人就被抱到了灶台边的流理台上。

　　"这次不碍事了。"林许亦一双撩人的桃花眼认真地看着她，又好像是在自言自语。

　　虞子衿被这个突如其来的动作搞得有些发怔，又听到声音在耳边响起："哎，你上次那个动作我挺喜欢的。"

　　虞子衿又是一怔，反问是什么动作。

　　"就是那个。"林许亦一脸有些坏心眼的笑，一边说一边指了指自己的腿。

　　虞子衿反应过来，霎时红了脸。

　　就是上次林许亦在这儿做饭时，虞子衿用腿去碰他裤管的动作。

　　虞子衿恼羞成怒地拿脚轻轻蹬了他一下，然后从台子上跳下来，跑出了厨房。

　　鬼知道当时她为什么要做那么暧昧的动作。


　　吃了饭，虞子衿正站在客厅的落地窗边看着外面的小院子消食。林许亦说要上去收拾一下准备带去 B 市的行李，虞子衿自告奋勇地要帮忙，也一起上了楼。

　　暖黄的射灯亮起，一个足有普通客厅那么大的衣帽间里，三面环着衣柜，着实闪到了虞子衿的眼。

虞子衿不无惊奇地四处打量着，才发觉整个空间似乎比客厅还要大，有的衣橱格子是外露的，上面挂满了各种熨烫整齐并包好的西装、大衣。

"没想到你也这么骚包。"她忍不住喷了一声。

不过照林许亦那张不谈气质就堪比男模和明星的脸，虞子衿又觉得这些衣服也不怎么过分。

"你平时回国不是在 B 市吗？你别告诉我你在 B 市的家里也有这么多衣服。"她看着倚着衣橱站在门边的林许亦，一脸的艳羡和嫉妒。

"之前在外交部的时候，东西都在 B 市，后来驻外时就基本搬回了蔚凉，方便每次回国看爷爷的时候拿。"林许亦似乎心情不错。

她又喷喷两声，然后走到一个衣柜前打开柜门看了看，里面甚至还亮起感应灯。这个衣柜似乎是专门放夏季衣物的，里面用塑封袋整整齐齐地装着各种白衬衫，底下的抽屉里全是款式各异的领带。

她又走到另一个衣柜前打开柜门，里面全是高定西装外套，从左到右依次按颜色深浅排好。底下的抽屉一打开，是闪得能亮瞎眼的各种款式的手表。她被这般奢华扎了眼，刚回过头，却发现林许亦已经在屋中间的木地板上盘腿坐着，暖光灯打在他的身上和衬衣上，柔和的重影甚至有些不真切。

他的身边放着个办公人员专用的黑色行李箱。

她挑眉，林许亦冲她笑了笑，把行李箱推到她的腿边："你不是要给我收拾行李吗？开始吧。"说完就放松地将手臂放在身后撑着，仰着头望着她。

她顿了一下，然后回头打算继续看衣服，又突然转回头："那你总要告诉我具体什么场合穿、带多少套吧？"

"六套，四套都是见领导穿的正装，一套晚宴穿，一套休闲装。"

虞子衿听林许亦说完，就慢慢地在屋里绕着圈走，打开这个衣柜看看，又拉开那个衣橱瞅瞅，中间又被一个隔间的中山装和一整个抽屉的袖扣再次惊艳了。

她的爱美心得到了充分的满足，毕竟这是每个女生梦寐以求的衣帽间啊。

虞子衿徘徊在各个衣柜前看了将近有一个小时，才最终挑好了六套衣服，以及搭配的衬衫、领带、马甲还有袖扣。

她将包装整齐的衣服一件件展开放在地上给林许亦看，林许亦只看了几眼，似乎对搭配不是很在意，然后将目光一直放在她身上，笑着说了句"很好"。

　　"你如果不满意要说哦，反正你衣服多的是。"她有些认真又带点调笑的意味说道。

　　虽然她作为女生很是羡慕林许亦满橱的衣服，但不得不说她很享受这种为喜欢的人挑衣服的感觉。她甚至有一瞬间在想，以后如果真的结了婚，她会不会每次都这样给他挑衣服。

　　可这个想法的火苗刚燃起，就被她掐灭了。

　　林许亦似乎也在想心事，屋里安静了一会儿。

　　"林先生，您想什么呢？"她在林许亦放空的眼前晃了晃手。

　　林许亦听她开口，又马上回了神，重新变回那副柔和从容的模样，笑着望着她："没什么，我只是在想，你穿那些夫人穿的小西装和旗袍大概也会很好看。"

　　林许亦的话温柔有力，一瞬间给了虞子衿无限的遐想，她微红着脸压抑心中的想法道："我还从没见过外交官的夫人们都是什么打扮。"

　　虞子衿说话的语气有点低落，林许亦自然知道这里面抱怨的意思更多一些，但也只是笑了笑："很快你就会见到了。"

　　两人又坐在衣帽间里将衣服一件一件地收好放进行李箱中，然后一起回了主卧洗漱，打算早些休息。


　　打算早些休息的计划在凌晨彻底失败，窗外清辉洒下，虞子衿微微喘息着，将脸抵到林许亦的怀里，轻声抱怨："你好不容易休个假还要给你安排工作。"

　　林许亦的手在她的腰上轻轻掐了一下，声音旖旎缱绻："这次我是真的费了很大力气才休年假回来的，算是述职。"

　　"萨罗现在怎么样了？"自从开始在学校里任教，学生和研究就占据了她大多数的时间，她只知道这一年，林许亦还是在萨罗做复馆工作，但其他的就不怎么清楚了。

　　"现在除了南部几个城市还有少量恐怖组织残余，国内已经基本稳定，战后重建也开始一段时间了，这次回来就是汇报一下我国援建的具体事宜。"

虞子衿在林许亦的怀中轻轻地"嗯"了一声,这个缱绻的夜晚,林许亦似乎终于说得多了些。

她又往林许亦的怀中靠了靠,林许亦也更紧地搂住她,他的声音在她的耳边轻轻响起:

"很快就会回来的。

"等我就好。"


02

周二早上五点半,决定要送林许亦去机场的虞子衿在床上奋力地挣扎了几下,离开了只亲密接触了三四个小时的床。

林许亦已经洗漱好,换了衣服。他走到床前在虞子衿的额角亲了亲,满眼心疼道:"昨晚睡得太少了,你今天还要上班,再睡会儿吧,别送了。"

不过被虞子衿坚定地拒绝了,她睡眼惺忪地掰开林许亦的手,光着脚进了浴室。

等虞子衿化好淡妆换了衣服下楼时,林许亦已经把早餐做好了。清晨的第一缕阳光照进餐厅,和煦地照在林许亦的身上,他穿着一身白衬衫,眉眼如画,英俊得不像话。

这一瞬间,虞子衿觉得这样的生活,即使平淡又没有挑战,她也愿意一直过下去。

"快点吃吧,都快凉了。"林许亦冲站在餐厅外发愣的虞子衿喊道。


清晨,路上还没进入堵车高峰期,他们一路畅通,到了机场时还有不少的时间。

两人在机场又一起坐了会儿,吻别之后,林许亦答应虞子衿很快回来,又嘱咐了她开车小心,就一个人提着行李箱进了安检口。

从蔚凉到 B 市的航程不长,林许亦在舱中眯了一个小时左右,飞机已经开始准备降落了。

B 市的天气也很好,风和日丽,没有雾霾,林许亦拖着行李箱出了机场。一辆黑色轿车已经等在路边,司机看到他从机场出来,热情地和他握了手，将行李拿到了车上。

这次回来是要向孙副部长述职，林许亦已经提前报告了部里，所以轿车一路顺畅地进了市区，开往外交部。

进了部里，林许亦整个人严肃起来，一路上楼到了孙副部长的办公室。

一室的阳光中，孙副部长正喝着茶处理工作。

林许亦家是外交世家，所以家人一直与外交部的各任领导都很熟识，他也得到了长辈们的许多照拂，孙副部长与林许亦的父亲许焱是老友，所以格外照顾他一些。

林许亦向孙副部长汇报了近期在萨罗使馆中的工作情况。虽然这些内容每周都会通过报告的形式传回国内，但孙副部长还是很认真地听完，脸上始终挂着和善的笑。

述职完，林许亦喝了口泡好的热茶，清了清嗓子道："领导，这次来除了向您述职，还有几件事情需要向您汇报。"

孙副部长笑了笑，一脸不出所料地开口："难得你好不容易请了年假，回来就急着过来述职，肯定还有事情，说吧。"

"之前使馆复馆之后，我和使馆李参赞拜会了萨罗总统米特罗先生。

"米特罗先生在私人会见中跟我提到想要建设一支有战斗力的军队，并希望能向我国购买一艘军舰。"他缓慢地说着。

说到购买军舰时，孙副部长的脸色明显有了些变化，笑意慢慢消失了。

"我们还谈了关于我国援建的一些事务，总统先生并不抵触，并且似乎也有意向。

"所以，这次回来，我想是不是要劳您向国家领导转为汇报，正式地谈一下建港和补给站的事情。"林许亦说完，抬头打量了一下孙副部长的表情。

孙副部长拧着眉头，倒也没多么凝重，只是手指一直摩挲着茶杯。

"米特罗总统是在内战平息之后上任的，他也非常希望能加紧恢复建设。"林许亦说得很慎重，但也将现在的情况清楚地阐述了一下，最后又补充一句："最近，M国国务卿彭佩特也访问了萨罗，似乎是要与他们谈加大投资的事宜，并且想要获得他国在萨罗军事基地的某些自由权。"

孙副部长听到林许亦说 M 国的行动时，立刻抬起了头。他有些深沉的目光在林许亦的脸上打量了一圈，最后终于展开笑意："姚大使果然没看错人，没想到你这次回来给我们带来了这样的好消息。郑部长现在还在外奔波处理一些事儿，我们先等两天，顺便看看 M 国后面的举措，等郑部长一回来，我马上向上面汇报。"

"你记得保持电话畅通。"末了，孙副部长交代。

林许亦点了点头，最重要的事情终于放下，他松了口气，然后喝了两口茶。

"回来这几天，听说你先去了蔚凉，去看老爷子了吗？"正事已经聊完，孙副部长便明显放下了部长的架子，像个普通长辈一样关心道。

"还没有，等下周回蔚凉就去看他老人家。"林许亦低头答道。

孙副部长闻言笑了笑，一双明亮的眼睛望着他："听说你最近一直往蔚凉跑，怎么，还有什么打算汇报的吗？"

林许亦怔了怔，心道有些事还是瞒不过这些长辈。

"小恒可早和我透露了。"孙副部长看了看墙上的钟，已经到了午饭的时间。他看着林许亦一脸踟蹰，也没再忍住笑。

"她是蔚凉大学的老师。"林许亦踌躇了片刻，最后答道。

"嗯，是个不错的工作。"孙副部长一边答话一边笑，似乎是很感兴趣地等林许亦继续说，但他说了一半就没了下文。

"我能问问怎么认识的吗？"

林许亦又犹豫了片刻："之前驻 E 国的时候她是当地慈善组织的人员，在一场慈善晚宴上认识的。"

孙副部长听完挑了挑眉，似乎有些意外，但脸上的笑意更深了："认识这么久了，你可要好好把握啊，姑娘叫什么名字？"

"虞子衿。"他回答。

"虞子衿？"孙副部长在听完之后却愣住了，甚至重复了一遍这个名字。

"怎么了？"林许亦有些奇怪地抬头。

"是不是那个获了普利策奖的年轻姑娘？"孙副部长开口。

林许亦没想到他竟然会认识虞子衿。

"你知道她的父母是谁吗?"孙副部长笑着问他,又补充一句,"我和她父母是多年老友了。"

林许亦沉默地等着下文。

"她母亲是总政歌剧团的,父亲是国家话剧院的。"

林许亦有些许意外,他知道虞子衿与父母有些冲突,所以从没问过她这个问题。今天孙副部长告诉他,他难免有些意外,但表情依旧如故,没有说话。

孙副部长看着他沉默的样子,最后竟笑了两声。"那姑娘我以前见过,很是大方。这次回来休假我就不打扰了,你忙完B市的事儿就赶紧回去吧。"说完,又眨了两下眼,"你们俩应该认识有两年了吧,你歇个班不容易,有些事早些表明,趁这次休假时间长,看看能不能有点实际进展。"

孙副部长和林许亦的父亲是多年好友,林许亦的哥哥已经成家多年,林许亦却一直单着,他作为长辈也多次关心过林许亦的个人问题,但林许亦似乎始终都不太在意。如今看情形,倒是可以感受到林许亦对这段感情的慎重。

"行了,都十二点多了,吃饭去。"孙副部长又喝了口茶,大手一挥,起身放林许亦去吃饭。

与林许亦分开的四天,一切对虞子衿来说都很不顺心。

周三的时候,她突然被叫到院长办公室。汤院长犹豫良久,很委婉地告诉她,她评副教授的事情可能要等到下学期。她也知道自己在校的教龄的确太短,也没太在意。结果坏事连篇,周五下午,也就是刚刚,她又被学校办公室的工作人员叫了去,说是因为萨罗局势和政策变更等一些问题,学生们的签证办不下来,所以萨罗校园志愿活动只能取消了。

她今天本是拿再过一天就能见到林许亦的借口安慰了这几天一直倒霉的自己多次,现在活动被取消了,似乎什么都已经安慰不了她了。

她上完课,然后一个人回了办公室。孙老师因为先生今天过生日已经提前回了家,她一个人审阅着电脑上一整个文件夹的"卡夫卡人物分析"到八点多,才想起没吃饭,从抽屉里掏了碗方便面,揭了封皮刚倒了热水，准备加调料，桌子上的手机就响了。

来电人显示的是"孟曳"。

虞子衿手上调料包里的粉末撒了一桌子，她盯着来电人闭了闭眼，无语到想摔了手机。

"喂，孟主编。"虞子衿接了电话，声音听起来还是平静的，仿佛曾经两人的冲突都不存在。

"啊，小虞，前天咱们编辑部去蔚凉大学做讲座，我在台上看到你了，因为实在太忙了，所以也没来得及和你打个招呼。"孟曳此人八面玲珑，是个实实在在利益至上的人。虞子衿虽然之前因为苏航的事情跟他闹得很不愉快，但现在他突然给她打来电话示好，她也不能太过冷脸。

"没关系的，孟主编。你那天做讲座的时候，我和学生们都在台下听。你讲的那些确实很精彩，有的学生都动了心打算去蔚凉报社实习了。"她不知道孟曳这次打电话目的何在，所以只能陪着他兜圈子。

"你过奖了。只是我跟你们文学院的汤院长认识多年，他说让我来做个讲座，我自然是要从命的。"孟曳的声音听起来平和，他说完一句轻轻露出一点笑声，"倒是你，两年不见还是做了老师，不过那毕竟是你的专业，你的性子也适合做研究，教书育人平平淡淡的日子，真好。"

"还是要为将来和父母考虑吧，刚好当老师也适合我……"

两人打着电话绕着圈子，一直聊到虞子衿手边的泡面桶里都已经不再冒热气了。

终于，孟曳清了清嗓子，进入了正题："今天给你打电话，除了给前天没来得及看你赔个不是，还有个小宴会要邀请你。

"《蔚凉晚报》过段时间就要到五十周年纪念日了，我想着你也是我们报社曾经年轻优秀的记者、编辑，所以希望到时候你能赏光参加，给我们晚报添个彩。"

大概是之前铺垫得已经够多了，所以这下孟曳倒是说得很直接。虞子衿其实心里也有些疑惑，以为孟曳兜兜转转了那么久应该不只是想说这点。毕竟作为曾经的报社人，参加晚会的事她是不会拒绝的，这事也不需要孟曳亲自过来邀请她。

虞子衿正打算张口答应，孟曳却再次开口："我听在外交部的朋友偶然提到，说你和以前驻 E 国的外交官林先生是老相识了……"孟曳的话还没说完，虞子衿已经了然。

这个孟狐狸。

"毕竟这次五十周年晚会很重要，所以我想着，是不是也能麻烦你帮我们邀请林先生一起过来参加呢。我听说林先生最近刚好在蔚凉。"

孟曳一段话说完，看来是已经把他们俩的关系摸了个清清楚楚，并做好了十足的准备要邀请到林许亦。

虞子衿沉吟几秒，故作犹豫道："林先生刚刚回了 B 市，现在也不在蔚凉，我也不太方便打扰。

"报社的晚会是什么时间，如果可以的话，等他回来我马上转达你的邀请。"

"五月二十二日。"孟曳忙道。

虞子衿应了声好。孟曳多次向她道谢，又聊了许多有的没的，最后终于满意地挂了电话。

虞子衿看着已经凉透了的泡面，心里实在有些不太痛快。


第二周的周六下午四点，蔚凉虞子衿家中的门铃响起。

她预感到是来接她的林许亦，一边大喊着"来了"，一边飞奔着下楼。她一拉开门，林许亦正提着水果站在门外。

虞子衿将水果接到手里，然后在门框边吻了吻他。

她刚刚化完妆，唇上的口红都到了林许亦的嘴上。

虞子衿看着林许亦沾上她口红的嘴唇忍俊不禁。

林许亦走到玄关边的穿衣镜前，看了看镜子中的自己，又看了看在一旁憋笑的虞子衿，纵容地笑了笑："快去换衣服吧，那地方有些远，晚上容易堵车。"

她道了声"好"，又踮起脚吻了他一次，然后满足地上楼。

虞子衿下楼时已经快要六点了，林许亦脱了西装外套，里面是一件有些休闲的蓝白色斜条纹衬衫，正坐在沙发上看手机。

他面前的茶几上摆着整整齐齐的一整盘切好的各种水果。

"我就是说想吃草莓了，你整这么多，我一下子也吃不完啊。"她笑着慢慢地走到林许亦身边。

林许亦似乎在发消息，低着头，嘴角扬起一点弧度："没关系，晚上回来我陪你一起吃完。"

她笑着碰了下林许亦的肩膀，林许亦将视线从手机屏幕移到她身上，眼里着实有点小小的惊艳。

虞子衿今天把头发整整齐齐地编成了一条鱼骨辫，又化了个美丽大方的妆容，将自己的容貌彰显得尤为明显。紧身包臀高开衩的深蓝色连衣裙把她的腿衬得更加修长，外面套一件带些唐装设计感的配套小西装，裙子开衩边和外套扣子边是莫兰迪色流线，整个搭配显得简约又优雅。

"我总算知道你昨晚给我挑衣服为什么挑那么久了。"林许亦拉过虞子衿的手，让她坐在自己腿上，剑眉轻挑。

时隔两年，虞子衿又一次参加了《蔚凉晚报》的晚会。

灯光璀璨，不同于两年前的战地记者欢迎晚会上那样极具攻击性的美貌和惊艳，这次的虞子衿飒气从容地站在红毯上，手挽着林许亦的胳膊，与来往的同事和朋友攀谈，美丽大方。

两年的时间，物是人非，这次的虞子衿扮演着外交官女朋友的角色，站在林许亦身旁，一一回应和感谢来往的祝福。

林许亦则更为从容地主导着今晚的节奏，一只手不是揽在她的腰际，就是牵着她。

两人无疑成了今晚最瞩目的存在。

晚上九点，酒会将散，今夜的头号忙人孟主编，在迎来送往中终于等到了机会。他快步走到林许亦的身边，堆起笑脸："林先生，小虞，包厢就在楼下，两位先去，我送送朋友稍后就来。"

嘈杂的人声中，林许亦轻道了个"好"字，然后侧头深情地看了虞子衿一眼，两人挽臂一起离开了。

紫荆酒店的设计经典又繁丽，长廊一路向里，四壁金光闪闪，檀香悠悠。虞子衿和林许亦在工作人员的引导下到了长廊最尽头的"金紫荆"包厢，两个侍者向他们问好后开了门。

屋里的灯光并不充足，甚至有些昏暗，一张并不算大的圆桌上已经坐了三个人。看到他们，两个人纷纷起身上前，虞子衿站在门边，认出其中一个是报社的副主编林凌，一个是她之前合作过的电视台的蒋琼台长。

林凌笑靥如花地一边说着好久不见，一边上前亲切地和虞子衿拥抱。蒋台长也走上前与她和林许亦握手，寒暄几句。那个未谋面的陌生男人和林许亦握了握手，朝虞子衿走去，他西装笔挺，看起来仪表堂堂。

"虞小姐，好久不见。"他的声音很清朗，但听起来总有些玩世不恭的感觉。

她怔了一秒，抬头看着男人的脸，恍然，这是之前在江枫公馆见过的林许亦的那个朋友，孙恒。

"孙先生好久不见，你今天穿得这么正式，我险些没认出来。"她谈笑着和林许亦一起入了席。

刚落座，包厢的门又被推开。未见其人先闻其声，孟曳一边说着"来晚了"，一边轻轻地欠了下身子走进来。

"老孟，你瞧瞧你晚来了多久，自罚三杯？"待孟曳落座，意外坐在副陪位置的蒋台长朗声道。

"实在不好意思，刚刚忙着送人，耽误了。蒋台长，都这么晚了，我也听闻林先生和孙先生都是不怎么喝酒的，就只准备了点红酒，怎么，你这是刻意要难为我？"孟曳屁股还没坐热，话倒是答得很快。

"哪能呢，就是今天高兴嘛。"蒋台长笑着看了看坐在斜对面上位的虞子衿和林许亦。

"来，这酒是早就醒好的，有些年头了，我们先碰一个？"孟曳一面抬起高脚杯晃晃，一面起身，笑着向桌上的每个人示意。

虞子衿也举着杯子起身。

"首先，很高兴今天林公使和虞小姐赏光参加我们的酒会。"孟曳笑着侧过身将胳膊在他们面前晃晃，很是给面子地一起带上了虞子衿的名字。

"其次，就是感谢诸位多年来为我们《蔚凉晚报》做的诸多贡献，我孟曳先在这里谢过了。

"来，干了。"孟曳提声一句，将小半杯红酒一饮而尽。

"啊，小孙，听说你最近被部里派到使馆了？"一巡酒过，孟曳夹了一筷子菜，然后笑着看向孙恒。

虞子衿正喝着一碗海鲜汤，听到孟曳的话，有些意外地抬起头。

她之前倒是不知道，孙恒也是外交官。

"是啊，上任也快半年了。"孙恒淡淡道。

"听说是在战争国，那边条件可挺艰苦的，令尊是真的希望你能好好历练历练了。"孟曳又道。

战争，在听到这两个字时，虞子衿僵着脖子又低下头喝了口汤。

好像是她的错觉，她感觉一旁的林许亦似乎在看她。

"也没什么累的，职责所在。"孙恒的声音依旧听不出什么起伏，视线却往林许亦和虞子衿那边瞄了一眼。

"前些日子我们在前线的记者还说那边不怎么太平。听说伊列克有了些动作，好像是要建个什么港，似乎要供军舰停泊了。"孟曳将话题不动声色地转到了政治上。

"林公使，您知道这事儿吗？"

林许亦上桌后本是很少说话的，听到旁人敬酒说恭维话时也只是点头答谢，现在却被人突然提了问题。

他不紧不慢地将筷子放下，朝着孟曳的方向给了个有些距离感的笑："倒是听使馆里的人说起过，但最近回了国事情有些多，确实关注得少了点。"

孟曳吃了瘪，脸上倒也没什么不悦。他又随便地与林许亦攀谈几句，见林许亦似乎对他的话题都不怎么感兴趣，就笑着又敬了次酒。


刚放下杯子正打算夹菜，孟曳突然想起了什么，一拍脑门："说了这么半天，还没问你在哪国使馆呢，小孙。"

正在夹菜的孙恒闻言愣了一下，随后答道："在阿特拜。"

孙恒的话音刚落，所有人夹菜的动作都停下了，其他人都心照不宣地齐齐望向虞子衿。

似乎除了孙恒，其他几位都知道，当年虞子衿爱的那个人就是在阿特拜牺牲的。

饭桌上，众人都愣了几秒。

直到孟曳轻轻的一声叹气："唉，那地方确实危险得要命，我们多少战士都在那儿牺牲——"

孟曳的话还没有说完，林许亦却突然插话："但我看孙恒这容光焕发的模样，不是一切顺利，就是没认真工作，是吧？"

林许亦适时的一句话，让虞子衿稍微安了些心。桌上其他人只静静地继续喝酒、吃菜、看戏，孙恒也只是一笑，一副不想和林许亦计较的潇洒模样。

正当这个话题即将冷下，没想到孙恒却突然开了口："我们国家最近又派了一支新的维和部队过去，前些日子我还在接洽这事儿，孟主编好像也有所耳闻吧？"

"啊，对啊，听你说过几句。"孟曳连忙答话，心里却也明白了孙恒的警告，他有些尴尬地喝了口酒，顿了顿还是继续道，"当年，小虞也去了阿特拜，我当时每周都看你传回的那些战地照片，光看着都觉得危险，想叫你回来又怕你不愿意，毕竟——"孟曳一双眼在林许亦的脸上不着痕迹地打量几下，最后装模作样地叹惋一句，"可惜了，你说那——"

孟曳再次顿住，最后摇摇头："算了，不说了，如今都已物是人非了。"

虞子衿听着孟曳多次做作的转折，已经意识到了他想要说什么。旧事重提，往事一点点重新浮起。想起那段她最不想触碰的记忆，她白皙的额角竟渗出几滴汗珠。

"别啊，孟主编，您都说这么多了，我们还等着听下文呢。"一时沉寂的房间内，孙恒的声音响起，他说完见孟曳连连摇头，又笑道，"您瞧瞧您，勾起了我的兴趣又什么都不说了。"

孙恒的视线似是无意地扫到虞子衿身上，但虞子衿此时正深陷在回忆当中，整个人像是丢了意识。孙恒浅笑一下又去看林许亦，知道他已经了然。

孙恒明明跟孟曳提过阿特拜，他记性那么好的人怎么会忘记。可现在他当着林许亦和虞子衿的面，偏偏要装作不知道地故意提起此事，一定是有话要说。

孙恒已经给了林许亦两次暗示，林许亦显然也明白的。

"是啊，孟主编，孙恒这人不靠谱，我还指望通过你多了解点阿特拜的消息呢。"林许亦说完这句话，整个人似乎卸掉了那副得体冷峻的伪装，有几分孙恒那逢场作戏的样子。

孟曳进退维谷，沉吟片刻，略微笑了笑："其实也没什么，只是突然想起当年去那里的我国军人，许多都牺牲了，连尸骨都没有留下。不过好在，当年一场爆炸，也炸死了那个恐怖组织的头领。"

林凌和蒋台长没想到孟曳如此敢说，心都悬到了半空。

虞子衿的思绪本是早就不知道游离到了哪里，但那句"尸骨都没有留下"刺耳地钻进她的耳朵里。

苏航尸骨无存，连棺椁上都不能盖上红旗。

那是她一辈子都无法忘却的痛苦。

如今孟曳却要在这么多人和林许亦面前重提。

虞子衿也终于意识到孟曳这么做是想要挑拨她和林许亦的关系。

报几年前那次晚会的拉灯之仇。

如果只有她一人，当着这么多人的面，她必定会直接起身一杯酒泼到孟曳的脸上，然后离开，但现在有林许亦在，她不能。


包厢外有一个露台，通往露台的中式门扇大开着，一阵凉风吹进来。天花板上巨大的灯笼发着幽幽的黄光，影影绰绰地映在每个人的脸上。

虞子衿整个人悲伤又恼怒，她的身体轻轻地颤抖着，几乎要被回忆撕得粉碎。

忽然，桌下一只手突然搭到了虞子衿的膝上。

那双手大而温暖，隔着柔软的裙子布料轻轻地摩挲着虞子衿的膝盖，似乎是在给她以安抚。

她下意识地转头看林许亦，他却若无其事地端起酒杯啜了一口特意换掉的果汁。昏暗中，看不清他脸上到底有什么表情。

"孟主编说的是啊。"冷风灌进仿佛沉默了一个世纪的屋里，连带着林许亦冰冷的声音。

"是执行任务协助战友拆掉炸弹，还是孤注一掷地瞄准那个十恶不赦的敌人。

"孟主编，你是媒体人，你说，如果是你，要怎么选？这事传回了国内，其他媒体人又会怎么报道？"

包厢中的所有人都愣住了，谁也没想到林许亦竟然知道苏航的事情，更没想到他会突然翻了脸，问出这么尖锐的问题。

孙恒轻轻地笑了一下，看了林许亦一眼，又看着僵住的孟曳，端起酒杯往后仰了仰身子。

孟曳愣了，虞子衿也愣了。

她没想到，林许亦表面上不闻不问，其实连当年的细节都已经调查得清清楚楚，然后毫不犹豫地站在她的身前。

"那位战士的名字是叫苏航吧？"

所有人都被林许亦突如其来的一句话，吓得僵在了座位上，虞子衿猛地打了一个哆嗦。

"孟主编，何必呢？"他嘴角轻扬，如深潭般的眼中，凌厉尽现。

孟曳整个人呆坐在座椅上，大脑飞速地运转，想打圆场，可还没等他想出妥帖的说辞，林许亦却突然站了起来。

"不好意思，我未婚妻不舒服，先走一步。"他说着一只手轻轻地拉起还在出神的虞子衿，欠了下身子，另一只手拿起虞子衿挂在椅背上的西装外套，体贴地给她披上，然后扶着她的肩膀往外走。

"等一下。"孙恒也突然起了身。

"我喝酒了，搭个顺风车吧。"孙恒拿起外套，刚要去追林许亦，却突然停在饭桌边，一脸灿烂地冲桌上剩下的三人摆了摆手，然后就快步走开了。


以这样的形式收场，酒宴成了笑话，孟曳也成了笑话。

孙恒和林许亦分明认识，却装作不熟，林许亦知晓一切，却欲擒故纵地放他继续说。

孟曳精明多年，没承想被人摆了一道。


深夜的蔚凉温度骤降，酒店近海，连风都带着一股潮气，裹挟着向虞子衿袭来。

侍应生去取车，虞子衿披着西装站在两个男人之间，打了个寒战，思绪游离。

三人一直沉默地等了几分钟，直到一辆黑色的轿车开着近光灯驶过来，虞子衿以为是林许亦的车，刚要迈步往前，却被拉住。她有些奇怪地看林许亦一眼，林许亦没有什么表情，眼睛盯着那辆车。

"行了，我司机到了，先走了。"孙恒看到车来了，扬手告别。

虞子衿有些意外地挑了下眉，马上意识到之前孙恒说喝了酒要搭便车根本是个借口。她赶紧笑着向孙恒摇摇手，孙恒却突然走上前来。

"希望不久就能再见到你，嫂子。"孙恒虽然说得认真，但笑得很不正经，他抬起虞子衿的左手，像西方绅士一般，吻了吻她的手背。

虞子衿僵在原地说不出话。


孙恒的车前脚刚走，林许亦的车就被侍应生开了过来。林许亦拥着虞子衿坐到副驾驶位上，对侍应生礼貌地说了声谢谢，然后开车。

夜晚凉风瑟瑟，车厢里正放着一首《五十度灰》的电影插曲——*Never Tears Us Apart*。虞子衿打开了副驾的窗户，任风扑在脸上。

今晚的一切，让虞子衿觉得好像是置身一场奇幻的梦中。

车开出去没有几公里，进了街边的一条小路，然后停住不动了。

虞子衿奇怪，转头去看林许亦。林许亦却只是神色平静地挂了空挡，整个人向后倚在椅背上，闭着眼。

"怎么了？"她声音轻柔。

"没事，就是累了，歇会儿，别疲劳驾驶。"林许亦的声音也轻轻的。

车停了，风也不再刮了。虞子衿笑着看了看空无一人的小巷，然后解开了安全带，装模作样地爬到车椅上跪着，伸出手给林许亦捶右边的肩，一边捶，还一边笑道："林公使，您辛苦了。"

林许亦闭眼感受着虞子衿轻柔的动作和声音，嘴角带着笑享受着，还指挥她力道重一点。

歌声唱着"两个星球相撞，没人能将之相融之势解构"，窗外林风飒飒，月明星稀。

虞子衿一边敲，一边看着林许亦不再颤动的睫毛，以为他真的累得睡着了，刚要放轻力道，他却睁开了眼。他反手一拉她的右臂，她心中一惊，重心不稳，整个上半身都栽到了他腿上。

她是穿着高跟鞋跪在车椅上的，现下六厘米高的鞋跟正好卡到了副驾车门的把手里，用力地挣扎了好久才挣脱出来。

林许亦一双手搭在她的背上，笑着看她挣扎，也不帮忙。她脚一挣脱出来，就连忙撑着身子坐起来，把鞋从车把手上掰下来，一脸怒气地瞪着林许亦。

"你之前可不是这么看我的。"林许亦调笑一句，虞子衿又瞪了两秒。林许亦坦然地与她对视，眼眸中带着难以分辨的情绪，让她不好意思地收回了目光。

"虞子衿。"他的声音好像下了蛊，让她不由自主地转回视线，一点点想要向他靠近。

"我今天帮你解围，没什么奖励吗？"他的声音有些沙哑，低得几乎让人快要听不清楚，一边说还一边将脸靠近，用细长的食指点了点自己的侧脸。

虞子衿本还沉浸在他的声音中，看到他这个动作禁不住笑出了声："林许亦，我以前从来没想到你会变得这么不要脸。"

林许亦故作腼腆地笑了笑。

她一本正经地摇头似是拒绝，在林许亦转头想要再次索吻的时候一把抱住他的脸，转到自己的方向，在他的唇上轻轻一点，又退离，浅尝辄止。

林许亦因为她突如其来的动作愣了半秒，反应过来后整个人的眼神彻底变了。一直在克制的情绪在一瞬间倾泻而出，他几乎是一秒就解掉了安全带，整个人倾身压到她身上，手按上了副驾驶的车窗玻璃按钮。

他的吻不再轻柔，唇舌不断索取，撬开她的牙齿，掠夺她口中的空气，好像是无法抑制情欲，又好像是对她过去的一种惩罚。她整个人倚在车门上，努力地迎合。

直到他撑着手臂一点点与她分离，他身上松柏男香的气味萦绕在她的鼻尖，沾到她的身上。他的声音低沉又蛊惑："我知道你没办法忘掉苏航。但是，能不能只爱我一个人？"

他的声音压抑克制着，她没法看到他的眼睛，但能感受到他如小兽般请求庇佑时的那种卑微。

他其实没有想象中的那样坚强啊。

他会在沉睡中被她的一个动作惊醒，确认她还在身边时才能安睡；他会在公开的场合下意识地去牵她的手，好像这样才能心安；他会在她生病的时候手足无措，给她买很多很多的橘子罐头。

那是小时候他生病时，父母会给他买的东西。

而他把那份爱牢牢地记在心中，原封不动地全部给了她。

她总觉得他缺少了一点人情味和温柔，却从来没意识到，他的内心藏着一个被命运夺走入场门票后，仍然站在世界入口处踮脚张望的孩子。

他很爱这个世界。

"好不好？"他的声音在虞子衿的耳边又一次响起。

虞子衿的脸紧紧贴着他的脸，眼泪还是一点一点地滑了下来。

他的心里一直筑着一堵高墙，可为了她，他愿意将一切推倒，迎接阳光。

"好。

"我只爱你。

"只，爱你，一个人。"

她的眼泪浸湿了他的侧脸，也浸湿了一整个初夏的夜。

林许亦整个人僵了僵，一双眼睛慢慢地与虞子衿对视，有错愕，有感动，大概也有惊喜。

萨罗的那三天两夜，炸毁了整个使馆，也炸毁了他心中挣扎许久的那份爱。他在 Z 国陪了她几天，又选择了不辞而别。

他心里曾经有一份与她同等重要的骄傲，任谁碰触，他都会下意识地躲开、逃避。他返回萨罗参加复馆工作，将身心全部沉浸在工作中，想要逃避这份被触碰的骄傲和感情。可每一个深夜，他一闭眼，就会想到她那双坚定的眼眸，想到她的白 T 恤、牛仔裤、帆布鞋。他不受理智支配地去把苏航的履历查了个干净，也把她和苏航的故事了解了大概。可越了解，他的心就越纠结，越心疼。

他理解了她的冲动，理解了她的莽勇，理解了她的过度感性。

他的骄傲拖着他后退，可心一次次将他拉回。

他在意她，他爱她，他卑微地希望她的心里只有他。

他终于明白，所谓越在意，就是越不敢轻举妄动，越要小心翼翼。

他被她冰凉的眼泪惊醒，他望着她的眼睛，又一次在里面看到了那份坚定。他似乎也要抑制不住，一双手再次将她圈进怀里。

风卷着树叶沙沙作响，月亮一点点升到树梢。

端午节的小长假开始了，林许亦过完端午，再待一周就要回萨罗了。

早上虞子衿难得没有赖床，起来陪林许亦一起吃了早饭，到小区里晨跑了几圈，然后回到林许亦家中，拿了个他的黑色皮箱，收拾了几件衣服，打算回家陪父母一起过端午节。

林许亦似乎情绪有些低落，但嘴上没说，拖着她的行李箱一路走过花园里崎岖不平的小石子路。虞子衿已经提前点了火，打开了车子的后备箱。

"你回家看爷爷，我回家看爸妈，多好。"她在清晨的阳光中冲他笑。

林许亦也勉强地扯了个笑脸，虞子衿见他一副不情不愿的模样，上前在他的脸上亲了一口。

"我会偷偷给你打电话的。

"走了。"

她一摆手，转过身去用力地盖上了后备箱，然后快步走到车门前，开了车门，听到林许亦磁性的嗓音抱怨了一句："我还是见不得光。"

送走虞子衿，林许亦也没在家中多停留，回屋拿了车钥匙，然后开着车一路向西到市中心，驶进了市政府广场后街的一个老式小区。

小区的看门大爷认识林许亦的车牌号，看到他打开车窗打招呼，就连忙把蒲扇扔在小马扎上，走上前和他寒暄几句，开杆放人。

老爷子家在大院最后面的那栋，因为小区有些老了，又都是政府家属楼，所以基本没有物业管理，本来就不宽的道上停满了私家车，林许亦费了好大力气才把车开进去。

老式小区的一楼都会有个小小的花园天井，当年分房子时也是按党龄划分了楼层，作为整个小区党龄最长的爷爷，自然是分了带小院的一楼。

阳光有些晒，林许亦低着头只管往前面走，还没走出去几米，就听到了前面院子里边牧的吠叫声和老头儿老太太拿蔚凉方言吵架的声音。

"你土翻了吗，就往里种？

"这玩意儿能这么直接撩进去？

"快快快，回屋里待着去，别在这儿添麻烦。"老太太的声音苍老却有力。

"我养了一辈子花，种了一辈子草，我能不知道要先翻土吗？"老头儿也不甘示弱，声音中气十足。

林许亦看着那只被养得毛色油光水滑的大边牧，听着两人吵架的内容，不自觉地笑了笑。爷爷一辈子征战在外交场上，口蜜腹剑、针锋相对的场面都已经见惯，只是老了还是吵不过老太太。

"行了，今儿这是又种了什么菜啊？前些日子给我发微信种的丝瓜都怎么样了？"院子的大门敞着，林许亦一边迈步进去，一边朗声道。

老两口听到熟悉的声音同时怔了怔，家里的边牧似乎还认得林许亦，看他一进来就马上撒欢一般扑到他腿上。奶奶拿着菜篮子从地上缓慢地站起来，老爷子也连忙放下铲子将她搀起。

"许亦回来了。"奶奶的声音里带着明显的惊喜。

"这个端午节倒是记得回来。"爷爷一向深沉严厉，看他进来，眼中的喜悦一闪而过，又很快端起架子。

"正好，老许，快和孩子进屋喝茶去吧，省得在这儿给我添乱。"老太太拉着林许亦的手，给他使了个眼色，将他往屋里拽。

老头儿很不屑地哼了一声，然后走在前头和林许亦一起进了屋。

屋里是老式的木质装潢，一进去好像进了个大的阳光房，鸟语花香。

老头儿还是老样子，喝了林许亦沏的茶，问了几个十几年都没变过的问题，林许亦又关心了一下老两口最近的身体状况。

林许亦见老头儿似乎还在生奶奶的气，也没了和他说话的兴致，就知趣地起身，一个人走到窗边的小棚架子边逗鸟。

没多久，奶奶就端着个花盆走了进来，看到坐在红木椅上老头儿的臭德行，便去厕所洗了个手，然后回了客厅。

"来，你哥昨天才送来的草莓，还挺甜，你尝尝。"老太太端着果盘喊林许亦。

林许亦应声回到客厅里，坐在沙发上听话地拿了颗草莓吃。

屋里只有鸟的叫声，老太太坐在他对面的椅子上打量了他一会儿，最后欣慰地笑了笑："看到你一切都好，我和你爷爷就放心了。"

"萨罗那边一切都挺好，你们别整天挂在心上。"

"啊，是是，自从去年你说了他，"老太太斜了直挺挺地坐在椅子上的老头一眼，"最近是不挂心了，开始整天跟我争院子里的领地了。"

林许亦看了看老两口怄气的表情，只低头笑了笑，继续吃草莓。

"那什么，今天在家里吃午饭吧？"

林许亦点点头。

"我还听说你认识了个女孩，什么时候带回家给我们见见？"


03

窗外阳光很好，云彩绵白，有小孩子经过他们的院子，留下一串清脆的笑声。

林许亦简单地说了说虞子衿的年龄和工作，一直沉默的老爷子却突然抬起头。他的脸上已经满是皱纹，却依旧精神矍铄，整个人还是从前严肃正气的模样。

"你爱她吗？"他突然问。

林许亦正低着头，将视线放在脚下的木地板上，听到这句话，愣了几秒，然后抬起头，眼神中是前所未有的坚定。

"爱！"

"嗯。"两个老人一起轻轻地点头。他们没有问他更多的问题，得到这样一个答案就够了。

屋里沉寂了一会儿，却突然听到外面铁门被打开的声音。林许亦回头去看，一个西装革履的男人抱着一个大的泡沫保鲜盒，正一脸笑意地小跑着往里面赶。

奶奶一看到来人，脸上很快绽出笑容。她连忙起身去开门，一边迎他进门，一边向另一个站在铁门外的年轻男人招手："小刘，一起进来坐坐啊。"

"不了，奶奶，我还有点事儿。"年轻的助理也笑着大声回话，然后招了招手离开了。

男人将东西放到地上，然后伸展了一下胳膊。他一转身看到了坐在沙发上的林许亦，愣了一瞬又马上笑起来："许亦也来了。"

林许亦站起身冲他点点头，叫了声"哥"。

"林一快坐，今天难得我们一家人能团聚。"奶奶显然对许林一的到来很是高兴，她拉着许林一坐到身边。许林一向老爷子问候了几句，然后就开始和奶奶聊家常。

"行了，我去做饭了，你们爷仨先聊着。"时间已经到了正午，奶奶看了看时间，连忙起身往厨房走。

"我去书房待会儿。"老头儿有些兴致索然，简单地又说了几句话，就起身走了。

屋里顿时静了下来，只有厨房里抽油烟机隐隐传来呼呼的声音。林许亦看着这张和自己几乎长得一模一样的脸，一时无话。

"听说你前几天和《蔚凉晚报》的主编翻了脸。"老人走后，许林一脸上的笑容也渐渐消失，他没有走平时官场上的弯弯绕绕，直截了当地说道。

虽然许林一相比林许亦更外向、圆滑一些，但他们到底是亲兄弟，面对彼此时，还是很直接的。

这大概也是许林一久居官场，难得的一点简单直接了。

"你的消息倒是很灵通。"林许亦轻轻地笑了一声，语气是讽刺的。

"前些日子我们正好和报社有合作，孟曳就提起了这件事。"相比林许亦的清冷，许林一天生一副笑相，声音听起来冷淡至极，但一双桃花眼里似乎依旧含着笑，"我早就听说你和一个大学老师在谈恋爱，只是我也没想到，这大学老师能有这样的魔力，让你这么一个事不关己高高挂起的人能不惜跟孟曳翻脸。"

"也不是事不关己。"林许亦低着头冷冷道。

许林一坐在对面，听到弟弟这句话似乎有些意外，但很快就接受了，笑了笑："嗯，是我说错了，都是女朋友了，怎么会是事不关己呢。"

林许亦没有回话，依旧低着头，忽然听到桌上手机的振动声，拿起一看，是虞子衿发的微信，拍了她做的一道凉菜。

许林一的视线在林许亦的脸上打量许久，直到林许亦放下手机，又恢复了那冷淡的神情，才问："你爱她吗？"

果真是一家人，问的问题都一样。

"爱！"这次林许亦没再迟疑。

"你爱她什么？"

许林一的话让林许亦愣住了，他一直都知道自己爱虞子衿，可现在突然被问到底爱她什么，他却找不到一个具体的回答。

她其实很简单，似乎跟其他人都一样，又好像不一样，她也有很多缺点和小毛病，甚至跟他在性情上算不得合适。

可他就是爱她。

爱一个人，大概就是看到她所有的缺点依旧爱她。

"因为她足够好，让人喜欢。"

林许亦的答案似乎没在许林一的料想范围内，他怔了怔，但还是笑了。他早在来之前就查清了虞子衿的各种信息，甚至是她的家人。这个女孩儿简单也不简单，但是许林一怎么看怎么觉得，这不应该是他弟弟喜欢的类型。

"你应该比我更清楚，这姑娘强势、感性，不够理智，甚至骨子里比你还要冷淡。"许林一也根本不打算兜圈子。

"可就是她让我明白了，不管何时，都要热爱生命。"林许亦低着头，一字一句道。

林许亦的话说完，客厅整个静了下来。过了许久都没有听到许林一的声音，他抬头去看，许林一的目光和他对上，露出了一个有些奇怪的笑。

"那可能是我看错了吧。"许林一无奈地摇摇头。

许林一从来都没有听林许亦说过"热爱"这个词，更没有听他说过"热爱生命"这个词。

他知道林许亦为了什么当外交官，为了什么放弃安全和前途，非要驻守在遥远的另一个国度。他知道"生命"一词对林许亦来说到底有多重要，他知道林许亦从来都放不下过去，放不下那片父母曾经守护过的土地。

他骨子里是个热爱生命到极致的人。

没想到，这么快，林许亦就遇到了那个能够解开他心结的人。所以，他可能确实看错了，是他对那个姑娘的了解过于肤浅。

"林一，你知道吗？"林许亦的声音响亮却柔和。

"人活在世上，做某些事，并不是为了达到什么样的目的。

· 221 ·

"而是因为，那样做是对的。"

端午节当天，上午十点半，阿姨在厨房做菜，母亲在打扫卫生，父亲在楼上书房进行每天例行的晨读，虞子衿在客厅的沙发上坐立不安。

她的手机振动了一下，是林许亦发的一条微信，说他还有十五分钟就到了。

事情被安排得猝不及防。小长假的第一天，虞子衿回家陪父母，被问起了林许亦的事情，得知他现在还在蔚凉，就很自然地想赶在林许亦回萨罗之前见他一面。而刚巧不巧，林许亦也在前天晚上给她打来电话，说是希望能来她家拜访。

虞子衿倒也不是没想到会有此事，毕竟林许亦回国这小半个月，她以未婚妻的身份陪林许亦参加过几个外交界的晚宴，难免传进了父母的耳朵里。

虞子衿虽然并不算是对世事一窍不通的人，但总觉得有些说不上来的紧张。

虞子衿满腹心事，刚巧父亲从楼上缓步下来。虞子衿抬头望他，不知是不是心理作用，总感觉父亲似乎也有些紧张。

屋外的门铃响了。

父母听到铃声后对视半秒，默契地一起坐到了沙发上。虞子衿几乎是条件反射一般站起身，跑去门厅开门。

林许亦穿着一件干净的白衬衫和一条笔挺的黑色亚麻裤，头发整齐地侧分着，手里提着一提酒、一盒茶叶和一个不知道里面是什么的漂亮盒子，被虞子衿突然开门的动作吓了一跳。

虞子衿难得看到林许亦这样惊慌的表情，紧绷的神经顿时放松下来，没忍住冲着林许亦笑出了声。

林许亦也冲她笑了一下，又好像有些紧张地收回了笑意，然后用眼神示意。

虞子衿心领神会，连忙让开身，让林许亦在门厅换拖鞋。

林许亦站在一旁等她从鞋柜里找拖鞋，她却一时兴起，起了捉弄林许亦的心思，从鞋柜里找出一双粉红色的拖鞋，扔在了地上。

林许亦看着地上的粉红色拖鞋，又用眼神再次示意屋内，想让虞子衿放他进去。

"这双挺好的，穿着吧。"她站起身，忍着笑意道。

林许亦又看了一眼地上的拖鞋，压低声音在她耳边："别闹了，让叔叔阿姨等太久。"

"你讨好我，我再给你找。"在自己的地盘，虞子衿竟然第一次不自知地撒起了娇。

林许亦看着她一副得意的小表情，眼中含着笑，挑了下眉。

只一瞬，林许亦一只手臂往前一伸揽过虞子衿的腰，脸迅速贴近，吻了她。

虞子衿猝不及防，被吓得愣了半秒，然后慌乱地推开了林许亦。

"你疯了吧。"她小声叫道。

"是你让我讨好你的。"林许亦显然放松了些，自己俯身打开鞋柜，拿了一双黑色拖鞋穿上。

虞子衿回了神，瞅他一眼，领他走进客厅。

"叔叔阿姨好。"他将东西放在客厅走廊边的地上，已经调整好了状态，淡定从容。

虞子衿站在林许亦身后半步远的地方，偷偷打量着父母的神情。

他们在见到林许亦本人的时候显然是有些意外的，大概是与两人之前的猜测并不相符。尤其是从外表看，林许亦更像是个商界人士或是时尚界的男模。

"是小林吧，快坐。"顿了一秒，梁雨烟热情地叫林许亦坐下。

虞子衿也知趣地跟在林许亦身后坐到了对面的沙发上。

"之前一直听悠悠提起你，但是没机会见面。"梁雨烟开始和林许亦寒暄。只是虞适似乎兴致不高，整个人板着一张脸坐在一旁，静静地打量着林许亦。

话题一点点地展开，虞适也开始时不时地说上几句话，林许亦也对答如流，客厅的氛围似乎都还不错。只是坐在一旁的虞子衿却越来越觉得不对。

父母开始了解起林许亦的工作和家庭情况，而林许亦也好像丝毫不介意地如实回答，其中甚至有许多是之前连虞子衿都不知道的。比如他爷爷在外交界的显要身份，再比如，他还有个一起长大的双胞胎哥哥。

虽然父母问的都是些寻常问题，但虞子衿总觉得和自己想象的发展轨迹不太一样，虽然也说不出具体哪里不一样。

屋里的气氛变得越来越融洽，林许亦与虞适谈起了一些时事问题，梁雨烟起身去厨房看看饭菜的准备情况，没过多久就重新回了客厅，满脸笑意地说可以吃饭了。

虞适率先起身往餐厅走，虞子衿领着林许亦去卫生间洗手。

母亲酷爱养些花花草草，便在卫生间的置物柜上放着绿萝，在盥洗池台上摆着插好的鲜花。

虞子衿离开了父母的视线，终于大胆地牵起林许亦的手。到了卫生间门口，她像做贼般将林许亦一把推进去，然后带上门。

她关了门正要转身，却猝不及防地撞进林许亦的怀里。

"不用这么慌张吧。"林许亦一只手揽着她的腰，声音低沉又带着笑意。

"谁慌张了？"虞子衿皱着眉回了一句，用力一掰林许亦放在腰间的手，想要挣脱开他的怀抱。

谁知她用力过猛，整个人又因为转身失去了平衡，身体往后一仰，撞上了墙边的置物架。

林许亦眼疾手快地向前一步推了虞子衿一把，将她推到了卫生间门上。

眼前有什么一闪而过，随后传来清脆的一声巨响。

绿萝从两米高的置物柜上落下，瓷器盆子碎了一地。

虞子衿望着摔得稀烂的花盆，惊恐未定地去看林许亦。林许亦一脸无辜地望着她，小声说道："这下好了。"

两人对着地上的一摊土和绿萝，大眼瞪小眼，就听到卫生间外的敲门声，母亲的声音带着点关切，问能不能进来。

虞子衿闭着眼深吸一口气，应了一声，然后转身给母亲开门。

母亲穿着一双雪白的布拖鞋刚走进来，就被地上的一片惨状吓了一跳。林许亦看着她的表情，连忙解释："不好意思阿姨，刚刚我洗完手没注意，不小心撞在了架子上，实在抱歉，砸坏了您的花儿。"

梁雨烟看了一眼地上，又看了眼林许亦坦然的表情，嘴角牵起一丝笑："没关系，你没受伤吧？"

"没有。"林许亦连忙答道。

"那就好，我让阿姨一会儿过来收拾，你们赶紧来吃饭吧。"她的话讲完，离开时还不忘用余光瞟了呆立在一旁的虞子衿一眼。

阿姨和梁雨烟不遗余力地展示了自己的做菜绝活，林许亦很给面子地吃了每道菜，甚至还加了米饭，快吃完的时候还夸奖了梁雨烟的做菜手艺。

然后话题就被家里的阿姨自然地带到了做饭上，虞子衿福至心灵，开始不着痕迹地夸奖林许亦做菜的本事。梁雨烟和家里的阿姨自然也很开心地传授起做菜的秘籍，直到一直沉默寡言的虞适突然放了筷子。

"小林，你这次回萨罗要待到什么时候？"自家太太已经被小伙子得体从容的言谈举止迷了眼，甚至忘记了这次见面的主要目的，现在经虞适一提，梁雨烟也很快反应过来，整个人收起笑容，正色看着林许亦。

气氛突然严肃，虞子衿本想说话也只能及时刹车。她看到林许亦拿筷子的手突然顿了一下，但脸上还是很快绽开一点笑意道："驻外工作确实很难有假期，具体什么时候能回来，实在确定不了。"

虞适对林许亦的坦诚有些意外，但还是很快又问："那你要在萨罗待几年呢？"

这话出口，连虞子衿也明白了父母的意图。她有些紧张地看着林许亦，心里对父母有些抱怨，可没想到的是，林许亦直接回答了："一般是三年一任，但因为萨罗的一些特殊情况，所以我任期四年，还有不到两年时间就要结束了。"

林许亦的声音很平静，还带着点安慰的语气。虞子衿在一旁静静听着，也听出了一丝不舍。

他还是很爱这份工作，很爱那片土地的。

"那任期结束，你有什么打算吗？"虞适打破砂锅问到底。

"一般会听从部里安排，但我可以向叔叔阿姨承诺，等下一任期，我会尽可能选择去更安全的国家。"

虞适听到林许亦的话确实大为意外，没想到林许亦如此直接地做出了保证。他点了点头，也就没再问下去。

"来，快把汤喝了吧，要不就凉了。"梁雨烟心领神会，适时插话。

下午，林许亦结束了拜访，礼貌地告辞。虞子衿送走他后，陪父母在沙发上看了会儿电视。父亲说要休息一会儿，一个人上了楼，只留下她和母亲在沙发上，对着家长里短的婆媳电视剧沉默。

"妈，你觉得怎么样？"电视剧正切入广告，虞子衿满腹心事地问了一句。

她不是个被恋爱冲昏头脑的人，也很清楚自己想要的是什么，她希望得到父母的认可。

母亲看着电视屏幕愣神了许久，似乎是在考虑。

虞子衿虽说是想听妈妈的意见，但还是有些紧张地期盼着，可梁雨烟的沉默，让她的情绪也不可避免地低落下去。

"林许亦是个好孩子。"良久，母亲说出这样一句话。

虞子衿松了口气。

"但今天一顿饭的时间，我和你爸也不能将他的一切都看透。"电视上的广告进入倒计时，梁雨烟的注意力有一瞬间被电视吸走，但又很快回神，"我只能说，通过今天这次见面，我知道他的品行没有问题，他的从容大方也不是装的。

"但具体合不合适，也只有你们自己知道了。

"他是个好孩子，我也看出他是真心喜欢你，想和你结婚的。

"你爸虽然嘴上不说，但我知道他接受了林许亦，否则凭他的直脾气，他能现在安心地上楼睡午觉吗？"电视剧继续，充满紧张感的背景音乐无缝衔接，但母亲的声音尖细又清楚，"等林许亦结束了任期，你们可以考虑确定关系了。毕竟他常年在外，时间可不充裕。"

母亲的一番话已经直接明了地表明了态度，甚至也鼓励了虞子衿和林许亦更进一步，可虞子衿坐在沙发上听着母亲的话，并没有开心起来。

端午小长假的最后一天，虞子衿陪父母吃了晚餐后就心不在焉地坐在客厅里，一直盯着手机看。梁雨烟察觉到了她的坐立不安，递了颗草莓给她，又看了看窗外在院子里溜达的丈夫，小声说道："知道你想见林许亦，快去吧。"

虞子衿吓了一跳，她有些尴尬地放下手机，吃着草莓口齿不清道："我出去一会儿就回来。"

母亲笑着冲她点了点头。

虞子衿上楼补了个口红就火速地拿着包从前门溜走，等虞适回到房间之后，只剩下梁雨烟一人坐在沙发上静静地吃着水果。

"悠悠呢？"他四下看看。

"去见那小伙子了。"

虞适似乎叹了口气。梁雨烟站起身来给他递过一块切好的苹果，声音轻柔："别担心，她自己有数。"

"她能放下过去，放下苏航，我已经很感激了。"梁雨烟望着窗外的蛾眉月，笑了笑。


04

今天是农历五月十五，是天文学家预测的"超级月亮"观测日，也就是说今晚的月亮会更加圆。

林许亦订好了餐厅，约虞子衿一起吃晚餐。但虞子衿一过中午就忍不住去了林许亦家中，因为他们家来了"客人"——一只边牧。

边牧叫福多多，在林许亦爷爷家中养了许多年，据说很是通人性，因为前些日子林许亦的爷爷和奶奶到外地探亲，所以暂时养在林许亦家中。

林许亦家中有个花园，方便福多多撒欢儿，也刚好给了虞子衿一个亲近狗狗的机会。林许亦在书房处理文件，虞子衿坐在花园的吊椅上看福多多在草坪上打滚、扑蝴蝶，看了一个下午。

日近西山，天气渐渐凉快了些，林许亦从屋里走出来，他穿着简单的深蓝色衬衣和长裤，一身清爽。

"我们走吧？"他轻轻抬了下手里的车钥匙，见虞子衿还一直盯着福多多，就也看了一眼还在草丛里撒欢的福多多。

福多多听到林许亦的声音，只一秒，就马上嚎叫着奔向林许亦，一米多长的身子整个扑到了林许亦的腿上。

"它才在这儿待了一下午就这么脏了？"林许亦被扑了一下，一手握住了福多多的前爪，有些诧异。

"是你们家的地脏。是吧，福多多？"虞子衿笑着从吊椅上下来，走过去轻柔地摸了摸福多多的头。

"汪！"福多多大概是表示了赞同，然后就蹲在虞子衿的腿边吐着舌头，呼哧呼哧地瞪着一双大圆眼睛看着林许亦。

林许亦无奈地笑了笑，看向虞子衿："餐厅预订的时间到了，我们走吧？"

"我包还在屋里，你先去开车。"她走上前推了一下林许亦的肩膀，然后领着福多多进了屋。

虞子衿从院子出来，林许亦的黑色奥迪刚好停在门前，她上了副驾，系好安全带："我们去哪里吃？"

"Skyscrapering。"林许亦目视前方踩下油门。

Skyscrapering 是一家时常有米其林三星厨师"空降"的顶级西餐厅，位于市中心晨鸿大厦六十八楼的 360 度全观景室内，价格高昂，一座难求。

车一路停停走走，终于挤进了市中心，花了将近一个半小时，才在晨鸿大厦楼下停好。

两人进了大厦，坐进电梯，按下"68"。电梯缓缓上升，大约到三十多层时，电梯里的人就已经全部走光，只剩下虞子衿和林许亦两个。

虞子衿看着缓慢变化着的数字，清了清嗓子："你怎么突然要带我来这里吃饭？"

林许亦的视线在她的脸上短暂地停留，然后又去看电梯右上角的数字："蔚凉的地标建筑，从这里看月亮，大概是最近的吧。"

"叮"的一声，电梯门应声打开，两名穿着简约的女侍应生将他们迎进餐厅。

餐厅里冷气刚好，放着爵士乐，整个设计都是简约的黑白搭配，订好的位置在靠窗处，正好是观月的最佳位置。

虞子衿和林许亦相对而坐，林许亦低头看了一会儿菜单征询虞子衿的意见。虞子衿却故意回避，抬头去看窗外的月亮。

七点多，月亮被乌云遮盖了小半，影影绰绰的，但好在能见度非常好。

也许是虞子衿的心理作用，她觉得今晚的月亮确实比以前看到的都圆。

林许亦将餐厅的特色菜和招牌菜全点了个遍，然后轻声询问虞子衿想吃的菜。她连忙回神，装模作样地翻了几页，说了几道菜名，但都被服务生礼貌地告知已经点过了。

她有些尴尬地继续往后翻了两页，点了些比较新奇的菜品，最后加了一道甜品。林许亦的手放在桌上压着菜单，一双深棕色的眼眸注视着虞子衿，一直没离开。

两人似乎都有些心事。

今天是周六，又因为是个特别的月圆日，餐厅座位全部被预订了，精心打扮的男女挽着手进进出出。

"这种超级月亮多久能有一次啊？"虞子衿看了看窗外，没话找话。

"说不准，有时一年有好几次，有时好几年也没出现一次。"

林许亦回答完，喝了口柠檬水，放下玻璃杯重新不紧不慢地开口："'超级月亮'其实是个新兴词汇，也是近几十年才被提出的。它其实指的是在新月或满月时，月球和地球之间比平时更近。"

"所以看起来就更大更圆？"

"看来你地理学得还不错。"林许亦笑了笑，眼睛看了看座位外走来走去的服务人员。

"天文学跟地理有什么关系？"虞子衿也笑。

"嗯……虽然两者不是一回事儿，但至少证明你中学地理天文部分学得不错。"

"我们能不再提中学被地理支配的恐惧了吗？"虞子衿将身子往前探了探，刚好有一个侍应生走到座位边，为他们点燃了烛台上的蜡烛。漂亮的白烛火焰，迎着窗外车水马龙的各色灯光，轻轻摇曳着。

"我是理科生。"等侍应生致意离开，林许亦耸了耸肩，故作轻松道。

"我们还是换个别的话题吧。"虞子衿的身体又往前探了探，烛光刚好在她棱角分明的脸上留下斑驳的光影，一双魅惑的眼睛直直打量着林许亦，声音轻柔道，"你没有别的想——"

虞子衿的话还没有说完，就被服务生的"打扰一下"给打断了。

服务生端着餐盘上前，虞子衿连忙收回身体，也收起刚刚的话。

菜品很快上齐，摆盘精致，味道不错。虞子衿一手拿刀一手拿叉，切了一块七分熟的牛排放进嘴里，嚼了嚼，却总感觉有些食不知味。

这样暧昧浪漫的气氛，这样好的月光，还有即将面临的又一次长久的离别，再想到前些日子见父母的场景，虞子衿的心里其实有些期待，也有些恐惧。如果不是她自作多情，她总觉得林许亦会有些行动，或许是——求婚？

可是他们心照不宣地面对面吃着可口的美食，却没有任何表示和动静。虞子衿心里一团乱麻，一边希望预见的事情马上进行，一边希望那些猜测千万不要成真。

直到所有的菜品都已经品尝完，服务生上了清爽不腻口的抹茶布蕾甜点，餐厅里的音乐换成一首甜甜的 F 国歌曲，虞子衿听着心里一惊。

"月亮出来了。"一个有些沉也带着惊喜的声音不大不小地压过歌曲，传进虞子衿和其他用餐者的耳中。

人们纷纷抬头去望窗外的月亮，这颗距离地球约 384000 公里的星球正借着太阳的光辉，展示着自己柔和、圆满的美。

时间刚好，氛围刚好，景色刚好，虞子衿望着窗外的美景几乎快要忘却这一餐的烦心事，直到一阵风促使着云重新遮掩住月，虞子衿才回神，发觉林许亦没有看月亮，而是一直看着她。

海底月是天上月，眼前人是心上人。

"时间不早了，我们回家吧。"林许亦看了眼手表，抬头望向虞子衿。

一路沉默着驶回家，虞子衿的开门声惊醒了在客厅睡觉的福多多。她一打开灯，就看到福多多摇着尾巴朝她迎过来。她蹲着换鞋，也给了福多多一顿抚摸，然后就直起身径自进了客厅。

她坐在沙发上，把电视调到地方卫视，电视里正在播放一档综艺，声音吵吵闹闹的。

虞子衿打开手机低头处理微信上的一些消息，福多多就趴在她的脚边。

她听到林许亦进门的声音，听到他走进客厅，走到自己的身边，余光中他弯下身去摸了摸福多多的头，然后柔声道："我要先上去处理个事情，一会儿下来。"说完，也没有等虞子衿回应，就直接上楼了。

虞子衿看着他的背影从楼梯的拐角消失，用力地蹬了一下腿。

虽然她心里对被求婚有一丝恐惧，但林许亦没求婚，还是让她有点失望的。

就好像有些事情，你不期待还好，你期待了，得不到，反而成了别人的问题。

她在微信上回答了几个学生的提问，又心不在焉地抱着靠枕看了会儿综艺节目，但越看越烦躁，最后索性扔了抱枕，从沙发上弹起来，打算去楼上看看林许亦到底在忙什么。

福多多见虞子衿起身，也小跑着跟在她身后。

虞子衿上楼时，福多多已经一口气跑到最上面，然后摇着尾巴呼哧呼哧地转过身来等她。

一人一狗，悄声走到书房门前。虞子衿把拖鞋脱了，打算光着脚潜进去。她轻轻地按下门把手，推开门，却发现只有书桌上的台灯亮着，没有人。

她站在门边愣了两秒，福多多跑进去在书房里转了几圈。她走到桌边看了眼林许亦散在桌上的书和文件，都是些报告和书籍，实在看不出什么端倪。

她看完桌上的东西，回头发现福多多不见了，连忙关门出去。她正要去找福多多，却看到它正蹲在二楼尽头林许亦的房间门前摇尾巴。

她走上前，用手指了指门小声道："在这儿？"

福多多似乎能懂她的话，立刻站直趴着的后腿。

虞子衿想都没想，轻轻压下房门把手，开了一条小缝和福多多钻了进去。

林许亦的房间本就是深色元素居多，现下拉着黑色的窗帘，还关着灯，屋里整个黑乎乎的，什么都看不清。

福多多像有夜视眼一般顺利地穿过层层障碍往屋内跑，虞子衿磕磕碰碰地跟着。她走到窗边，听到露台上窸窸窣窣的微小声音，就小心地从窗帘里钻过去，打开门溜进了露台。

林许亦清瘦挺拔的身影，正弓着背对着她，朝向外面。

他不知道在专心做什么亏心事，连虞子衿开推拉门的声音都没有听见，虞子衿从他的正后方蹑手蹑脚地上前，停顿半秒，然后拍了下他的背。

"你在干什么？"

林许亦被这一拍和冷冷的声音吓了一跳，他转过身，眼神中头一次露出惊慌和不自然。

虞子衿也一时起了好奇心，直接往前一步拨开林许亦的肩膀。

一架被架好的天文望远镜正静静地立在夜风中。

这次换虞子衿意外了。

"今晚赏月的一个小惊喜，喜欢吗？"

虞子衿回头冲他笑了一下，顿时忘却了今晚的失落："可以啊。"就一手按在望远镜的镜筒上，弓身打算去看。

林许亦在她还没把眼睛靠上去的时候就拉住了她的手，将她从镜筒前拉走，有些无奈地笑了笑："先别动，悠悠，我还没调试好。"

虞子衿抬头看了看林许亦，然后点了下头，转身打算坐到露台的藤椅上，却发现藤椅边的小桌子上正放着一杯还冒着热气的咖啡和一块她最喜欢的提拉米苏甜点。

"这是给我的，还是给你自己的？"她挑了挑眉毛，不言而喻。

"当然是给你的。"

虞子衿满意地冲他笑了笑，然后用叉子拨了一小块儿提拉米苏放进嘴里。林许亦看她吃着甜点，却突然想起什么似的，四下看了眼，问："福多多呢？"

虞子衿一拍脑袋，但很快又笑开了，拿着叉子的手指了指斜对面的推拉门玻璃。林许亦顺着她的手去看，发现一个不明物体正隔着一层厚厚的黑色帘布挠着窗玻璃。

此情此景过于搞笑，虞子衿笑出声，不小心呛了一下，连忙拿起桌上的咖啡喝了口。

林许亦转身冲她笑了一下，说："我去隔壁找个零件，你先在这里等会儿。"然后拉开推拉门，一脚拦住往露台跑的福多多，又反手关了门。

虞子衿刚好吃完一块甜点，就听到拉门的声音。林许亦手上拿着一个小小的零件走进来，冲她勾了勾嘴角，然后走到天文望远镜旁开始低头捣鼓。

虞子衿喝着咖啡，惬意地看着忙活着的林许亦，不无兴奋道："天文望远镜看到的月亮和肉眼看的有什么不同啊？

"是不是能看到月球表面的环形山啊？

"最近还新出了一款拍照手机，说是能媲美望远镜的效果。"

在这个清风习习的夜晚，有了望远镜的惊喜，虞子衿好像打开了话匣子，开始滔滔不绝。

林许亦一开始并没有答话，又捣鼓了一会儿才直起身子，重重地呼了口气，一双桃花眼中含着笑意，道："你看看就知道了。"

虞子衿对林许亦的故弄玄虚来了兴致，站起来走到林许亦的身旁。林许亦小心地又调了调镜筒的位置，然后用眼神示意虞子衿去看。

圆月，清风，露台，美食，爱人，虞子衿的身子一点点靠近，仿佛不用看镜中月，便已经能感受到美好。

她闭上一只眼，扑闪着另一只眼睛看向目镜。

一个硕大清晰的月亮骤然出现在她的眼中，白色的圆盘月亮上映着一行英文：

Will You Marry Me?

虞子衿趴着身子，两只手按在镜筒上，僵住了。

瞬间，她感觉到眼眶有泪涌出。

泪水沾在睫毛上，模糊了她的视线，但她还是保持着之前的姿势执拗地看着此时只属于自己的这个月亮。

时间慢慢流逝，但脑中的画面却像走马灯连续循环滚动，她透过镜筒，看到一个穿着黑裙的女人和一个高挑的冷峻男人在跳《一步之遥》；看到使馆的窗前一个消瘦的侧脸被光线分割，在烟雾升腾中渐渐隐去；看到一个狭小的盥洗柜……

还有那双清冷也热烈的桃花眼，眼尾轻轻上挑，含着泪水，望着她。

她眨了下眼，撑着镜筒一点一点地把身体直起来，然后转过身子，看到林许亦正微笑着在一旁深情地看她，旁边还蹲着在不停摇着尾巴的福多多。

她想说些什么，却僵在那里一句都说不出。她听到福多多不停地发出呜呜的声音，注意力被分散了一点，关心地低头去看福多多。

凑近，她看到福多多的嘴里似乎是叼着什么东西。

她瞬间明白。

她愣在那里，看着林许亦低下身，伸出右手。福多多听话地张嘴，一枚熠熠的钻石戒指，躺在了林许亦的手心。

林许亦将戒指攥在手里，单膝跪在了虞子衿的面前。

他将手心里的戒指捏在指尖，抬起头，声音低沉也似乎有些紧张："悠悠，之所以用这样的方式，是因为知道你可能不喜欢那些人多热闹的场面。

"虽然我工作时和人谈判应对自如，可现在我真的不知道该怎么表达了。

"我们认识这么久，是你让我一点点地变得更成熟、更客观地看待很多事物，是你解开了我心中这么多年一直都纠缠着的结，是你——让我更爱这个世界，也更爱你。

"我们都在这段感情中成长，变得更好。我们说过要一起守护世界，一起守卫和平，哪怕自己只是一只微不足道的萤火虫。

"我现下比任何时间都更清楚，我爱你，我没办法离开你，我希望能和你一起守护世界，但现在，我想先守护你。

"我知道，你、我，还有一片夜空、一条狗，就是你想要的生活。我愿意为你承诺这一切，此时此刻，今生今世。

"虞子衿小姐，你愿意嫁给我吗？"

# 第九章

### 和平保卫者

01

七月一日傍晚五点，德内亚中心医院，一个黑皮肤的新生儿呱呱坠地。半个小时后，朗颂拖着疲惫的身体刚走出手术室，就被通知马上要再为另一位准妈妈麻醉。她懒得再走远，索性就在手术室外和威格摩闲聊，等着手术室整理结束。

"今天倒是个好日子，独立日，生下来就能享受一个假期。"威格摩倚着墙，冲坐在对面的朗颂笑了笑。

"说起来，今天的产妇确实比平时多。"朗颂也虚弱地笑了笑。

"刚刚那产妇上手术台时还跟我说，她的先生现在还在前线，说是要等一会儿麻烦我给她的 baby 拍张照留个纪念。"

"战争不都结束了吗？"朗颂望了望天花板，不知道想起了什么。

"应该是还在反恐前线吧。"威格摩淡淡道。

"等把恐怖分子也一起解决了，我就能回国了。"朗颂低头看了看自己因为长期戴着橡胶手套已经被汗水泡肿的手，心里说不上轻松，而是五味杂陈。

"你想——"威格摩的话还没有说完，手术室的门就被打开，剖宫产缝合结束、留观了几十分钟的产妇被推出了产房。她状态看起来不错，朗颂走上前时，她还能冲朗颂笑着轻轻招手。

朗颂温柔地祝福她，并要她好好休息。产妇笑着眨了下眼，就被护士推着离开了。

朗颂和威格摩站在走廊里看着产妇被慢慢推走，彼此什么话都没说，正要坐下再休息一会儿，却突然听到了一声很重的咳嗽。

朗颂和威格摩的神经瞬间紧张，朗颂下意识地望向发出声音的手术推车，却看到一身白色护士服的小护士在廊道里停下了。

电光石火间，威格摩迅速大步跑去，小护士也无措地转过头。

朗颂紧跟着跑过去，还没来得及开口，就再次听到黑人产妇的呛咳声。一个可怕的念头从她和威格摩的脑中闪过。

"是——"朗颂犹豫的声音刚发出，产妇就突然双目上翻，面色发绀，并出现了抽搐。

"是羊水栓塞。"威格摩脱口而出，视线看向朗颂。

羊水栓塞，发生概率约为十万分之六，且难以预防，一旦发生，成功抢救的可能性不超过三成。

朗颂迅速将手按在了产妇的胸上。手术车被威格摩迅速推着往回走，朗颂跪撑在孕妇两侧，疯了一般地对她进行心外按压。

"快去通知其他医生，麻醉血袋赶紧准备！"威格摩冲护士大吼一声。

手术灯在一瞬间亮起，产妇已经失去了意识，旁边的机器上显示，血压为 0，心率已经降到了 30 次／分钟。

朗颂从手术车上跳下，威格摩连忙继续进行心外按压。几秒后，加压供氧面罩就被扣在了产妇的脸上。

"现在该怎么办？"其他医生还没有赶来，朗颂望着威格摩焦急地喊道。

"阿托品和地米静脉推注，看看能不能抑制过敏和痉挛！"威格摩的心外按压还没有结束，产房门被打开，两个萨罗的医生站在门前听到了两人的对话，只听到药品，就马上意识到现在发生了什么。

其他抢救室的医生也迅速赶到，开始进行静脉推注。朗颂配置多巴胺进行静脉点滴。

产妇的血压渐渐回升，心率骤然上升至 120 次／分钟。

所有人密切注视着手术台上方的机器，威格摩主刀，手术开始。

十分钟之后，产妇恢复意识，朗颂迅速上前。

"能不能听到我说话？"

产妇有些扩散的瞳孔在一瞬间聚焦，她望着眼前那双黑色的瞳仁，眨了眨眼。

"你能听懂的话再眨一下眼。"虽然朗颂的 F 语并不流利，但显然产妇能听懂。她的眼中倒映着朗颂一人的身影和耀眼的手术灯光，重重地眨了一下眼，带着一种呼之欲出的求生欲。

高强度和紧张的手术进行了半个小时，护士在一旁擦掉威格摩脸上豆大的汗珠，威格摩颤抖着放下了手术刀。

但所有人都还没办法放松下来。

弥散性血管内凝血症状很快出现，且逐渐加重。

威格摩重新拿起手术刀，血压正在不断地下降，从关腹后到现在，还没有半个小时，子宫出血量已经达到 1500 毫升。

血液还在不断地注入产妇的身体，朗颂看着手术台上四处遍布的管子，预测换血率已经快要有 70%。

所有人都在静静等待，汗水打湿了所有人的衣服，朗颂的视线与威格摩相撞，威格摩却只是轻轻摇了摇头。

两个小时后，产妇的病情逐渐平稳，生命体征也已基本正常，被推入了 ICU 病房。

威格摩倚着墙一下子坐到了地上。朗颂走上前，尽管她满脸疲惫，但眼神中带着兴奋："我们成功了。"

"是啊，成功了。"

"只差一点点，只差一点点。"

"冲你摇头时，我差一点点，就要放弃了。"

"上帝保佑，我们又拯救了一条生命，比以往更艰难，也更幸运。"

产妇的病情被威格摩和其他的医生护士密切关注着，朗颂得以放松半刻，下楼去食堂吃点饭，补充体力。

不知道今天到底是什么日子，似乎一切都要跟她对着干。

她一边快速浏览着手机上的各种消息，一边下楼，走到一楼时没注意，撞上了几个抬着担架匆匆走过的萨罗士兵。她抬起头连忙道歉，士兵满是汗水的脸紧紧地皱着，顾不得她的道歉，迅速往急救室方向跑。

朗颂看得出，似乎是又发生了什么突发的紧急事件，她有些好奇地看了一眼担架上躺着的那个男人。

男人的脸在一点点地与她远离，她像被雷劈中一般地站在原地。

如果她没有看错，担架上躺着的，是已经一个多月没见的徐江麓！

"等等！等等！"她大喊着去追赶已经走远的人群。

撕心裂肺的 Z 国语，在这个陌生的国度，似乎有一种奇妙的力量，迫使士兵们的脚步在远处顿住了一秒。

"是徐江麓吗？徐江麓！"她早已忘记了英语，忘记了不流利的 F 语，大喊着奔到担架前。

一张苍白的脸赫然出现在朗颂的面前。她刚刚冲上来紧握担架的手一瞬间颤抖着松开，她的眼中蓄满了泪，手足无措地望着抬担架的士兵，拼命地组织语言："他怎么了？"

那士兵竟然会说英语，他抬着担架一边快步向前，一边偏头对她道："He got shot in leg.（他的腿中枪了。）"

"Shot？"朗颂马上捕捉到了这个词，她惊呼一声，去看徐江麓的腿。黑色的长裤都已经被鲜血浸透，血肉模糊。

朗颂在手术室外度日如年，实际却只过了半个小时。

半个小时前，她还是手术室内全力抢救病人的医生，现在却变成了焦急等待病人的"家属"。

手术室外的提示灯关闭，朗颂条件反射一般迅速走到手术室门前，留下的两个萨罗士兵也迈步到门前。徐江麓坐在手术床上，被一个护士推了出来，两个士兵迅速拥到他的面前。透过缝隙，一双大眼睛望着她怔了半秒，然后冲她露出一丝笑容。

她呆立在那里，刹那间，恐惧、委屈、怨恨、担心，各种各样的情绪涌上她的心头。她望着徐江麓那张苍白消瘦的脸，不住地摇头、落泪，视线却没有移开一秒。

两个萨罗士兵简单地和徐江麓用英语交流了几句，朗颂却全然没有听进去，她只是直直地望着徐江麓，徐江麓也在望着她。

所有的情感在这一刻爆发，那些担心、恐惧，让她失去了理智，她的眼中失去了一切景象。她走向他，只一步，她看到徐江麓张开了手臂，她扑进他的怀里。

　　"没多大事儿，别担心。"他的声音轻轻的，但还是十足的不正经。

　　"没事儿？刚才在担架旁叫你，你为什么不说话？"她的头埋在徐江麓的肩膀上，眼泪浸湿了他薄薄的T恤。

　　"我听见了，我听见你叫我了，这儿就我一个Z国人，我听到你喊了我的名字。"

　　"那你为什么不回我？"她的手在徐江麓的后背上重重地拍了一掌。

　　徐江麓吃痛，轻轻叫了一声，随即声音更加嚣张、更加不正经："我只是不想理你。"

　　"啪"的一声脆响，又是一巴掌。

　　徐江麓需要在医院观察二十四小时，朗颂推着他缓缓地往住院部走。

　　晚上八点多，萨罗的天空是一片浪漫的粉紫色，没有太阳，却依旧热气蒸腾。朗颂的情绪已经渐渐平复，推着轮椅绕过铺着柏油的后院，前往后面的住院楼。

　　"颂颂，转眼就快一年了。"徐江麓视线看向前方，重重地感叹一声。

　　"是啊，快一年了。"轮椅的轱辘碾过几颗石子，发出细微的声响。朗颂望着天，还能清楚地记得初来萨罗的那天，可如今，物是人非，已经快要一年了。

　　在这片干涸已久的土地上，他们目睹了无数的死亡，也见证了无数的新生。战火肆虐，他们都在拼尽一切，去拯救一条条生命，争取一份和平。同时，也是这片土地给予了他们不一样的经历和洗礼。

　　每个人都在这片土地上拼尽一切想要存活，在这里，他们真正懂得了生命的可贵。

　　"徐江麓，快一年了，我觉得你变了。"这句话其实从几个月前那次匆匆的碰面，她就想说了，只是直到今天才有机会开口。

　　"谁都会变的。"徐江麓的声音里带着一点落寞。

　　"看了那么多的痛苦、死亡，谁都会变的。

　　"我原本只是脑子一热就跟着你来了，可偏偏就是这脑子一热让我的人生被改变成了现在的样子。"

"后悔吗？"朗颂的脚步顿了顿。

炮火、枪响、鲜血，一幕幕可怕的场景同时从两人脑中闪过。

"不后悔。"他坚定地摇了摇头。

"我无比感激这段经历。

"人们的私心，在生命和世界面前，不值一提。"


02

蔚凉今年的冬天来得很早，虞子衿晚上下了班后没在办公室多逗留，直接回了家。

维克托先生昨天再次联系她，希望她能帮忙接洽一个 Z 国和 E 国合作的援助项目，援助对象是 F 洲土地上的难民儿童。

她简单地吃了饭，然后抱着笔记本电脑进了客厅，将电视打开调到中央一套。独身一人的她最近养成了一个新习惯，就是听着新闻办公。

她先打开手机看了看消息，维克托先生又给她发了很多合作的款项和补充文件。这是近四个月来她和维克托先生合作的第六个项目，虽然她人没办法去 E 国，更没办法去 F 洲，但通过完成一个个慈善项目，她总觉得会更安心一些。

另外一条消息是朗颂发来的，是一家婚纱店的定位地址。

朗颂从萨罗回来已经快两个月了，回来时除了人变黑了，看起来更坚韧了，其他并没有什么变化。

最大的变化不在她身上，而是在她身边人的身上。

她和徐江麓的恋爱进展神速，两个月时间，求婚、订婚、筹备婚礼、领证，一切都在有条不紊、热热闹闹地进行着。

《新闻联播》进入国际版块，虞子衿从电脑屏幕前抬起头看了一眼，忽然想起，明天就是周末了，她和朗颂约好要去试婚纱。

她本是不打算当伴娘的，觉得当个受邀的嘉宾就挺好，但架不住小情侣的死缠硬磨，只能无奈答应。

她今晚估计要熬夜到很晚，怕明早起不来，就先拿起手机定了十几个闹钟。她正点着屏幕，就听到《新闻联播》里女主播清丽的嗓音说，Z 方与萨方达成协议，将正式在萨罗首都德内亚建设补给站。

这是个好消息，这意味着萨罗国家实力将进一步增强，萨罗的经济力量和军事力量也将进一步增强。

对虞子衿来说，这可能意味着无数战死在那片土地上的 Z 国战士的英魂得以告慰，也意味着那个她一直想着的人，一切都好。

上午九点半，虞子衿进了蔚凉市最有名的私人定制婚纱店，看到只有朗颂一个人坐在沙发上，有点惊讶。

"徐江麓去 B 市开会了，今儿主要是陪你试伴娘服。"朗颂显然也有些没睡醒，眼皮还有点肿，端起台子上的咖啡喝了一口。

"那其他伴娘呢？"虞子衿又四处看了一圈。

"你下周不是没空吗？先将就你，她们的后面再定。"

"那你的呢？"

"我的徐江麓请了一位有名的设计师设计，今天主要是来试试迎宾纱、主纱啥的，拍个照给那位设计师发过去，让她心里有个数。"

"徐少爷果然阔气哈。"虞子衿笑了笑，挽着朗颂的胳膊进了里间。

婚纱店的化妆师给虞子衿扎了个漂亮的蝎子辫，还在上面簪了一朵和伴娘纱相配的奶绿色玛格丽特花。她穿着一身浅绿的简约抹胸垂地纱裙礼服，从试衣间里走出来。

朗颂跷着二郎腿坐在沙发上，看到她走近，眼中似乎也有一瞬间的触动，啧啧了两声后道："二悠，我一个女人都觉得你美到不行，你说你要是穿婚纱，有多少男人想娶你啊。"

虞子衿撇了撇嘴角，笑骂："我发现你跟你们家徐医生学得越来越不要脸了哈。"

"咳，这不是传染了嘛。"朗颂故作惭愧地低头一笑，然后起身走到虞子衿身边，一双眼上上下下地打量着。

"不过朗二，我也有个问题。"

"你说。"朗颂的眼睛依旧在虞子衿的身上打量。

"人家结婚都是先定新娘纱再定伴娘纱，你怎么还能倒过来？"

"没事儿，我已经定好了，就要白纱，其他颜色不要。"朗颂终于满意地将目光从虞子衿身上移开，冲她笑了笑。

"白大褂是白的，婚纱也是白的，合着白色就是你一辈子的保护色了。"虞子衿也调笑道。

"虞小姐，您皮肤白身材又高挑，穿这件浅绿色垂地纱，衬得整个人更白更瘦，真的很合适。"服务人员适时地插了一句嘴。

"嗯，我也觉得很合适，刚好和你刚刚选的那件墨绿的晚宴纱同一色系。"朗颂又打量一圈。

"那就这件吧。"虞子衿也没再犹豫。

"那行。该我了，我早就想穿那件鱼尾婚纱了。"朗颂迫不及待地指了指之前挑好挂在试穿衣架上的一件白色镶钻鱼尾婚纱。

"快去吧。"虞子衿被女服务员扶着去换衣服，朗颂也和另一个服务员抱着婚纱走进了更衣间。

衣服试穿烦琐，虞子衿换完衣服出来又等了十几分钟，朗颂才从试衣间出来。黑色的幕帘拉开，朗颂站在灯光下，背对着镜墙，头戴着一顶银色皇冠，婚纱的鱼尾闪闪发光，让虞子衿实实在在感受到了准新娘的美。

她看着朗颂有一瞬间的愣神，想起那个被求婚的夏夜。如果当时答应了，估计现在，她应该也是如朗颂一般幸福的样子。

朗颂站在灯光下，似乎捕捉到了虞子衿转瞬即逝的落寞，不顾身上婚纱的束缚，一边支开服务员，一边走到虞子衿面前。

"你和林许亦真的再也没联系了？"

虞子衿点头。

朗颂叹了口气，然后继续说："你们当时又没说分手，怎么就整成了今天这样？"

告别单身派对，是指一对新人在即将步入婚姻殿堂前，准新郎和准新娘召集好友死党们为他们各自举办的最后一次单身疯狂日。

六一儿童节当天，婚礼倒计时还剩三天，蔚凉人民医院院门外，朗颂穿着一身白大褂跑进停在马路边的一辆小轿车里。

"知道你急结婚了，连白大褂都等不及脱掉。"虞子衿手握方向盘看着正气喘吁吁系安全带的朗颂，挑了挑眉。

"这不是市区堵车嘛，朋友们都等着了。"朗颂将安全带系上又想起没脱大褂，连忙一把拽下一只袖子。虞子衿看着她一脸的急不可耐，没忍住笑了笑，一脚油门开向城中。

当晚，朗颂的告别单身派对在毒蛊酒吧圆满结束，徐江麓则打算在自家的别墅里和从小一起长大的发小兄弟嗨到天亮。

一帮女人喝到有些微醺，在毒蛊酒吧门口告别。虞子衿之前戒酒，这次滴酒没沾，架着有些醉的朗颂将诸多姐妹送上出租车，然后又载着她原路返回。

朗颂的单身公寓在距蔚凉市医院不到一公里的一个老式小区里，虞子衿七拐八拐地把车停在朗颂家的楼下。朗颂刚刚吹了一路的晚风，现在已经基本清醒过来。虞子衿将车门锁上，两个女生一起爬楼梯到了六楼。

房子是老房子，装修却是全新的，简约大方的北欧设计，很符合朗颂那颗保守简单的内心。两人在沙发上吃着薯片闲聊一会儿，就分别去卫生间洗了个澡，换好睡衣躺到了朗颂的双人床上。

两人的感情从儿时一直延续到现在，上大学时，朗颂就和虞子衿许诺，不管谁结婚，两人的告别单身派对都必须是一个只有她们彼此同床夜话的夜晚。

如今，窗外繁星点点，屋内的气温清凉宜人，她们倚着床头，看着对面墙上电视的新闻节目，一时感慨万千。

"这一晃也快要十年了，当年的许诺没想到这么快就兑现了。"朗颂的视线不知道聚焦在哪里，她的声音低低的，似乎也有某些情绪涌上心头。

"是挺快的，不过也挺好，你马上要嫁给自己喜欢的人，步入婚姻殿堂了。"虞子衿看着电视上播放的国际新闻，却一句都没有听进去，只心中一片怅然。

"是挺好，谈恋爱到结婚都一切顺利，只是现在突然就要真正面对婚姻，反而有些胆怯了。"两人从来都是无话不谈的好友，朗颂看着痴痴望着电视的虞子衿，转过头笑了笑，有很多话涌到嘴边，还是没有说出口。

"当人从一种环境换到另一种环境，会本能地畏怯。不过婚姻还好，只是从一种习惯过渡到另一种习惯。"虞子衿的视线从电视上转开，转头冲朗颂笑了笑，然后低下头，有些落寞。

"你现在倒是想得很清楚。"朗颂看出了虞子衿的低落，轻声安慰。

"是想清楚了，不过就是有些晚了。"虞子衿声音低沉。

朗颂了解她，知道她平日从不会说这种丧气话，心中也已经有数。

朗颂终于憋不住了，叹了口气："还有不到半年，林许亦就要回国了吧。"

虞子衿低着头，没有说话，但朗颂还是打算继续说下去："我当初不理解，你为什么要拒绝他的求婚，现在终于有些懂了。"

朗颂一句话说完还轻轻摇了摇头，虞子衿转头看朗颂，看她也一副消沉模样，便勉强挤出一丝笑："我倒是希望你永远都不要懂。"

"你说不希望我懂，但现在我们俩都懂了。

"你骨子里是个被动的人，这我比任何人都清楚。你虽然一直在外求学工作，却一直渴望稳定安逸。你说你是因为害怕那些辗转和不稳定才选择拒绝，亏我当时还相信了你。

"现在想想，你和此时的我一样，无非就是在害怕面对自己的内心，害怕告别过去，进入一个新的人生阶段。

"可是这就是爱情和婚姻的本质啊，不再只为一个人考虑，开始多挂念一个人和一个家庭，开始学着理解和妥协。

"你说你们性格并不般配，一个极度理性，一个极度感性。你还说你们对很多事的态度也不尽相同，但你看看我和徐江麓，我们两个之间的差别不是更大吗？

"悠悠，爱不能只是索取，还要有付出和妥协。我知道你只是在害怕改变，只是缺乏一点点向前的勇气。

"你说你们要分开，要各自去寻找答案，现在也已经一年了，林许亦马上就要回来了，你还是不敢向前迈一步吗？"

朗颂的声音似乎有些颤抖，不知是因为激动还是情真意切，电视的声音已经全然被她压过。虞子衿倚着床头呆呆地看着电视屏幕，心中却有无数的情绪翻滚。

她慢慢坐直身子，仰起头，心中郁结的一口浊气终于被她长长地呼出，那块压在她心中的巨石也似乎终于挪开位置，照进阳光。

其实，朗颂说的是对的。

她的确应该面对自己的内心，不再畏惧。

电视上的新闻报道突然从字正腔圆的新闻播报，变成紧急的插播。一头金发的女主持，改变了一贯温柔大方的播音方式，开始低头快速地读着桌上的文件。

画面被骤然切换，应该是手机拍摄的画面，很是模糊和颤抖，景象是一座高大的、楼顶挂着蓝色旗帜的白色建筑。建筑外的街上，一辆大巴车外，几个蒙面的男人正举着枪，将跟跟跄跄的人们推回大巴车上。

女主持的声音清晰又快速："A terrorist attack happened outside Z's embassy in Salo, twenty local people and a staff member were kidnapped.（Z国驻萨罗使馆外发生恐怖袭击，二十名当地民众及一位使馆工作人员被绑架。）

"We don't know if they are dead or alive.（生死未卜。）"

五月下旬的一天上午，M国国务卿彭佩特乘坐的波音专机在萨罗首都机场缓缓降落。

旋梯打开，萨罗军乐队早已等候多时。军乐响起，彭佩特徐徐走下，在亲切地挥手致意后，他走下旋梯，热情地与萨罗新任总统米特罗先生握手，开始了为期一周的访萨活动。

本次访萨名义上是为了讨论M国与萨罗进一步的经济合作，但人人皆知，M国在萨罗的F洲第二大军事基地租约马上就要到期，此次访萨主要的目的还是就补给站的续约和进一步建设问题进行新一轮的协商讨论。

当天，在总统府内，米特罗总统和彭佩特进行了友好深入的交谈。

彭佩特以礼貌又强势的态度，表达了希望与萨罗进一步展开经济合作的意愿，也含沙射影地暗示了米特罗，希望萨罗不要与Z国走得太近。

半年前，Z国驻萨罗补给站正式开始建设，除此之外的各项经济援助、基建建设也在萨罗的土地上轰轰烈烈地展开。Z国在F洲这片土地上的影响力和话语权不断提升，这无疑影响了M国在萨罗的诸多特权。

M国名义上是为了与萨罗展开进一步的经济合作，但其真正的目的还是与Z国展开竞争，限制Z国在F洲的经济和政治影响力。

这一点，萨罗总统米特罗十分清楚，Z国驻萨罗公使林许亦也同样清楚。

第二天，彭佩特在萨罗议会大厅中进行议会演讲，在座的包括萨罗的所有议员和许多部长级官员。

彭佩特在演讲中委婉地指出，M国一直密切关注着F洲国家的发展，M国在萨罗拥有F洲第二大的军事基地，也一直很关心萨罗的战后建设和发展。这次访萨，他带来了大批经济建设项目，M国非常愿意参与到萨罗的建设中来。

并且在演讲中，彭佩特也强调了M国"始终致力于帮助F洲加强民主机构建设，促进F洲经济等领域的发展，推动F洲实现和平与安全"。

同时，他影射某些国家在这片土地上大肆掠夺资源，看似繁荣了经济，却给F洲的可持续发展造成了灾难性后果。

这场演讲，彭佩特先生摆出一副高高在上的架势，表达了所谓的"合作意愿"，但众人皆知，M国从未将萨罗摆在平等的地位上。

彭佩特本以为在议会上的演讲已经表明了M国意见的不容忽视和希望Z、萨两方不要走得太近的警告意味，但没想到当晚宴会后的私人见面时间，总统米特罗却一改昨日的顺从姿态，甚至直接无视M国的警告。

萨方拒绝签署M国提出的军事基地自由权协议，并且明确表示对军事基地续约一事会慎重考虑。

当晚，彭佩特回到M国大使馆时，脸色很不好。米特罗今晚的态度绝对是在他意料之外的，一个区区小国竟然公然给了他警告，他感觉受到了羞辱。

他已经意识到Z国如今在F洲的地位比他想象的更高，现在M国必须要有所行动了，为了与Z国竞争，为了在这个位置关键的小国争夺更多的话语权。

经过与M国总统的紧急通话，以及M国高层的讨论，他们决定，是时候给萨罗一点颜色瞧瞧，给他们制造一点动乱，给这个不识好歹的新任总统一个下马威了。

六月一日，在彭佩特访萨结束一周后的早晨，林许亦准备前去参加Z国和萨罗合建特大水泥厂的竣工仪式。

该水泥厂是由Z国建设集团承包，Z国名列前茅的水泥厂商投资十亿元建设而成的特大水泥厂，该水泥厂位于萨罗的工业城市比利特，预计年产水泥将达到一百万吨。

F洲有十几亿人口，而水泥年产量却不足一亿吨。这个水泥厂的建成，必将极大地缓解萨罗水泥供应紧张的问题。

在双方代表发言之后，林许亦作为Z国代表之一，参与了剪彩仪式，并且参观了水泥厂内的设施。中午，在萨方代表的宴请结束之后，林许亦与萨方代表告别，返回德内亚。

同行的除了大使馆的两位参赞和工作人员，还有这次承包建设的萨罗建筑师和工人。比利特距离德内亚不远，林许亦经过了一上午的外事活动，有些疲惫，他坐在车上闭眼想着后面的工作。大概两个小时后车子就驶入了德内亚市郊。

沙漠在午后的太阳照耀下十分耀眼，一片金黄。林许亦闭眼休息了一会儿就缓缓地睁开眼，透过车窗，看到越来越多的补给站建筑，从后视镜中可以看到，大使馆的车后紧跟的那辆载有萨罗工人的黄色中型大巴车。

今天下午回到使馆还要召开一场会议，就最近补给站的建设进展和Z国投资建设项目进行总结汇报，六月中旬政治参赞姜宇将会回国述职。

因为大使身体状况不大好，补给站从开始协商到建设以来一直是由林许亦接洽的，中旬的述职本应该是由林许亦回国汇报，但他将此事推给了姜参赞。

从那次求婚失败到现在，还差一个月就一年了，虞子衿坦言了两个人之间的问题和自己的顾虑，面对那些无解的问题，他们决定各自寻找答案。

再过半年林许亦就要回国了，他最近的梦中总是会出现那片战火四起的土地，出现那个穿着牛仔裤和帆布鞋的清瘦身形。所谓近乡情更怯，他对她的爱从来都没有消减，但也更加胆怯于时间过去这么久后，虞子衿对他们之间的感情会不会萌生新的看法。

反正只剩半年时间，他也不打算再回国给彼此徒增烦恼了。

车在滚烫的柏油路上又行驶了一会儿，距离使馆的直线距离也已经不足五公里。林许亦想起明天使馆安排的一场中方和萨方工程师的交流活动，将视线重新放到后视镜上，去看后面一直紧跟的中型大巴。

只是这次，大巴却没有出现在热气蒸腾的柏油路上。

"后面的大巴超到我们前面去了吗？"林许亦向前探了探身子问司机。

"没有啊。"司机通过后视镜与他对视一眼。

"不是一直跟着我们的吗？"林许亦有些纳闷，转头看向车外，却看到车后不足百米外紧跟着一辆黑色商务车。

"这车——"

林许亦的话还没说出口，整个车突然颠簸一下，然后失去控制，直直地向马路牙子上撞去。

车头重重地撞到马路边的椰枣树，林许亦坐在后排抱着头，整个身体因为惯性撞到前椅靠背上，手臂狠狠地折了一下。

"没事吧？"司机系着安全带，相对好一些，连忙转过身去看林许亦。林许亦刚要摆一摆手，却听见"轰"的一声巨响，整个车狠狠地晃了晃。

"他们发射了火箭弹！"司机大喊一声，用力地护着头部。林许亦因为猝不及防的爆炸又一次撞到车门上，震感刚刚过去，他就连忙侧身透过车窗往外看。百米远的马路正中间，已经躺下了两个人，鲜血流了满地。

几个蒙头的恐怖分子手里均持有枪，正将哭嚷着四散跑开的工程师和工人重新押回到大巴车上。

林许亦的车和那辆大巴的距离不过一二百米，他趴在车窗上看着车后的场景，大脑飞速地运转着。

正常行驶在马路上的大巴突然失去了踪迹，他们的车突然直直撞到了树上，整个车身骤然向一个方向倾斜，应该是被人扔在马路上的尖状物扎破了轮胎。

这必然是恐怖分子所为，可为什么他们只押解那些工程师和工人，而没有来车上找他们？

刚刚的爆炸和远处躺在血泊中的人已经将林许亦的头脑搅得混乱不堪，他努力让自己冷静下来，眼睛直直地盯着车窗外的大巴车，一眨不眨。

恐怖分子的动作很快，不到两分钟，所有人都被拖到了车上。几个恐怖分子持枪守在车边，交换了一下眼神，然后纷纷上车。最后两个恐怖分子走到车尾不知道做了什么，又很快回来，望了眼林许亦的车，然后就要登上大巴。

那一秒，林许亦几乎没有犹豫，直接推开了轿车的车门。

车门被带上的声音很大，两个恐怖分子还没来得及上车，视线透过黑洞洞的头套望向他。隔着百米，林许亦与他们面对面对峙着。

"我是他们的领导！我要上去和他们一起！"林许亦用流利的法文冲对面大喊。事发突然，他没办法想到更好的借口。

戴着头套的两个恐怖分子也似乎因林许亦突如其来的阻拦给愣住了，他们持枪的双手并没有动作，转头对视了一眼，又将视线重新放到林许亦身上。

林许亦试探着往前走了两步，两个恐怖分子又怔了半秒，然后大喊一声"举起手"，并飞快地拿着枪跑到林许亦身边，一把压住他的肩胛，将他往车上推。

林许亦被狠狠地推上车，脸撞在了第一排的座椅上。两个恐怖分子和另外几个同伴说了几句，林许亦侧着脸勉强打量周围的环境。几十个工人和工程师被捆在一起，坐在车厢的后部，嘴都被白布堵住，一看到他就开始拼命地挣扎。

车已经开动，两个恐怖分子和开车的同伴说了两句，就松开了林许亦，他们将他从车座上提起，手脚麻利地把他的手腕捆在身后。

其中一个恐怖分子一边绑一边冲林许亦说了句他听不懂的话。

林许亦趁його还没被堵住嘴，连忙用 F 语尝试沟通："我是水泥厂的 Z 方投资人，这上面都是我的员工，你们不能——"

林许亦的话还没说完，就被布堵住了嘴。他怒目圆睁，透过头套看着恐怖分子那双漆黑的眼睛，说不害怕也是假的。

"老实点！"另一个恐怖分子第一次用沙哑的 F 语开口道。

"只要你听话，不会伤害你的。

"林先生。"

"林先生"，他们竟然知道林许亦的名字。

他是 Z 国大使馆的人，对方却知道他的名字，看来这是一场蓄谋已久的劫持。难怪刚刚他从车中出来，他们似乎并不意外。

两个恐怖分子很快搜走了林许亦身上的手机、钢笔之类的物件，然后押着他穿过十分不平坦的走廊，将他一把推到了被捆在一起的人群中。另外有两个恐怖分子一直在后部把守，他们被一起捆着坐在地上，侧面的玻璃窗的窗帘都被拉上了，完全看不到车外的景象。

有个外籍工程师看到林许亦也被捆着，瞪大了眼睛，奋力地挣扎着，想站起来抵抗，却被恐怖分子厚重的靴子一脚揣在心口。工程师撞到了后排的车座上，整个人用力一呛，鲜血瞬间染红了白布。

"老实点，不想死的话！"恐怖分子大到几近撕裂的声音响彻整个车厢。

恐惧，不寒而栗的恐惧。

林许亦坐在一群人的身前，视线中只有恐怖分子的黑色高帮靴，他开始努力在脑海中记下大巴车行驶的路线，但七拐八拐的各种方向和四周挣扎哭泣的声音让他只坚持了一段时间就乱了。

车子高速向前行驶着，看目前的形势，显然还没有车能追上来。

深深的恐惧充斥着整个车厢，所有人都知道自己遭遇了劫持，连同躺在前面座位上的两个血流不止的工人，他们的生命在一分一秒地流逝，随时都会走到尽头。

路越来越崎岖，到后来似乎完全变成了山路，大巴一路颠簸地向上爬坡。

一个小时，两个小时，甚至更久之后，车突然一个急刹停了下来。

本就紧绷着神经的人们又将神经绷得更紧了些，司机停了车，再次用林许亦听不懂的语言说了两句。车上的另外九个恐怖分子纷纷走到了车厢后部，四个人走上前一把将地上的人们拽起，另外五个还举着枪守在一旁。

林许亦被拽着站起身，他刚刚得以观察车前挡风玻璃外的环境，就被黑布蒙住了眼睛。

其他人也被蒙住了眼，在挣扎中，恐怖分子一声厉喝，一群人被拽着走出过道，下了车。

车外的空气潮湿而闷热，四周弥漫的沙尘味和刚刚瞥见的那一眼，让林许亦判断出，这里大概是萨罗东部的某座土山坳。

他被蒙着眼，一路被押着跟跄向前。

周围的脚步声杂乱无序，但当人们失去视觉的时候，往往会将注意力高度集中在听觉上。林许亦被押着一路往山里走，最后在一处停下，身边的恐怖分子又开口说了两句，明显产生了很大的回音。

他们现在估计被藏在了一个山洞里。

他们再次被推倒，林许亦听见一阵混乱的交谈声，他最恐惧的事情发生了。

这里的恐怖分子不止车上的十个。

过了几十秒，交谈声渐渐停止，林许亦的大脑中有什么一闪而过，终于被他捕捉到。

东边，山洞，听不懂的语言。

那语言很像是 L 语！

L 语是萨罗本部和邻国西部地区所属 B 语支的一种语言，是萨罗东部尚存的恐怖分子会使用的语言。

他迅速地判断出了这些恐怖分子所属的组织。

Sitliman，萨罗分离主义恐怖组织。

他们要求分裂萨罗东部的克斯里和东特两州，在萨罗内战期间，曾一度攻打到德内亚，策划多起爆炸、劫持和暗杀事件，造成死伤者无数。后来，在萨罗军方和维和部队的奋力打击下，被迫退回了东部大本营。

现在，战争刚刚被驱逐出这个国家，他们就卷土重来了。


恐怖分子们的交谈声渐渐停止，周围只传来规律的脚步声。林许亦倚着嶙峋的岩壁，脑中有无数想法迸发。此地路险又崎岖，军队一时间也很难到达，他基本能确定，在救援到来之前，只要人质不做出过激反应，他们的安全还能得到保障。

但是，一旦救援来到，一旦双方开始交涉和谈判，他该如何自救，又该如何保护这几十个无辜的平民？

他的大脑飞速地运转着，突然，蒙眼的黑布条被暴力地扯了下来，眼前一亮。

他眨了两下眼，适应了山洞内昏暗的光线。

面前立着一双黑色的高帮靴，林许亦小心地将头偏转一点点角度，去打量四周的环境，但马上就被恐怖分子狠狠地扭过了头。

"林先生，这四周都是炸弹，我劝你别动歪心思。"暗哑的声音在他的上方响起。

林许亦顺着男人的腿往上看，根据身形确定了对方就是之前开大巴车的司机，也大概是这次恐怖事件的策划首领之一。

"军队的人已经到了，一会儿我们希望你能配合我们。"男人话音刚落，山洞外就传来整齐的脚步声，看来萨罗军队确实已经到了。

"报告，山洞已经被包围了。"一个满身是血，似乎是为那两个伤员包扎的恐怖分子上气不接下气地跑来，甚至直接使用了 F 语进行对话。

对林许亦来说，这是可怕的，因为他们不再忌惮谈话的内容被他听见了。

"再等会儿，把字条扔下去。"首领的声音压低到极点，似乎有什么情绪被鼓动到了极致。

满身是血的男人喊了声："是！"然后快速离开。

首领依旧站在林许亦的面前，周围不时有脚步声传来，似乎是他们的人在四处巡逻。

林许亦觉得要说点什么了。

"你们要向军方提什么条件？"生死当头，他知道此时此刻，任何一个举动都异常的重要，他努力将声音保持平静。

那首领似乎低下头看了他一眼，然后从嗓子中发出沉重的呼气声，似笑非笑道："林先生应该早就猜出我们的条件了。"

"你们想让萨罗撤军，恢复克斯里和东特自治。"林许亦的声音冷冷的。

那首领似乎又看了他一眼，轻轻地呵了一声，声音中充满了难以抑制的愤怒和仇恨："还有要求他们释放什莱西。"

林许亦沉默了片刻，在脑中再次搜索信息——什莱西，即两个月前被萨罗军方逮捕的希特利曼组织的二号人物。

"林先生，你这么聪明，也是我们的筹码，只要你肯配合，我们不会伤害你。"外面的脚步声突然间停了下来，那首领四下看了看，又重新转回头，"只是就算你不受伤害，并不代表那些人不会受伤害。"

"所以你们在策划的时候特地挑选了我来做筹码？"

林许亦这次彻底地扬起了头，看到男人头套下的脸似乎动了动，牵动起一点布料，刚想说话，却被林许亦打断了："但是你们当时完全忽略掉了我的车，可见你们并不一定是要把我放在计划内的。"

那首领又发出了那种恐怖的呼噜声，他的声音中似乎带着一丝癫狂和极度亢奋："这你不需要知道，你只要——"

只有脚步声和说话声回荡的偌大山洞内，突然响起了清晰的电话铃声。

"谁？"男人大喊一声，所有人在一瞬间全部定住。

手机铃声被骤然放大，AK步枪上膛的声音紧随其后。

铃声还在响着，林许亦慌忙地跪行到石壁的后面，刚好能看到外面山洞中的恐怖分子和人质。

子弹上膛，但最后还是没有响起，那首领一脚将被搜出手机的男人踹到了山洞的洞壁上。被踹的男人后背猛烈撞击在尖利的石头上，发出一阵撕心裂肺的哀号声。

手机铃声还在继续响着，首领从其中一个恐怖分子手中接过手机。小小的手机在他黑色的手套间，翻转了几个回合，最后终于没了声音。

那首领看着还在亮着的手机屏幕，愣了两秒，然后又重新快步走回了林许亦所处的山洞。男人看到林许亦已经爬到了山洞最边缘，并没有很意外，对跟过来的两个恐怖分子一挥手，视线对上林许亦的目光。

"你为什么不接那电话？"林许亦稳住情绪。

这一句质问显然起了效果，那首领走到他身边盯着他，并没有作声。

林许亦将视线放在那首领手中握着的手机上，镇定地抬了抬下巴："电话可以让你们更好地和外面沟通，说出你们的要求。"

那首领还是没有说话。

"如果你们不愿意，也可由我来说，我是外交官，我的话语权或许会大些。"

山洞中沉寂了几秒，只有沉沉的脚步声。

"我劝你不要耍花样。"

黑洞洞的枪口抵在了林许亦的后脑。

03

当晚，虞子衿就坐上了前往萨罗的飞机。

她向朗颂道歉，抱歉在她人生中最重要的日子里没办法陪在她身边。她还打电话给孙恒，向他询问情况。

孙恒支支吾吾，她走投无路之下拨打了孙恒的父亲，也就是外交部副部长孙诚毅的电话。

凌晨时分，老人对虞子衿的电话似乎并不意外，对她几乎要抓狂的情绪也并不意外。在老人的帮助下，虞子衿得以坐上最近一班飞往萨罗的飞机，能够在这个噩梦一般的事故发生的第一时间飞到林许亦的身边，虽然不能见到他。

飞机穿过云层，穿越千万里土地，用十个小时，从一片黑夜来到另一片黑夜。

当飞机降落在德内亚首都机场时，正是萨罗的凌晨五点，太阳已经渐渐冒头。她背着一个书包只身穿过空荡荡的机场，清晨的机场空调冷气开得太足，直将冷气吹到她的骨子里。

虞子衿走出机场就看到了被安排来接她的使馆工作人员，简单的几句交谈之后，虞子衿便上了车，前往那个藏着她爱人的地方——东特州。

前一天的夜晚，似乎格外漫长。

从下午一直到晚上，山洞中重重把守，恐怖分子始终拒绝与外界进行电话沟通。双方已经僵持了一整个晚上，林许亦被困在和其他人质分离的另外一个山洞内，没办法得知其他人质的状况，也没办法取得与任何人沟通的机会。

他的脑中正盘算着各种各样的可能，外面的山洞中却突然传来一声凄厉的叫声。

山洞中忽明忽暗的灯光下，那刺破耳膜的惨叫让林许亦整个人都震了一下。

一声惨叫之后，一切又重新恢复了宁静。林许亦凝神去听外面的动静，就突然听到一阵脚步声。那首领走了进来，手里握着那部黑屏的手机。

那首领将手指按在那个拨打多次的红色未接电话上，另一只手里握着一张纸，上面写着一连串歪歪扭扭的法文。

他黑漆漆的眼睛从高处向下凝视着林许亦，未发一言地按下了拨号按钮，电话很快被接通，男人又将手里的纸往林许亦的面前凑了凑。

"天亮之前让我看到你们的诚意，如果我们有一人受伤，就打死一名人质。"


电话那头是位于山脚的临时解救人质小组成员，听到林许亦说出一连串的法文后，还没来得及说任何其他话，就被挂断了。

接听电话的人员雀跃地看向站在一旁的其他小组成员，其中还有几个是 Z 国驻萨罗使馆的工作人员和一位参赞。

"我们现在至少知道林先生还活着。"接线员激动地嚷道。

"我马上去汇报。"另外一名萨罗政府的官员一边说着，一边焦急地走出屋子。

隔壁的临时征用的民房中，灯火通明，正坐着萨罗军队和政府的几位重要人物，他们是此次解救行动的主要策划者。另外，还有几位谈判专家也在焦急地等候。

"报告！"年轻的接线员走进屋内。

"刚刚恐怖分子与我们进行通话，通话内容是……根据声音判断，通话人就是林许亦公使。"

屋内几人听完接线员的汇报，明显都松了一口气。萨罗安全部部长特洛力夫转身看向一边的萨罗军队指挥员："找到突破口了吗？"

"东、西、南三面都有炸弹，我们正在尝试从北坡掩护战士上山。"

特洛力夫点了点头，向外望了望，叹了口气："希望能趁着天还没亮完成解救。"

可当所有人都在焦急地等待着军队和山顶恐怖分子的消息时，两个穿着黄色迷彩服的特种兵气喘吁吁地跑进了屋中。

"报告!

"他们发现了我们在南坡排雷的战士,刚刚有两个满身是血的人质被扔下了山!

"已经死亡。"


黑色商务车载着虞子衿一路行驶畅通,在天色完全亮起时赶到了东特州最东部的边陲小镇的一处山脚下。

隔着许多围观的民众和几位被劫持者家属,周然正远远地站在一处民居前,微微眯眼,看到有车开来,连忙快步走上前。

"现在怎么样?"虞子衿飞快地下了车,大喊着拨开周围的人群,几乎是一下子扑到了周然身边。

"林先生现在还是安全的,您先别担心。"周然连忙上前一步托住她的胳膊,"萨罗总统现已经在召开会议,营救方案也已经定下了。"

"您先和我到屋里去吧。"周然揽住虞子衿的胳膊,撑着她一步步往民居走去。突然,几十米远处有几个军人抬着两个担架从民居区后面走出,担架上盖着的黑色布单,刺痛了虞子衿的眼。

有两个人质家属立刻从屋内冲出,凄厉的哭喊声回荡在这座土黄色的山丘中,迟迟没有消散。

虞子衿颤颤巍巍地向前走着,却突然被周然拉住,停在了原地。

人质家属掀开了黑布,血肉模糊的身躯猝不及防地映入虞子衿的眼。一瞬间,她的头像要裂开一般的疼痛,她一把推开周然,身子一躬,吐了出来。

她从上飞机之后就再也没吃过东西,现在已经过去了十几个小时,突然看到如此血淋淋的画面,她只能干呕着吐出酸水,眼里全是泪。

周然递了瓶水给虞子衿,她喝了两口,然后被他搀进了屋内。

屋内坐着几个萨方人员,还有几位虞子衿认识的使馆工作人员。她强撑着与他们握手,然后听其中的一位萨方人员简单地介绍了一下情况,便坐在屋内的一把椅子上,静静地等候。虽然现在她整个心都快要被揪碎,但她还是什么都不能说,不能给正在紧张进行人质解救工作的人员添麻烦。

时间一分一秒地过去，其间有其他的人员进进出出，也有两个人质家属哭号着闯进了警戒线内，尖厉的哭喊声刺痛着虞子衿的耳膜，她却只是面无表情地直直盯着对面的土砖墙壁。

哪怕她知道，现在她的身体里所有的细胞都在叫嚣着对失去的恐惧；哪怕她知道，如果她失去了林许亦，她自己也快要活不成了。

可现在，除了等待，她别无他法。

突然，一声巨响盖过了一切声音，紧接着又是一连串的爆炸声。

虞子衿闭上眼睛，眼泪一瞬间流了下来。

曾经，上帝让她失去了最心爱的人，现在又要重蹈覆辙了吗？


林许亦依旧被绑在山洞内，十几个小时没有进食进水，再加上神经一直高度紧绷，他几乎没办法思考。他整个人倚着岩壁，困得正要合上眼，却突然听到一连串杂乱的脚步声。

他还没来得及反应，山体突然开始剧烈地摇晃，紧接着发出多次爆炸声。

他紧紧地向后倚着岩壁保持平衡，爆炸声轰炸着他的耳膜，不知道是因为什么，恐怖分子似乎向山下投掷了火箭弹。

震动平息，屋内的各种声音交杂在一起，林许亦的头脑中却有什么再次一闪而过。

火箭弹，如果他没判断错的话是火箭弹。

恐怖分子向山下一次性投掷多枚火箭弹，虽然威力似乎并不是特别大，但一般的恐怖分子是很少有这样充足的火力的，以至于在没发生紧急营救的情况下就使用火箭弹。

他的脑中也浮现出很多设想，但还没来得及理清，就突然被人狠狠地拽住衣领，拖到了外面的山洞中。

他被狠狠推倒在一张桌子边，他挣扎着起身时，刚好看到了被绑在一起正惊恐地注视着他的其他人质。

恐怖组织的首领走到林许亦的身前，拿起了之前发现的手机，放到了耳边。

"别再尝试上山，别再企图拖延，之前的话可不是说着玩的。"他的声音低哑得像装了变声器。

对面也传来一连串的回复，但林许亦并没有听清。

那首领正接着电话，却忽然低下了头。他将手机从耳边拿开，点了一下屏幕，通话的声音被公放出来，一个焦急的男声回响在空荡的山洞中："你们的要求现在已经向上传达了，我们没有拖延！我们想要给人质送一些水和食物。"

那首领的眼睛死死盯着林许亦，两人目光相对，后来又转开视线。他关掉了公放，拿着手机走远了一些："半小时后，我们会在山东侧的三棵树上挂三根绳子，把你们的东西挂上去。"

半小时后，电话再次被打通，那首领坐在山洞中唯一的一张桌子上，居高临下地看着被绑在一起的人质还有一边的林许亦，电话另一头似乎是在说东西已经挂好。那首领隔着电话点了点头，可下句话还没有开始说，就突然抬起头，将视线再次放在了林许亦的身上。

上一通电话结束之后，他们就都被堵住了嘴。现在那首领直直地盯着他，沉默了两秒，然后再次打开了公放。

电话那头似乎很嘈杂，喂了一声，又再次重复了一次："德特将军正押人过来，我们要求听一下林先生和人质的声音。"

林许亦静静地听着，电话中所说的德特将军押的人应该就是之前恐怖分子要求释放的那个组织的二号人物。

那首领似乎还算满意，听到电话那头再重复了一遍之后，他走到了林许亦面前，一把拿掉了林许亦嘴里的布团。

"喂？"林许亦发出了一点声音，可还没来得及再说什么，那首领就突然关掉了公放。

"别再拖延时间！我们要求听到林先生说一句完整的话！"对面的声音大了起来。

那首领虽然有些疑虑，但最终还是不耐烦地将手机贴在林许亦的耳朵上。

"林先生您一切都好吗？"男人的声音又大又迫切地响起。

林许亦清了一下喑哑的嗓子刚要说话，却听到对面传来一阵嘈杂的对话声和脚步声。

过滤掉其余一切嘈杂的声音，一串有节奏感的踏步声进入林许亦的耳中。

　　"－···　·－··　·－　···　－"

　　虽然脚步声短暂且不清晰，但林许亦还是在心里迅速地记下了这串节奏。

　　"我现在一切正常。"他一边听着对面的声音，一边小声回道。

　　林许亦的话刚刚说完，手机就被再次拿走。

　　林许亦装作不满地抬头去看那首领。那首领看他一眼就踱着步走开了，此时山洞中只有他一个人的声音："听到了吧？"

　　林许亦在心里默默重复那段节奏。

　　那首领已经走远，但声音又一次进入林许亦的耳朵："你们也带上了比西姆吧？"

　　比西姆，这个名字是林许亦第一次听恐怖分子提起。

　　他来不及重复那段节奏，就被这个名字缠绕住了大脑。这个名字，他总觉得在哪里听到过。

　　这个名字虽然是林许亦被绑架后第一次听到，但男人所说的"带上"，显然是指和军方所谈的恐怖分子首领什莱西一起"带上"。这个名字可能是在之前恐怖分子扔下去的字条中提起的，很可能也是被逮捕的组织中的一员。

　　暴徒很快将电话挂断，然后大步走进了里面的洞穴。林许亦收回跑远的思维，重新开始拼凑那段节奏。

　　那是一段摩斯电码。

　　他先尝试用英语翻译，却没有成功；他又尝试用 F 语，也没有成功。

　　山洞外再次响起嘈杂的脚步，他的额角渗出大颗大颗的汗珠。

　　"－···　·－··　·－　···　－"

　　他又重复了一遍。

　　"b-l-a-s-t，blast。"

　　"爆炸？"这个单词出现在林许亦的脑海中。他对摩斯电码的掌握其实并不太熟练，之前用英语时他并没有拼对，这次他却拼出了这样一个单词。

但他还没办法弄明白其中的含义。

"爆炸，冲击波，炸毁……"林许亦将这个单词的所有意思都在脑海中闪了一遍。

"爆破？"这个词语被林许亦解读出来。

他们想要爆破！

再加上刚刚联络人奇怪地说了好几次"拖延时间"，他们是想让他拖延时间，然后对山洞进行爆破？

山洞里又开始响起匆匆的脚步声，两个恐怖分子抬着一个硕大的黑色袋子走进洞中。被绑在一起的人质猜测里面可能是救命的水和食物，开始拼命地挣扎。

袋子被一下摔到了地上，却没有人去打开它。

林许亦在与其他人质相隔一段距离的另一角静静地看着，过了很久，里面山洞的首领走了出来，连带着两个手举 AK 冲锋枪的恐怖分子。

那首领在袋子前站了很久，最后一挥手让其他两人打开了袋子。

人质们挣扎着想要去看清袋子里的东西，挣扎了许久才看清。

里面装着的，是一具蜷缩着的尸体。

所有人都瞪大了眼，这是之前和那两个受伤的同伴一起被带出去的另一位工程师。

可他现在蜷缩在袋子里，变成了一具冰冷的尸体。

"别妄图挣扎，否则就和他一个下场。"那首领又让两个恐怖分子收起了袋子，眼神冷冷地看着地上已经被吓呆的人质们。

从山洞外又送进了一袋子东西，袋子又被丢在地上，坐在地上的人质都害怕地后退。恐怖分子打开袋子，里面是一些食物和水。

其中一个恐怖分子拿了一瓶水和一个面包走到林许亦的面前，两人视线相撞，林许亦看到那男人眼中几近疯狂的兴奋。他静静地盯着那男人看了几秒，然后那男人收起了笑意，撕开面包袋子，又拿掉了他口中的布团，将一块面包粗暴地塞进他的嘴里。

林许亦依旧看着那男人的眼睛，静静地吞掉了面包。那男人又把水拧开，他张开嘴，水却泼了他一脸。

那男人看着他狼狈的样子，大笑着将一瓶水都泼了过去。

林许亦被泼到脸上的水呛到，重重地咳了两下，还没来得及再反应，就又被泼了满脸的水。他连忙屏住呼吸不让水涌到鼻子里，气管被呛得生疼，但他又仰起头让水缓缓地流进干燥的嘴角。

他伸出舌头舔了舔上唇上的几滴水珠，还有水顺着被沾湿的头发一滴滴地掉落在脸上，又缓缓地流淌下去。他还在大口地呼吸着，但眼神始终冷冷地注视着恐怖分子的眼睛，带着一种莫名的傲气。

在几秒的对视之后，那恐怖分子的眼中似乎燃起了愤怒，但还是克制住了冲动。他只是拿起了手中的布团再一次塞到林许亦的嘴里，然后大步离开了。

水和一点食物的摄入让林许亦的大脑渐渐恢复了运转，阳光已经可以直射进山洞，现在应该差不多过去二十四个小时了。

林许亦合上眼，听着恐怖分子将水和食物粗暴地塞给其他人质的声音。休息了半个小时后，他开始重新思考之前那个首领说的话，以及那段摩斯电码。

如果他没有拼错的话，那段电码应该就是"爆破"的意思。可是现在距离打电话的时间已经过去了一个小时，恐怖分子的情绪也快要紧绷到极点，他们想让他拖延时间，却没办法给他传递一个大体的数字。

现在山洞里所有人的身体和精神都几乎接近承受极限，一旦有一点风吹草动被恐怖分子发现，或者有一个人质情绪崩溃，那一切就完了。

他需要用什么方法，去转移恐怖分子们的注意力，为爆破尽可能多地争取时间呢？

他脑中一团乱麻，始终没办法找到一个突破口。他晃了晃头，强迫自己清醒一些，然后开始梳理最近这几十个小时的所有经历，试图找到一些线索。

昨天上午，他前往比利特参加水泥厂的竣工仪式。下午，因为工作，他与其他的使馆工作人员分开，和司机返回使馆准备会议，后面跟着一辆载着也要前往使馆进行技术交流的工人和工程师的大巴。

当距离使馆已经不远的时候，他们的轿车突然遇到了埋伏，被扎破了轮胎，而后面一开始消失的大巴也重新回到视线，但已被恐怖分子劫持。

他们扎了他的车，却并没有选择劫持他，这个动作显然不是多余的。而从他们不知道从哪里冒出来劫持了那些工人和工程师来看，显然是早有预谋的。

车再往前开一两公里拐个弯，就到了郊区，可他们偏偏就选择了从这个荒无人烟的沙漠到市区进行劫持。

恐怖组织二号人物什莱西和恐怖分子比西姆——两个被萨罗军方逮捕的人，暴徒们要求释放什莱西可以理解，但为什么还要冒险要求释放一个林许亦都并不清楚的无名小卒比西姆？

他脑中的思绪还在缠绕，但似乎也越来越明朗。

什莱西，什莱西，比西姆，比西姆……

脑中似乎有一道闪电劈过，他睁开眼，哆嗦了一下。

比西姆，两个星期前在 M 国使馆外经线人举报被逮捕，他涉嫌参加多起恐怖袭击。

M 国使馆……

一些可怕的想法开始涌进他的大脑。为什么恐怖分子扎了他的车却不抓他，为什么偏偏选择在中方和萨方合建水泥厂竣工当天，为什么在距使馆不到两公里的地方劫持，又为什么会知道他和那辆大巴车中工人和工程师的行踪……

冷汗从他的额角渗出。

M 国国务卿半个月前访萨，提出的诸多意见被总统米特罗直接回绝，而在萨罗议会上对 Z 国的影射，也在国际上成了笑柄。

萨罗脱离了 M 国控制，甚至拒绝了与 M 国军事基地续约，而选择和 Z 国合作，让 M 国成为国际上的笑话。这无疑挑战了 M 国在 F 洲事务上的话语权和在国际上诸多领域的地位。

他们必然要想办法重新获得对萨罗事务的话语权。

如果萨罗发生动乱，M 国就可以以维护萨罗和平与安全的名义有所动作，甚至可以将已经候着许久的 M 国航母开进萨罗新建的港湾。

恐怖主义是 M 国多年来一直对外宣称深恶痛绝、坚决打击的对象。

没有动乱，那就制造一场动乱……

林许亦想得越深入，冷汗就流得越多。

这不是一场单纯的恐怖主义劫持事件，而是一场蓄谋已久的涉及国家之间利益纠纷的阴谋。

如果是这样，就能说通为什么劫持要选在前往Z国使馆的必经之路上，为什么要多此一举地扎了他的轮胎却不劫持他，最后又还是绑了他。

对方对他所做的一切都应该预想到了……

林许亦紧紧地闭着眼皱着眉，思绪在脑海中不断翻飞，突然里面的山洞中再次响起了手机铃声。

林许亦猛地睁开眼，他就坐在两个山洞之间连接的位置，山洞中的首领一直在亲自监视着他。

听到铃声，首领意外地拿起手机看了一眼，然后林许亦看到他的身体明显紧绷了起来，转头狠狠瞪了一眼山洞口的林许亦，然后又向里走了两步。

电话被接通，那头是个女人的声音。

尽管声音传入林许亦的耳朵时已经十分微弱了，但听到那个声音的一刹那，林许亦觉得浑身的血液都被冻结了，他整个人几乎完全僵住，连呼吸都停滞了两秒。

是虞子衿的声音。

是她的声音，他不会听错。


林许亦还没有回过神来，山洞内的首领突然暴跳如雷，猛地将手机摔了出去，然后气势汹汹地走到了外面的山洞。他径直走到被捆的人质中间，将其中一个人质拎起来。

"你到底在耍什么花样，什么十五分钟后会议就会召开？！"那首领疯了一般掐住之前藏匿手机的人质的脖子。人质痛苦地挣扎着，脸涨得通红，眼泪也开始不住地往外涌。

"十五分钟"，林许亦锁定了关键词。

他之前的设想应该是没错的，虞子衿的声音就是在放出信号，赌他能够听懂。

他们希望林许亦拖延时间，保证十五分钟后的爆破能够顺利进行。

这个电话是一个试探，如果林许亦听到了虞子衿的声音，就必然会有所行动去分散恐怖分子的注意力，从而为爆破争取时间；如果听不见，也是为了在此时已经草木皆兵的恐怖分子心中再掀起一层波澜，让他们自乱阵脚。

林许亦飞快地盘算着，显然没注意到首领已经松开了人质的脖子，大步走到了他的身边。

"啪"的一声，一个重重的耳光将林许亦扇倒在地。

他口中的布团被暴力地取下，那首领的眼中满是血丝，狠戾和疯狂已经呼之欲出。

"说，这是在搞什么鬼，说！"男人的声音响遍整个山洞，他快速地说出的 F 语单词几乎难以分辨。

林许亦的面部传来一阵剧烈疼痛，口腔内壁被牙齿磕破，已经满嘴血腥气。他强撑着已经十分虚弱的身体，努力从地上爬起来，一双深沉的黑色眼睛冷冷地望着暴徒。

两人长久地对视，林许亦眼中的冰冷让那首领渐渐地平息了一些情绪，林许亦知道是时候开始了。

"你何必这么疯狂呢？"他啐了口鲜血，声音有些含混不清。

那首领被他突如其来的一句话给怔住了。

"不管刚刚的电话是巧合也好，预谋也罢，比西姆不被释放，你们也没办法轻举妄动吧？"林许亦才刚刚说到比西姆时，头套下男人的瞳孔就明显地紧缩了一下。林许亦只说比西姆却不提什莱西，恐怖分子首领知道他最担心的事情还是发生了。

"两个星期前，拉索·比西姆被线人举报，在 M 国大使馆对面的民居区中被当场逮捕。"林许亦的声音缓慢，在说到"M 国"时还特地加重了语气。

"比西姆的身上带着大量的重要信息，你们必须和 M 国合作，解救比西姆，并制造这场事端，而且要做得越大越好。"

林许亦看着首领惊恐的眼睛顿了顿，其实他还隐藏了半句，比西姆回到 M 国人手中，为了完成这场丧心病狂的死亡盛宴，比西姆必死无疑。

"我知道山上的那些炸弹最后都是要引爆的，反正都是死路一条，那我不妨跟你把一些事情说清楚，免得你们最后连死都不知道是怎么死的。"

林许亦的话说完，整个山洞中都陷入了沉寂。那首领静静地看着他，一旁的其他几个恐怖分子也都缓慢地端起了枪。

林许亦却不以为意，鲜血从他的嘴角流下，那双桃花眼中带着难以揣测的笑意，声音沙哑却有力："M 国以比西姆和一些其他的好处来要挟你们制造事端，目的是将萨罗搅乱，逼新政府下台。"

"这应该是他们告诉你的吧？"林许亦仰起头，嘴角扯出一丝笑，"可一向希望能够实行霸权的 M 国在这次事件中，难道不想要除掉这片土地上最大的危险吗？"

林许亦重重咳了几声，又重新仰起头："你应该明白，M 国的眼中钉肉中刺不是萨罗，而是 Z 国。所以他们才要你们在 Z 国使馆前制造事端，要求你们务必是跟在我的车后面制造事端。"

"可你们有没有想过，比西姆在 M 国使馆门前被逮捕，仅仅只是因为他不够走运吗？"林许亦的声音冷冷地传遍山洞，所有的恐怖分子都愣住了。随后，他兀自笑了笑，对现在的情况很是满意，"M 国在萨罗拥有 F 洲第二大军事基地，他们一直声称要与萨罗合作促进萨罗经济的发展，构建 M 与萨之间的良好关系。"

"你们以为只要他们控制萨罗，让米特罗下台，你们就可以分裂克斯里和东特两州，甚至得到更多的'自由'吗？"林许亦的音量一点点降低。

"但你们是恐怖分子啊！"林许亦骤然大喊一句，让所有人都愣住了，下一秒，暴怒的恐怖分子已经拉上了枪栓。

林许亦努力让自己镇定，继续望着还站在原地的首领，他知道只要面前的人不动，其他人是不敢杀了他的。

"可 M 国偏偏是这个世界上一直以维护世界和平、消灭恐怖主义为己任的'和平大国'啊！"

时间一点点流逝，十五分钟马上就要到了。

差不多了，他闭了闭眼。

"你们以为，比西姆真的能被安全押解到这里，你们以为等他被释放，你们就能炸了所有人质和这座山，全身而退吗？"

两个小时前，位于山下几公里外的民居区中的救援小组，收到了萨罗军队的消息，说是从一户居民家中找到了一条延伸百米的地下通道，特种兵们想要通过这条通道潜入恐怖分子无人把守的北坡一处死角，然后迅速上山安排爆破事宜。

　　通信部向山上拨打了电话，并暗中传递了摩斯电码，从林许亦回话的语气看，他应该能明白他们的意图，并且可以为他们争取时间。

　　但受到地形和技术限制，再加上山腰上部分特种兵在尝试从山阴面上山探查的过程中和恐怖分子已经发生了一次小规模冲突，时间被拖延了近两个小时，才确定了可以行动的消息。

　　救援组冒险希望再次通话，向林许亦传递爆破时间，却与军方发生了剧烈的冲突。军方首领始终坚持传递爆破时间极其重要，但萨罗政府担心这样做会打草惊蛇，遑论信息传递成功的概率非常之低。

　　虞子衿沉默默地坐在救援组内的一把椅子上，静静地听完了所有的争执，最后缓缓地抬起头，说了句："我来吧。"

　　她向萨罗安全部部长特洛力夫说明了自己的想法，希望将这通电话由再次提出要求并暗中传递爆破时间，改为一场奇怪的会议通知，虽然这样风险可能更大，但女声传递信息的成功概率也会更大。

　　半小时前，她颤抖地用一个来自首都德内亚的电话号码拨通了恐怖分子的电话，她抑制住心中的恐惧，尽可能地让声音显得清亮而且清晰。

　　可她的话还没有说完，那边就挂掉了电话。

　　手机从她的手中脱落，掉在了地上。

　　现在，墙上的挂钟提示着最后一分钟的到来，她只能祈求，祈求这个从未做过坏事、一直在守护国家的男人，平安归来。


　　林许亦的话刚刚说完，山洞中突然响起一阵机枪的声音，听起来似乎是山下传来的。

　　这是最后的信号。

　　恐怖分子的首领显然慌了神，既在考虑林许亦那极具冲击力的话，又被枪响分了神。

　　林许亦抓住这个时机，又是一声大喊："那可是坚决消灭恐怖主义、维护世界和平的 M 国啊!

"谁都活不了!"

林许亦的话音未落,一声巨响响彻了整个山洞。

山体开始剧烈摇晃,无数的碎石滚下,林许亦迅速匍匐着向前,拼尽全身力气撞向了措手不及的恐怖分子首领。

此时,一阵纷杂的脚步声从洞口传来……

# 第十章

尾声

当山上的那一声爆炸声响起的时候，虞子衿的脑中浮现出无数的场景。它们就像深海中的鱼群，一尾尾游过，让人觉得绚烂，也眩晕。

她终究是个普通人，会向往美丽，也惧怕沉溺。

如果时间能够倒回到那个阿特拜的夏天，如果上天让她重新把时间转回到那一天，她一定不会选择前一天去阻止苏航，而是在那一天和苏航一起去死。

这样，她的故事就可以从此结束，不会再有后来的那么多痛苦，那么多爱。

当那个仿佛让自己等了一整个世纪的人再次出现在虞子衿眼前的时候，她静静地站在百米外，看着林许亦被士兵们架着出来，却一句话也说不出来。

他的身后是一座已经成为一片尘土的沙丘。

身后传来一阵慌乱的脚步声，大概是记者冲进了封锁区，闪光灯无数次闪烁，快门声不停地响起。

她看着林许亦一点点向自己走来，渺小如这宇宙中的一粒尘埃，浩瀚如整片银河。

记者被高大的士兵挡在外面，他们在人群的缝隙中接吻，血腥味弥漫了整片土地。她紧紧抱着他，不顾他的羸弱，拳头一下下砸在他的背上。

还好我没有放弃，还好你足够勇敢。

还好，我们还在一起。

林许亦被送上了救护车，虞子衿也被士兵护送着穿过人群，往救护车边走。

镁光灯不断闪烁，她低着头快步走过。

在快走到车门前的时候，有一位 Z 国的战地记者不顾一切地拦住了她，黑眼睛黄皮肤，声音中带着激动和战栗，像几年前的虞子衿一样。

"虞子衿女士，您有什么想说的吗？"

这一刻，一切都已分崩离析，后方只剩几缕黑烟。

而也是这一刻，隔着一片无际的海，蔚凉市，一对新人的婚礼上，鲜花遍地，祝福漫天。

朗颂作为今天世界上最美丽最幸福的人，在亲友的祝福声中，与新郎互相承诺，与他交换戒指，然后在闪耀的镁光灯下，忘掉过往的所有痛苦和牵挂，只是忘情地吻他。

身穿浅绿色抹胸纱裙，发间别一朵绿色玛格丽特花的伴娘上前为新娘递过捧花，诙谐的司仪也适时地伸出话筒，问新娘在抛捧花之前还有什么想说的。

她看着舞台下跃跃欲试笑着等待捧花的人们，脑海中闪过那个姑娘美丽的面容和那个只有几面之缘的男人的脸。

她露出一个释怀的笑容。

"我们都是浩瀚宇宙中的一粒小小尘埃，因为希望，我们愿意做一只萤火虫，虽然光亮熹微，却要一起点亮整片黑夜。"

隔着万千的土地，隔着无尽的海水，相隔万里的两座城市，有两个 Z 国女孩，齐声说道。

夏天很快过去，秋天也很快过去，季节变化似乎只是一转眼的事。

今天，蔚凉迎来了初雪，早晨起来，虞子衿穿着薄薄的睡衣，不顾寒冷，雀跃地下床奔向卧室外的露台，惊喜地发现天地间已银装素裹，展现着一种与众不同的厚重与美丽。

一阵阵寒风钻进未关推拉门的房间，把还在沉睡的林许亦冻醒。他坐起身看了看已经空了的另半边床，愣了半秒，然后又看了看露出一条大缝隙的推拉门。

他叹口气无奈起身，随手取下了床头椅子上的一件女士外衣，轻轻地踩着温暖的地热地板往露台边走。

他看到那个高挑瘦削的身影，正穿着一身单薄的短袖睡衣，弓着身子在覆了一层雪的玻璃桌上写写画画，露出带着笑意的半张侧脸。

他轻轻走进去，将衣服披在她的肩上，声音温柔又慵懒："你又不是第一次见雪，至于激动得连外套都不穿就跑出来？"

她嘴角露出一片明媚的笑，手上依旧不停："你懂什么，这个冬天特别不一样。"

他没说话，静静地站在一边等她把字写完，然后笑道："还是，今天这个日子特别不一样？"

虞子衿似乎又羞又恼，转过头瞪他一眼，然后用手戳了戳他的胸口，故作严肃道："你等着，今天中午让你吃不了兜着走。"

林许亦慵懒地挑了挑眉，凑到她的脸旁，嗓音中带着一种性感和蛊惑："我愿意兜着你走一辈子。"

虞子衿"啪"地一巴掌轻轻地打在林许亦的肩上。

"快去洗漱吧，别晚点。"他笑了笑，四两拨千斤地将恋恋不舍的她推进屋子。

合上门时，他瞥了一眼她在桌子上涂画的字。

是一串字母。

Ateb.

阿特拜。


中午的订婚宴，果然让林许亦吃不了兜着走，他虽然因为工作没有喝酒，但这显然也是虞子衿家亲戚们对他最大的仁慈。饭桌上他们各种犀利的问题，让在外交场上能言善辩的林许亦也招架不住。

送完了所有喝趴下的亲朋好友，虞子衿终于疲惫地坐上了车，她往副驾驶座上一瘫，一动不动。

"我觉得我真是有点矛盾，一边让他们为难为难你，一边又要为你担心。"她的声音中满是甜蜜的抱怨。

"我知道你爱我。"从那次解救行动之后，林许亦就变得越来越"肉麻"。

大概是因为，他们都明白了爱要及时说出来。

虞子衿刚要开口怼他，放在腿上的手机却突然响了起来。她拿起手机，来电人显示是朗颂，而定位却显示是 T 岛。

"喂，祝小虞订婚快乐啊！"电话那面和煦的声音扑面而来。

"朗二你蜜月之行也快乐啊！"虞子衿不客气地笑道。

此时，朗颂牵着徐江麓的手站在 T 岛的沙滩上，望着清澈见底的海水一次次翻腾，也笑道："你别说，这地方空气好，环境好，哪哪都好，啧啧，还真挺快乐。"

虞子衿哼了一声，但也是一脸的轻松和愉悦。

午后的阳光慵懒地透过车窗照在她的脸上和身上，她微眯着眼，转头看了下在一旁也静静笑着的林许亦。

"行了，知道你快乐了。反正你也快乐不了几天了，好好享受所剩无几的蜜月时光吧。"她调笑着说完，还没等电话那端抓狂的声音传来，就马上挂断了电话。

"他们结婚都快半年了，现在才好不容易度个蜜月，医务工作者是真的不容易。"她一边感叹一边转头看林许亦。林许亦也正直直地望着她，也不说话，让她有些莫名的尴尬。

"你刚刚说什么来着？"她干笑两声，挠了挠头。

"我刚刚说，我知道你爱我。"他眨了下那双诱人犯罪的桃花眼。

她继续傻笑两声。

"本来有个东西想送给你来着，现在突然不想了。"

"我错了，你别为难我了。"她拉住他的右手，学着平时对方哄自己时的样子眨了眨眼。

"什么啊？"末了，她又忍不住好奇一句。

她看到林许亦阳光下的瞳仁中闪现着隐藏不住的笑意。他松开她拉着他的右手，往前探身打开了副驾驶座前的储物箱，在里面摸索了一阵。

一枚熠熠发光的钻戒出现在他的指尖。

在虞子衿的笑容中，他静静地举起她的左手，看着她的中指上已经戴着的一枚硕大的钻戒，为难了两秒，最后套在了她的食指上。

虞子衿忍俊不禁地看他戴完戒指，又举起手在阳光下打量了一会儿，这戒指比之前的求婚戒指还要大。

她静静地观赏了半天两枚交相辉映的戒指，最后转过头终于忍不住爆笑："哈哈哈哈哈，我太赚了！

"人家西方叫求婚戒指，我们叫订婚戒指，我一次赚了两枚戒指！"

她实在笑得太开心，让本来还有些紧张的林许亦也放松了下来。他只静静地看着她，最后轻轻道："这枚戒指是在回国之前，我请萨罗一位特别有名的大师为你打磨的。

"当时看到的时候就很喜欢，所以就买下来了，没想那么多，只是想送给你。"他的声音浅浅的，带着温柔和暖阳一起照射在她的身上。

她又重新低头看了看手上的戒指，然后抬头在他脸上轻轻一吻。

林许亦勾了勾嘴角，最后不再看她，发动了汽车。

"走了。"

"去哪儿啊？"

"一个地方。"


当车停在南廷山下的时候，虞子衿整个人都是有些恍惚的。

她跟着下了车，恍恍惚惚地被拉着往前走。

午后的阳光正是最温暖和煦的时候，墓园里的墓碑一座座挺立着，有零星的年轻人和老人正在扫墓，也有人行色匆匆地往外走。

虽然她没来过这里，但她知道，这片土地下，葬着她曾经最爱的人。

今天是苏航的忌日。

林许亦牵着她的手，一路走向墓园深处，一座座墓碑上刻着整齐的Z国字，连同那一张张带着微笑的面孔，似乎在述说着无数个故事。

她以前从没有来过这里，不是因为她不在乎，而是不敢。那场爆炸已经是她人生中永远都不会消散的一场噩梦了，她不敢再重新面对一次。

她怕回想起曾经的过往，想起那些爱、那些痛苦、那些不甘。

可今天当她真正来到这里，她牵着林许亦的手，走过一座座墓碑，阳光和煦，萧条的树枝上还挂着白雪，一切都是她从未想象过的宁静和肃穆。

终于，他们在路尽头的一排墓碑前停下了脚步。她转过头去寻找那座自己一直没有勇气面对的墓碑，却被雪地里一簇簇明丽的木棉花扎了眼。

木棉，祭奠死去的烈士。

她的眼中一瞬间积满了泪水，她忘却了一切，几乎是踉跄着向那座墓碑跑去。

墓碑上的残雪被清理得干干净净，她看着那张已经许多年没有再出现过的脸，跪在墓碑前泣不成声。

所有的不甘、所有的委屈在这一刻似乎都已经消解，那个在她心中缠绕了许多年的结终于打开了。

曾经让她痛苦的生离死别，曾经让她不甘的那面没有盖上的红旗，都全部化成了泪水淌尽。

林许亦踩着洁白的雪一步步走来，停在虞子衿的身边，一直等她大哭完转成低声抽泣。

他的声音清朗、平静："悠悠，苏航的棺椁虽然没有盖上国旗，但是他的牺牲以另一种方式被大家纪念着。"他将虞子衿缓缓地搀起。

虞子衿已经渐渐平静下来，抬头注视着他。他望着她的眼睛，与她曾经守护世界时一样的坚定。

她拥抱他，紧紧地拥抱他，视线越过他的肩膀，看着远处落满白雪的枝丫。

蔚蓝的天空下，林许亦的声音让人觉得宁静而安逸。

这只不过是两个孤独的灵魂彼此拯救，最终一起守护世界的故事。

# 番 外

········◆········

S 市之夜

手表的秒针轻轻跳动一格，带动着时针和分针终于重合在十二点的位置。虞子衿看了眼导航，距离 S 市机场还不到十公里，天开始下起小雨，雨刷不断摇摆。途经的景象在她的眼中都是黑白的，黑的是深沉的夜和道路，白的是并不明亮的路灯和街旁房顶的雪。

之前，她还嘲笑朗颂蜜月回来黑了八个度，现在想想，比起在空调车厢里冷得要缩紧脖子，还不如自然晒黑来得健康快乐。

虞子衿的车开得并不快，从上了机场的匝道，到停在机场前花了将近二十分钟。机场巨大的钢化玻璃映射出明亮的灯光。深夜，一架客机降落，乘客陆续走出机场的大门。

她隔着窗玻璃往机场出口张望，一个穿着黑色长款羽绒服、围着黑色围巾的年轻男人正缓缓走来。厚重的羽绒服穿在男人身上并不显臃肿，整个人依旧颀长挺拔。虞子衿看着他一走出机场门就打了个哆嗦，四下看着其他乘客上了机场的接机大巴或者用 Uber 叫了车，自己却只能继续站在机场门前，像个放学等着家长接的孩子。

她笑着一踩油门将车开过去，闪了闪大灯。

林许亦被灯光照得眯了眯眼，在看到车上坐的人之后，嘴角轻轻扬了扬，呼出一口白气，然后快速地将行李箱装进后备箱，进了副驾。

冷气随着打开的车门瞬间袭来，还吹进一股清冷的松柏后调香水的味道。

林许亦缩着脖子一下坐在座椅中，伸手掰了下空调的出风口，然后转头看虞子衿，声音有些沙哑："民宿的暖气怎么样？"

两双黑色的眼眸对视一秒，虞子衿反应过来，知道林许亦确实是冻怕了。她轻轻笑了一声道："还行吧，你去了就知道了。"

林许亦"嗯"了一声，就将视线看向了前方。空调的暖风呼呼地吹着，虞子衿又愣了一秒，才收回视线松开手刹踩下油门。

车在一片漆黑的路上缓缓地行进着，虞子衿噘着嘴看着前面的路，越想越气。

人家都说小别胜新婚，何况他们俩还是正新婚，结婚第三天，林许亦就被叫回部里，已经让虞子衿有些微词。这次她又自己先行体验了一周"一个人的蜜月"，本以为穿越风雪在半夜来接机，会是一番浪漫温馨的景象，没想到既没有期待中的embrace（拥抱），更没有kiss（热吻），反而上来先问了句"民宿的暖气怎么样"。

车里的气氛有点压抑，林许亦一直窝在车座中，不知道是睡了还是醒着。直到快要到民宿时，他才缓缓地从车座中伸展了一下身子，将车窗开了一道小小的缝。

他的目光顺着街边的路灯聚焦在她的侧脸上，清了下嗓子，声音还是低沉有磁性："怎么，生气了？"

前方是红灯，虞子衿重重一脚踩了刹车，声音轻得几乎听不见："没有。"

林许亦听到后笑了笑，依旧侧头看着她："我在飞机上一直有些晕，刚刚才好点。"

红灯还剩下很长的秒数，虞子衿转过头瞥了他一眼又回头，冷冷地讽刺："刚刚站那儿还没让你清醒，现在应该把你撂在这儿再站会儿。"

"别啊。"林许亦的声音中带着清浅的笑意，见虞子衿赌气，看了眼还剩最后十几秒的红灯，突然伸出左手掰过虞子衿的下巴，在她的唇上啄了一口。

冰凉的触感印在虞子衿的唇上，丝毫没让她觉得清醒，反而是目眩神迷。她握着方向盘愣住，听见林许亦悠悠地说了声"这下清醒了"，才反应过来已经绿灯了，赶紧回神开车。

轿车在一栋漂亮的尖顶石屋边停下，虞子衿熄了火，林许亦拿了行李，两人一前一后进了院子，上了几层台阶到小楼门前。

深夜的风呼啸着又一次卷过，虞子衿打了个寒战，继续摸索着口袋里的钥匙，右边摸完摸左边，衣服摸完摸裤子，最后连棉服内衬的口袋都摸了，也没找到钥匙。

"我可能把钥匙落在屋里了。"良久，虞子衿谨慎地得出结论。

今天的 RE-NAA 并没有准时关门，林许亦和虞子衿并肩走进这栋白色的木屋建筑中，屋里暖风十足，木质的家具和温暖的黄光驱散了外面刺骨的寒冷，帅气的服务生正百无聊赖地站在前台边擦杯子。

两人选了窗边的一个位置坐下。时间已经很晚，服务生无精打采地拿着菜单走到他们身边。虞子衿一口流利的 N 国语让已经困得快要灵魂出窍的服务生清醒了一些。点完菜之后，虞子衿将菜单递过去，金发碧眼的帅气服务生冲她眨了一下眼。

"这些外国男孩儿真的帅。"她看着服务生已经走开的背影，感叹道。

林许亦正看着窗外，闻言有些意外地一挑眉转回了头："长得帅跟你有关系吗？"

虞子衿瞥他一眼，又重新看向远处的服务生，语调轻快道："不关你事。"

林许亦直直地盯着她看了许久，认真道："麻烦虞小姐时刻清楚自己已婚人士的身份。"

虞子衿笑了笑没再说话，低头看无名指上的戒指。过了会儿，服务生端着餐前包上前，虞子衿微笑着用 N 国语冲他道谢。林许亦看看虞子衿，又看看年轻的服务生，神情复杂。

虽然已是深夜，虞子衿还是点了不少吃食，羊肩肉的口感很扎实，青口贝的味道很鲜，两人慢悠悠地吃完，见餐厅还没有打烊的意思，又点了两个冰激凌。

"我在网上又订了家酒店，就在附近，一会儿先去凑合一晚，等明天房东来开门。"林许亦看着手机道。

虞子衿应了一声，继续舔舐着口感清新的芒果味冰激凌，忽然听到推门的声音，屋里的钟刚好敲了两下，一对老夫妻手挽手走了进来。

老夫妻大概不是 N 国人，礼貌地询问服务生是否打烊之后，便又牵着手去找位子。途经他们旁边时，时尚的老妇人突然停住脚步，冲他们和煦地笑着说道："I think you should be couple.（我想你们应该是夫妻。）"

虞子衿有些不明所以，但依旧礼貌地回答说"是的"。

老妇人听到回答，与旁边的先生对视了一眼，两人双双笑了笑，然后伸手指了指桌子的上方。

虞子衿和林许亦顺着老妇人手指的方向向上看，一串红果绿叶的花环正从灯盏上垂下来。

槲寄生。

西方的传说中，在槲寄生下亲吻的男女，会厮守到永远。

这个传说现在已经变成了规矩，只要有男女站在槲寄生下，非吻不可。

现在也已早就过了圣诞，只是不知这串槲寄生为何还没撤下。

虞子衿有些难为情地冲老夫妻笑了笑，又转头去看林许亦。他也正注视着她，眼底落进黄色的灯光，温柔缱绻。

虞子衿躲开他的目光，还有些迟疑，林许亦却忽然一推凳子站起了身，隔着桌子俯身倾向她，一只手轻柔地托着她的后脑，柔软的唇带着甜甜的草莓味，覆在她的唇上。

虞子衿更喜欢芒果味的冰激凌，但林许亦的草莓味也不错。

一个绵长的吻过了很久才结束，林许亦的身影遮挡住灯光，让虞子衿只笼罩在他一个人的身影下，她看到他微笑着舔了舔下唇。

虞子衿红了脸。

老夫妻站在一旁见证了这个吻的全过程，老先生最后响亮地道："God bless you.（上帝保佑你。）"

林许亦向老夫妻回以一个温和的笑，又道了声"Thanks"，然后跟虞子衿一起离开了餐厅。

外面的风依旧寒冷，虞子衿牵着林许亦的手回望餐厅内的景象，有些意犹未尽般道："这对老夫妻倒眼尖。"

林许亦顿了一下，给虞子衿开了车门，喃喃低语中隐藏着醋意："说不定那个服务生是装没看见。"

凌晨三点的 S 市街道上，已经没有什么车，更没有行人了。虞子衿按照导航缓缓地寻找预订的酒店，却在街边一处三层原木小屋前停下。

小屋门前挂了个霓虹纷杂的灯牌，上面是一串虞子衿看不懂的 N 国字母，下面写了个 Pub。

虞子衿探头又看了看红绿交错的小木屋，带着些许期待，些许试探，道："反正还不困，去酒吧玩会儿吧。"

她的话刚说完，旁边的林许亦转过头来看她，眼神中似乎有些意外："你忘了之前的单身派对，你是怎么从酒吧被抬回家的了吗？"

虞子衿装傻般地眨了眨眼睛，林许亦一向对她的装傻招架不住，最后还是侧身松了安全带，语气中带着告诫："进去之后必须在我身边，不能喝酒。"

虞子衿弯了弯嘴角，又眨了眨眼。


酒吧内的氛围显然要比外面火热得多，空气也混浊得多，虞子衿牵着林许亦的手兴奋地穿过层层人群，走到前面的吧台区，然后挑了两个位置坐下。

"Mojito,please.（请给我一杯莫吉托。）"虞子衿还没在板凳上坐稳，就向正摇晃着酒瓶的酒保喊道。

酒保热情地应了一声。

虞子衿开心地跷起腿，转身去看林许亦，发现他正在四下打量。

"不让你喝酒，你就喝鸡尾酒，小算盘打得不错。"林许亦的声音本身就低，再加上嘈杂的环境和舞池中纷扰的音乐，几乎听不清。虞子衿只看到他的唇轻轻地动了两下，但眼睛依旧在环视身边的环境。

屋里的空气闷热，林许亦摘下脖子上的围巾搭在椅背上，一双黑色的瞳仁打量着四周，整个人的感觉依旧是清冷而沉寂的，似乎与这嘈杂的空间格格不入。

他的深沉和温柔就好像是一潭清泉，即便有一滴墨汁滴下，也只是荡起一圈圈波纹，却依旧黑白分明。

他可以融入今晚的黑夜，但他终究属于光明。

虞子衿看着林许亦的脸出了神，直到酒保将一杯莫吉托放在她的面前，她拿起杯子品了一口，很是享受地咂了咂嘴，然后将杯子递到林许亦的面前："尝不尝？"

林许亦看着造型奇特的高脚杯中晶莹剔透的绿色液体，提了提声调："你应该知道我喝醉酒是什么样的。"

虞子衿看他一脸认真的模样，笑着摆了摆手："不碍事，你尝尝，真的很好喝。"她说着又将杯子往前送了送。

林许亦迟疑半秒，还是接过。他仰起头，小小高脚杯中的酒竟被他一饮而尽。

"让你尝尝，你怎么给干了啊？"她瞪大了眼睛。

"你说喝多了不碍事。"他笑着冲她摊了摊手，显得无辜而可爱。

虞子衿看着他，没说什么，只是转头看了看在远处调酒的酒保，从凳子上跳下，去找对方再调一杯。

这位N国调酒师的调酒技术着实不错，虞子衿隔着吧台静静地看完，道谢之后端着杯子往林许亦坐的方向走，可刚回头就被眼前的一幕刺到。

一个娇艳高挑的年轻女郎，正踩着高跟鞋，扭着妖娆的身段，端着酒杯走到林许亦的对面，坐到她的位置上，然后含情脉脉地看着林许亦。

虞子衿愣了半秒，然后端着酒杯气呼呼地往那边走。在距离他们不到一米距离时，她看到娇艳欲滴的女郎已经将一杯香槟酒推到了林许亦的面前。

她顿时觉得胸口开始膨胀，正要上去打断这没眼看的调情，却听到林许亦冷冷的声音传来："Sorry,my wife went to fetch me some wine.（对不起，我妻子去给我拿酒了。）"

女郎听到此话很是失望，马上从凳子上起身走开了。虞子衿很满意地重新坐回到她的位置上，悠悠道："表现不错。"

林许亦的酒量似乎在这一年里又一次退化，即便是在灯红酒绿的光影中，虞子衿也能清楚地看到林许亦两颊已泛起绯红。他的声音虽然还是淡淡的，却没那么冷了："我们俩打平了。"

"什么打平了？"虞子衿不知所云。

"醋，平了。"林许亦目光迷离地指了指虞子衿手中的高脚杯，话音还没完全落下，就趴到了桌子上。

虞子衿端着杯子反应过来，嘴角勾起笑意。

朗颂说得没错，老公确实比男朋友更可爱。

窗外的温度又一次降低，雨水已经凝结，化成洁白的雪花，纷纷扬扬地洒在依旧漆黑的夜中。屋内醺醺的暖风和鼎沸的人声，让虞子衿觉得心情舒畅，她举起酒杯喝了口酒。

又一个N国美女走到林许亦身边，她先是侧头看了看歪着露出半张脸睡觉的林许亦，又抬头看虞子衿一眼："You know him?（你认识他吗？）"

屋内几种音乐交织，千百种呼吸和心跳相映，虞子衿看着眼前人沉静美好的睡颜，声音缱绻温柔。

"He is my husband.（他是我的丈夫。）"

# 后 记

开始创作这个故事的时候，是在暑气未消的夏末，而当我敲下"后记"二字时，我所在的城市已经开满了樱花。

上一个夏天，其实和以往的夏天没什么不同，还是一个宅在家吹空调、吃西瓜的夏天。唯一的不同，是我接触到了一部关于叙利亚战争的纪录片。看完之后，我的情绪长久难以平静。笼罩一切的黑暗与炮火，民众眼中的光与希望……给我带来深深的触动和震撼。

我忽然想写一个关于"守护和平"的故事，主题很宏大，但其实人物很渺小。

我慢慢地勾勒他们的样子，外交官、教师、战士、医生……一个个形象在我的脑中变得具体。

就这样，外交官林许亦和大学教师虞子衿的形象在键盘一下下的敲击中，跃上了屏幕。他们性格鲜明，也各有各的缺点；他们不是一个人，而是一群人——一群默默无闻地守护世界和平的人。

他们有的是处于战火前线的战士，出生入死，最后却难以留下姓名；有的是以另一种方式维护国家主权的外交官；有的是三尺讲台上给每一个孩子的生命留下注脚的老师；有的是每天都在面对新生和死亡的医务工作者……

他们对整个世界来说都是渺小的，可当他们的力量汇聚在一起时，便成了燎原星火，点亮世界。

我曾经考虑要将这个故事一直留在战地，那样或许情节会更曲折精彩，感情也会更热烈，但我最终还是没有那么做。我还是选择让故事的主角林许亦和虞子衿在经历流离战火后回到了自己的祖国。

战火当前，活着和守护是恒久的话题，它可以让人变得勇敢，也可以让人变得脆弱。

而当硝烟逐渐远去，他们重新回到自己生长的土地上时，他们面临的是赤裸裸的现实，日常生活中的感情与战争中惺惺相惜的理想感情是截然不同的，对他们来说，此时爱情面临的考验比战争时更严峻。因为单从性格来看，他们算不上良配，林许亦理智冷峻，虞子衿却感性执拗。

可是，"爱"是无法解释的，当两个相爱的人开始正视自己和对方时，他们往往选择去改变自己。

这也是通过这部言情小说，我在情感方面想表达的——"爱"不会只是故事当中的甜味剂，它会面临很多的考验和困难，甚至可能会失败。

但最重要的是，在这场爱中，你有没有和那个人一起成为更好的人。

当下，各行各业中无数工作者正在守护着这个国家甚至世界。今日的我被守护，也渴望有一天能像他们一般守护世界。

也愿看到这些文字的你，能在合适的时间、合适的地点，遇到合适的人，和他一起，成为世界的守护者。

王可可
2023 年 3 月